**Míchel Suñén**

# Lover. ¿Amor o estafa?

# Míchel Suñén

# Lover.
## ¿Amor o estafa?

ONAGRO EDICIONES
2024

Cubierta: Zúmmum. Óscar Garcés.

1.ª Edición: Mayo 2024

© Míchel Suñén
© ONAGRO EDICIONES
  Canaletto, 3, esc. 2, 5º B
  50021 ZARAGOZA

ISBN: 978-84-88962-92-8
Depósito Legal: Z. 801-2024

Impreso en Zaragoza
por Talleres Editoriales Cometa, S.A.

www.onagroediciones.com

*A los que amo.*
*A los que aman*

—Pero, ¿no íbamos a casa de tus padres? ¿Por qué te has desviado?

El móvil del donjuán emitió un corto pitido agudo mientras la abrazaba, meloso, para tranquilizarla:

—Han adelantado su regreso. Lo siento. Pasamos al plan b.

Se fijó en la mirada vidriosa de la chica y supo que no iba a tardar en caer. Pese a la debilidad progresiva y los mareos que la sacudían, le sonrió embelesada. Los efectos de la química aún le permitían celebrar su suerte de aquella noche. No era una mujer especialmente atractiva, sus mofletes angulosos salteados de pecas y su cuerpo recto como un paralelepípedo no solían despertar el interés de los hombres que a ella le gustaban. Sin embargo, el joven que la acompañaba era moreno, atlético, muy guapo. Tenía manos grandes y cálidas con las que la acariciaba con suavidad, así como labios esponjosos que no cesaban de pronunciar elogios y palabras educadas. Era, exactamente, el prototipo de chico español con el que fantaseó con sus amigas mientras rellenaba en Cork sus formularios del Erasmus. Le apetecía estar con él; había sido explícita tras sus insinuaciones iniciales y no había dudado en atornillar su boca con la propia en cuanto tuvo ocasión. Los chupitos de tequila le ayudaron a desinhibirse. Tuvo tiempo de sentir la subida de temperatura corporal y la excitación en sus órganos sexuales mientras él la apretaba contra la pared más recóndita del pub. Se dejó llevar. Abandonó la copa el tiempo justo para que una mano anónima vertiera en ella flunitrazepam y la recuperó pocos minutos después, antes de apurarla con un único trago.

Fue entonces cuando aceptó acompañarlo a casa de sus padres:

—Estaremos solos, se han ido de viaje. Te invito a recenar tortilla de patata y lo que surja.

No vio el cruce cómplice de miradas con el tipo que, entre las sombras, permanecía atento a cuanto acontecía. La pobre no sospechó nada. Ni siquiera cuando el galán reaccionó con rapidez, zalamero, para impedirle avanzar hacia el lugar donde estaban sus amigas.

—Mándales un mensaje. ¡Me gustas más que la cerveza! Vámonos ya, estoy ansioso.

Aisling se dejó abrazar de nuevo y sonrió ante aquel piropo juvenil inesperado. Aunque tenía dificultades con el idioma español, los términos *cerveza* y *me gustas* habían sido pioneros en su vocabulario autóctono. Comprendió el mensaje.

Al llegar a su destino, el muchacho la ayudó a bajar del coche. La irlandesa sentía un creciente malestar en el estómago y estaba cada vez más mareada. La voz masculina la tranquilizaba, como si algo en su interior la animara a dejarse llevar y ser manejada por él. Pensó que los chupitos y las copas de más se habían reorganizado en su interior para derrotarla. Consciente de su debilidad, se acurrucó junto al cuerpo masculino que la sostenía. Le dirigió un beso que no alcanzó su mejilla y agradeció el frescor que los recibió en la explanada del aparcamiento del Camino de La Alfranca.

—*Where we go?* —balbució la joven mientras uno de sus mechones rojizos, tan deslavazado como sentía sus extremidades, cayó sobre sus ojos.

No entendió la respuesta de su acompañante. Se despistó tratando de enfocar el paisaje circundante. La noche era fría, aunque no lo suficientemente oscura como para ocultar las siluetas de los árboles que parecían aguardarlos, ni la majestuosa presencia de un caudaloso río a su izquierda. Sin haber dado la orden de hacerlo, se sintió avanzar, abrazada con delicadeza por su ligue. «¿Cómo se llamaba?», se preguntó. Oyó de nuevo otro de esos pitidos agudos saliendo de su móvil y pensó en el propio. No fue capaz de recordar por qué lo había dejado, con su bolso, en el automóvil del que se alejaban.

—En el merendero de La Alfranca, *bro*. Si no hay nadie, en la primera mesa.

—¿Con quién hablas? —le preguntó Aisling como soñando, con un hilo de voz menos estable que sus sandalias de tacón sobre aquel suelo irregular y agreste por el que se adentraban.

—Eso es, *co*. El del árbol con la cara. Como habíamos quedado. ¿Cuánto tardas? —Aguardó la respuesta de voz en su WhatsApp antes de completar la descripción—. La British está a punto, casi tengo que arrastrarla.

Avanzaron hacia una noche aún más sombría entre chopos, álamos y fresnos. Tardaron unos diez minutos en alcanzar un destino al que en otras condiciones habrían llegado en la mitad. La mesa en cuestión estaba vacía: ¿quién la iba a ocupar a las tres de la madrugada de un jueves de marzo cualquiera? Si acaso, alguna pareja buscando un picadero improvisado en aquel camino natural o algún merodeador con funestas intenciones.

—Qué mareo… Menos mal que estás aquí, conmigo —siseó en un inglés ininteligible mientras su pareja la depositaba con cuidado sobre la fría madera de la bancada. El sujeto necesitaba orinar, pero prefirió esperar la aparición de su cómplice, por si acaso se caía si la dejaba sola o se sumergía en un sueño tan profundo e ingobernable que ya no volviera en sí. Le gustaban más semiconscientes. Así había imaginado aquella escena, oyéndola gemir, incluso protestar y quejarse. Ojalá llegara pronto. Seguro que sí. Su amigo Trapo era un fenómeno motorizado, se desenvolvía por la ciudad como un experto. De hecho, lo era: había trabajado como repartidor en Glovo y se conocía todos los atajos y los trucos para acortar los tiempos y las distancias en moto.

Incorporó por detrás a la irlandesa para intentar activarla. Su cuerpo cada vez pesaba más, por la languidez y la falta de voluntariedad que le inducía el Rohypnol. Apenas le quedaban un hálito de energía y un hilo de discernimiento. No reaccionó cuando el agresor la besó desde atrás y tocó sus pechos con rudeza.

Alguien se acercaba.

Para disimular, la elevó bruscamente y giró un poco su cuerpo de guiñapo con el ánimo de simular un abrazo tórrido de enamorados. Fue la última sensación que Aisling logró percibir e interpretar; lo hizo como si sucediera fuera de su cuerpo, a una persona diferente, aunque cercana.

Quien fuera avanzó con sigilo hasta su posición; despacio, como un depredador aproximándose a su presa en la sabana africana. El corazón acelerado de su compinche se calmó al reconocer su caminar:

—Date prisa. La bella durmiente está cao. Cógela, me estoy meando.

Trapo lo hizo, excitado, relamiéndose al apreciar la pieza que estaban a punto de cobrarse. Introdujo su mano helada bajo el jersey de la mujer drogada y sintió una erección casi inmediata.

Entre tanto, el otro se alejó unos pasos en dirección a la zanja que años atrás formó parte de una acequia. Rodeó el fresno en cuyo tronco alguien dibujó en su día unos grandes ojos cansados, una nariz alargada y una boca sonriente. De día, parecía sacado de un cuento infantil; de noche y con la escena que aquellos dos depredadores pretendían perpetrar, era igual de siniestro que todos los demás.

Disfrutó del placer de miccionar hasta la penúltima gota. Entonces advirtió algo extraño. Pensó primero que eran matorrales; luego algún animal muerto de insospechado tamaño y, por último, una mala pasada de su imaginación influenciable. Se desplazó hasta allí dando cuatro o cinco pasos y, conforme lo hacía, fue concienciándose de que aquello era algo insólito. Una vez delante, enfocó la linterna de su móvil hacia el bulto inerte.

Blasfemó tan alto que Trapo dio un traspié y estuvo a punto de dejar caer a Aisling sobre la gélida tierra. Su pene erecto estaba a solo unos segundos de penetrarla, acababa de empezar a desabotonar sus pantalones.

—¡Vámonos de aquí, *cagoenlaputa*! ¡Hay un muerto en la acequia! Una mujer con una toalla en la cabeza… ¡Tenemos que largarnos, Trapo!

El aludido se acercó hasta allí y comprobó que su compinche no estaba alucinando. A continuación, echaron a correr entre las sombras como lo que eran: un par de desgraciados.

Abandonaron a ambas víctimas en aquel lugar oscuro, gélido y agreste. Una reposaba como un muñeco roto de trapo sobre la mesa de madera helada donde la habían dejado. La otra, sin vida, tuvo que aguardar un par de días hasta que fue descubierta por unos senderistas.

Con los primeros rayos de sol de la mañana, Aisling se despertó confusa, desubicada y con un severo cuadro de amnesia autorretrógrada que le impedía recordar nada de cuanto había ocurrido. No sabía dónde estaba ni por qué, ni qué hacía allí. Tenía la vaga sensación de haber conocido a un chico guapo y haberse enrollado con él. Interpretó el mareo y el malestar como su enésima resaca. No era la primera vez, ni fue la última, que se excedió con el alcohol. Se prometió que tendría más cuidado y no mezclaría destilados. Se recolocó la ropa, se abrochó el sostén sin preguntarse por qué se encontraba abierto y no sintió nada extraño en sus órganos sexuales. A fin de cuentas, no habían llegado a penetrarla.

Se marchó de allí descolocada, cansada, con un sentimiento de culpabilidad por sus excesos. Había perdido el móvil y la cartera con su documentación. Nunca supo nada sobre el cadáver providencial que le evitó males mayores. En cuanto a sus agresores, fueron detenidos, juzgados y condenados por otros delitos posteriores. Los restos biológicos encontrados en el cuerpo de una cajera de supermercado fueron decisivos para encarcelarlos.

Resultó más difícil averiguar qué le sucedió a aquel cadáver arrojado a una zanja de un camino natural zaragozano.

# CAPTACIÓN
## FASE UNO

# 1

La viuda de Diosdado era una mujer muy ocupada. Lo primero que hacía cada mañana después de levantarse y disfrutar de su desayuno detox era organizar su agenda con multitud de ocupaciones. Había iniciado aquel día traumático especialmente ilusionada, visitando a su amigo Lucho Lucciano en su peluquería. Este estilista italiano que había trabajado en Telecinco llevaba cinco años asentado en Zaragoza, donde había reunido una selecta clientela no demasiado abundante pero sí muy lucrativa, capaz de gastar más de cien euros por servicio. Después se había pasado por la consulta de la clínica de la doctora Díaz Díaz-Rijosa, cuyos innovadores tratamientos médico-estéticos le habían quitado a su rostro más de quince años, y a su cuenta corriente más de cincuenta mil euros, en los últimos diez. Comió después en casa de su prima Laura, con quien lo pasó bien recordando tiempos remotos, cuando flirteaban con la gente más guapa y sofisticada de la ciudad a la caza de un marido pudiente. Ambas lograron sus metas. La hija de su única tía carnal se casó con el director económico de uno de los bancos más importantes de Aragón, el cual pertenecía a su vez a una familia con pedigrí nobiliario y una fortuna creciente. Era un hombre físicamente aborrecible, pero tenía un gran corazón y toda la indolencia que ella le pedía a un buen marido. En cuanto a Mona, apuntó más alto que su prima: le importaba mucho menos la imagen familiar y más los dividendos, las propiedades inmobiliarias y la querencia hacia el lujo. Cuando conoció a Evaristo Diosdado, del que seguía conservando el apellido, dejó de ser Ramona y se autonominó Mona, un *naming* mucho más chic para el rol que le otorgaba aquel multiempresario, heredero de un grupo nacional con una decena de empresas y millones de euros repartidos en todo tipo de inversiones.

Se casaron en la Basílica del Pilar con fastos propios de la monarquía y más dispendio que elegancia. Su enlace, incluso, fue noticia de pago en las páginas de sociedad de *Heraldo de Aragón* por deseo expreso de la contrayente. Durante su matrimonio, Evaristo viajó mucho: pasaba casi todas las semanas en Madrid o Barcelona, cuidando de sus negocios. Regresaba a casa los fines de semana. Mona aceptaba sus continuos líos de faldas con un barniz de indiferencia; mientras tuviera cumplida e inmediata respuesta monetaria a sus deseos y caprichos, todo estaba bien.

Pese a lo mucho que ha dilapidado desde entonces, los activos de su sociedad conyugal, y ahora propios, no dejan de crecer. En realidad, aquel enlace fue un buen acuerdo para ambos, satisfactorio, conveniente. Como una reina que acepta los escarceos sexuales del rey para centrarse en cumplir su rol monárquico con dignidad y aprovechar las prebendas recibidas, así interpretó Ramona su papel. Perfectamente. Cumplió como una esposa elegante, protocolaria, abnegada.

Años después, cuando su marido murió joven por un infarto asociado al sobrepeso y a los excesos consumistas, Mona se desenvolvió como una viuda inconsolable, derrotada pero digna. Vistió con riguroso luto de Chanel, Prada y Loewe, y aprovechó su talento innato para llorar sin lágrimas y hacer alarde público de afectación. Al cabo de un año estaba como nunca, con un patrimonio inabarcable, un imperio empresarial a su disposición y absolutamente libre de ataduras.

Su agenda vespertina de aquel día había continuado con una tarde de compras por las mejores tiendas de Santa Engracia y Sagasta. Buscaba un conjunto nuevo, favorecedor y llamativo con el que ir al Auditorio. Actuaba en directo Ara Malikian y estaba especialmente ilusionada con aquel evento. No tanto por el violinista libanés nacionalizado español, cuyos conciertos le encantaban, sino por la persona que tenía la intención de acompañarla. ¡Estaba enamorada!

—¿Cómo es que no ha llegado papi? —Se sorprendió al entrar en casa cargada de bolsas con base de cartón y asas de cordón trenzado, donde portaba un par de estilismos preciosos.

—No es mi padre ni lo será nunca, ¿cómo tengo que decirlo? —protestó Circe Diosdado, la menor de sus dos hijos, llamada a ocupar la presidencia del grupo en un futuro próximo.

Mona prefirió hacer ver que no la había oído. Llamó desde su iPhone 15 Plus al número de Bartolomé y se impacientó nada más escuchar el tercer tono. Insistió tres veces seguidas sin obtener respuesta antes de mandarle, consecutivamente y en menos de media hora, veintiséis mensajes de texto y nueve notas de voz por el WhatsApp.

—Lourditas, ¿ha visto al señor Valmaseda? —La Tata se había acostumbrado al esnobismo de la señora y lo aceptaba como una carga más de su trabajo. Sabía que bajo todo aquel maquillaje de apariencia era una buena persona. Había terminado cogiéndole un cariño sincero, aunque no tanto como a los niños: Hugo y Circe, ahora convertidos en adultos con muy distinto carácter. Él era extravertido, sociable y hedonista; solía trasnochar, ponerse a prueba y dilapidar cuanto tenía. Su hermana, la siempre responsable y comedida Circe, había sido una estudiante excelente y ahora, desde que había empezado a trabajar en el departamento de *marketing* del *holding* familiar, los directivos de confianza de los Diosdado aseguraban que tenía los genes comerciales de su abuelo, don Camilo, que levantó desde la nada aquel imperio.

—No se preocupe, señora. Seguro que habrá un motivo lógico para el retraso —le respondió la empleada.

—¡No vamos a llegar al concierto de Malikian! Me aseguró ayer que estaría aquí a las seis y todavía no ha venido. Debería empezar a arreglarme, me hacía ilusión escoger juntos el *look*. Si espero a que aparezca, ¡no me dará tiempo! ¿Tú crees que le ha pasado algo?

—Tranquilícese, seguro que está de camino. —Le dirigió uno de sus gestos pacientes y calmados, antes de pedirle permiso para ir a lavar la colada. Lourdes sabía que la frustración, el nerviosismo y la intranquilidad acabarían derivando en una de sus expresiones iracundas de imprevisibles consecuencias. Era mejor alejarse que convertirse en el foco ideal para su desahogo.

Un par de horas después, Hugo Diosdado llegó del centro deportivo con expresión cansada. Se acercó por detrás a Lourditas y le dio un abrazo juguetón mientras mostraba su característica sonrisa de dientes blancos perfectamente alineados. Ella agradeció aquella muestra de cariño, una más de las que daban sentido a su existencia:

—¿Qué le pasa a mi madre? Me ha dejado más de diez perdidas en el móvil y un centenar de mensajes…

—¿No los has leído? Ve a su habitación, te necesita. Está llorando. Bartolomé no ha llegado y está preocupada.

—¿Le ha dado plantón? Qué raro, a mí también me dijo que venía.

El primogénito de la cuarta generación de los Diosdado tensó la mandíbula, bajó la vista e interpretó en la expresión de aquella empleada a la que adoraba que su madre necesitaba apoyo.

—Deberías hacerle un poco más de caso. Al menos, leer y contestar de vez en cuando sus mensajes…

—No me *carrañes*, *miss* Lourdes —bromeó engolando la voz y exagerando el acento anglosajón que había adquirido durante sus estadías en Oxford, Yale y Columbia—. Ahora mismito voy a verla. Por cierto —añadió tras una inspiración profunda—, llama a Glovo y pide un par de hamburguesas de esas tan ricas del sitio que me encanta. Ya sabes cuál es.

—He preparado la cena, va a estar deliciosa. Ensalada con frutos rojos y romesco de pulpo.

—Hoy prefiero *burger*. Estoy hecho polvo, necesito un chute calórico. Pídemela con huevo y salsa de trufa. Ah, y con doble de patatas fritas en paja y una Coca-Cola Zero.

—¡Pues menos mal que vienes del gimnasio! —le replicó, consciente de cómo era, resignada a hacer el pedido y temiendo que su pequeñín acabara teniendo el mismo destino que su padre: acortar su vida demasiado por la acumulación de excesos y caprichos.

Antes de ir a ver a su madre, Hugo entró en su habitación, se quitó la sudadera, se refrescó en su aseo privado y luchó contra un mechón rebelde que le afeaba el tupé, minuciosamente esculpido con el secador de mano en los vestuarios del *gym*. Después, salió con decisión para consolar a quien le dio la vida.

—¡Hugo, por Dios, menos mal que has venido! Te he llamado un par de veces, estarías ocupado. ¿Sabes que me he perdido el concierto de Malikian? Teníamos entradas, pero tu padre no ha venido.

—Padrastro en todo caso… —la corrigió sin mucho énfasis.

—Nunca me ha dejado tirada de este modo. ¡Me prometió que vendría! Y siempre ha cumplido esas promesas.

—Es un hombre ocupadísimo. Habrá perdido el vuelo, lo habrá retrasado algún cliente o le habrá surgido cualquier otro imprevisto. Es lo que tiene su oficio, le ha pasado algunas veces.

—Siempre me llama para avisar y me envía algún regalo para disculparse. No ha hecho ninguna de las dos cosas. Estaba tan ilusionada por ir juntos a esa actuación... Sé que le ha ocurrido algo, tengo un mal presentimiento —frunció el ceño, provocando la aparición de alguna arruga de expresión pese a la inyección de bótox y el efecto regenerador del ácido hialurónico que las combatían.

—Te veo muy nerviosa. ¿Has cenado? La Tata ha preparado ensalada y pulpo. Te vendrá bien comer algo.

—Se me ha cerrado el estómago. Tenemos que llamar a la policía, Bartolomé ha desaparecido. ¡No he tenido noticias suyas durante todo el día! ¿No te parece rarísimo? Le ha sucedido algo malo.

—No es habitual, desde luego —le dio la razón el joven—; pero no olvides que comercia con diamantes. Seguro que algún multimillonario lo está reteniendo por alguna razón profesional que después nos contará.

—¿Y si lo han secuestrado? Trata con gente peligrosa, él mismo me lo ha dicho. Tenemos que denunciar su desaparición cuanto antes. Hijo mío.

—Todavía es pronto. Solo han pasado unas horas, no nos harán caso; te pedirán que esperes para hacerlo. Iremos allí en balde. Tómate un sedante para descansar tranquila y, en cuanto llegue, te despierto. Confía en mí, voy a telefonear a algunos de sus colaboradores para localizarlo.

—Qué buena idea: ¿tienes los números? Mejor, lo hacemos juntos.

—Voy a intentar conseguirlos. —La miró a la cara—. Te están saliendo arrugas.

—¡Qué horror! ¡Si he estado esta mañana en la clínica de la doctora Díaz! ¿Cómo es posible?

—Las preocupaciones envejecen, tú siempre lo has dicho.

—Tienes razón, voy a acostarme. Tráeme un zolpidem, cariño, mientras me pongo el camisón. Y un vaso de agua.

Obedeció. A su regreso, le entregó además un lorazepam y la animó a tomarse ambos.

Mona durmió de tirón toda la noche, la mañana y hasta casi media tarde. Cuando se despertó, al no encontrar ningún mensaje en su móvil ni rastro de presencia de su amado, telefoneó a su hijo Hugo y, esta vez sí, este se ofreció para acompañarla a la policía.

—He hecho algunas llamadas y nadie me ha sabido decir nada sobre su paradero. Aunque estoy seguro de que todo va a tener una explicación lógica, más vale prevenir. Vamos allá.

Tres cuartos de hora más tarde, un agente de la policía nacional procesaba la denuncia:

—Somos pareja, vivimos juntos. Se llama Bartolomé Valmaseda, es agente de arte y no sabemos nada de él desde hace día y medio. Lo último que me dijo es que venía de camino a Zaragoza. Le ha debido de ocurrir algo terrible.

# 2

—La industria global del comercio de diamantes mueve millones de dólares al año. ¿Sabes que simbolizan el amor, el poder y la riqueza? Su belleza, su exclusividad y su perfección los convierte en recursos valiosísimos, muy deseados, que solo es posible comprar a precios lucrativos en sus países de origen. A eso me dedico. Trabajo sobre todo en África. Botsuana es el mayor productor de diamantes en bruto del mundo, por lo que es mi principal lugar de operaciones. Además, suelo hacer buenas operaciones en Angola, Namibia, Zimbabue, Lesoto y República Democrática del Congo.

—¿Y no es peligroso viajar tanto a esos lugares tan primitivos?

—Nadie regala el dinero, mucho menos las cantidades que mueve este negocio. Empecé muy joven, llevo casi una década haciendo esto y ya soy conocido por allí. Al principio resultó difícil. He sufrido robos a punta de pistola, me he tenido que enfrentar con bandas de falsificadores e incluso tuve que negociar la liberación de uno de mis colaboradores, secuestrado por los soldados de un jefe local de la guerra. Nunca es sencillo. Pero es mi trabajo. Todo comerciante de diamantes se expone a peligros para conseguir esos tesoros. Por eso los clientes nos dan tan buenos márgenes.

—¿Cómo empezaste?

—Me viene de familia. Mi padre fue el primero. Cuando murió, aproveché su legado.

—¿Quiénes te los compran?

—Trabajo, sobre todo, con joyeros y minoristas de lujo. Ellos los revenden al público final: los más ricos entre los ricos del planeta. Personas con gustos exclusivos de toda condición. También tienen su peligro, no te creas. En ocasiones, son narcotraficantes y líderes mafiosos.

Mona Diosdado nunca había experimentado un sentimiento comparable al de aquel día, cuando cenaron juntos por primera vez en el restaurante del Gran Hotel de Zaragoza. Su acompañante tenía ojos expresivos y un rostro agradable. Aunque era más joven que ella, le insistía en que no se preocupara por semejante detalle tan liviano:

—¡Si pareces mi hermana menor! Eres maravillosa. Tienes el cutis facial perlado como el nácar, radiante como un led y arrebatador como *La Libertad guiando al pueblo*.

—Qué cosas tan bonitas se te ocurren… —Una sonrisa estúpida se dibujó en sus labios mientras lo decía.

Le había calculado treinta y cinco; por ahí andaría. Ella tenía la costumbre, y la obsesión, de no revelar su edad a nadie que no fuera un funcionario policial al renovar el DNI. Ramona había sido una mujer bonita; ahora, pese a las evidencias de senectud visibles en su rostro y en sus manos, conservaba el encanto, la belleza y el atractivo de las damas hermosas. Lo sabía. Le quitaba el sueño plantar cara al imparable avance de los años. Mientras sentía los ojos brillantes y expresivos de aquel caballero clavados en los suyos, comprendió por vez primera por qué llevaba toda la vida librando aquella batalla despiadada. Allí estaba su amor, su media naranja. El hombre al que había esperado, sin saberlo, más de cinco décadas y para el que se había conservado de ese modo.

—Nunca había sentido una conexión tan sincera y plena por nadie. Es como si Dios te hubiera creado a partir de mi costilla.

—A mí me pasa igual. ¡Somos idénticos! —Se entusiasmó Mona. La sonrisa que compartieron precedió a un brindis sutil de copas talladas, en cuyo interior el vino blanco se meció suavemente, como el corazón de la viuda. Las largas pestañas que escoltaban sus femeninos ojos grises, su mirada felina, sus labios finos, rosados, y sus ostentosos pendientes se bambolearon cuando Bartolomé deslizó su mano por encima del mantel y acarició la de su acompañante con ternura. Vestía bien, como a ella le gustaba: camisa blanca bajo americana de *sport* en un gris medio y tejanos elásticos marengo con deportivas negras de marca. Fue en ese instante, a sus más de cincuenta años, cuando Mona experimentó la sensación de estar enamorándose. Y como jamás había vivido nada parecido, su existencia le dejó de pertenecer y quedó supeditada a las apariciones y desapariciones de aquel hombre al que no tardó en amar.

Ahora, con la proximidad del cuarto aniversario de aquella cita determinante en su vida, volvía a ser un nudo de nervios y sus emociones se encontraban tan

agitadas como entonces, aunque por un motivo totalmente distinto.

El oficial de policía, con amable profesionalidad, releyó
su declaración completa y le pidió que validara su denuncia. Así lo hizo Mona.

—¿Van a encontrarlo, verdad? Prométamelo, por favor.

—Mamá, no puede hacerlo —se adelantó Hugo, que
se había mantenido a su lado durante todo el proceso.

—Haremos cuanto sea posible —le replicó obvian-
do que, en realidad, aquella mujer atribulada ni siquiera
había podido confirmar que el desaparecido estuviera
en España la última vez que se llamaron. En el mejor de
los supuestos, tenía pinta de ser un caso complicado. Ni
siquiera se podía descartar la hipótesis de que hubiese
decidido desaparecer por voluntad propia.

Acompañó a los Diosdado hasta la puerta de salida
y trató de componer un gesto esperanzador, pese a la
pugna racional que lo invadía.

Se despidieron.

—Dime la verdad, Hugo: ¿qué crees que le ha pasado?

Su respuesta fue un abrazo. Tan intenso, envolvente
e indescifrable como hacía años que no le había dado.

En un sentido romántico, el nombre y apellido litera-
rios de Rosalía Quevedo podrían interpretarse como
una premonición. Nunca había deseado convertirse en
escritora, aunque en su momento llenaba diarios con
bonitos textos que jamás permitió leer a nadie. Siempre
manifestó una predisposición muy especial hacia las palabras y sus significados. De niña, le encantaba jugar a
encontrar términos en el enorme e imponente dicciona-
rio que su padre guardaba en el despacho. Era una trein-
tañera apasionada, pero también organizada y tenaz. A

nadie extrañó, considerando su adicción a la lectura, que estudiara filología en la Universidad de Zaragoza y sacara notas excelentes durante casi toda la carrera. De igual manera, en su círculo cercano pocos confiaban en que lograra convertir esos estudios en un trabajo que le permitiera sobrevivir con holgura.

—Con suerte, serás maestra y tendrás que soportar a niños maleducados y padres insufribles el resto de tu vida. Tenías que haber estudiado derecho. ¡Las minutas de los abogados son carísimas! ¡Cobran lo que quieren!

Desde que enfermó, el carácter de su madre se había avinagrado de tal modo que no dudaba en herir a quienes más quería. En realidad, cuanto más preocupada estaba por alguien, mayores y más dañinos eran los comentarios ofensivos que le dirigía.

Cuando murió su padre, el progenitor sano de la familia, su mundo personal se hundió y tuvo que asumir los exigentes cuidados de mamá, quien ya estaba impedida por la degeneración genética y cada vez más enfadada con el mundo. Rosalía tomó medidas y algunas malas decisiones; de hecho, se rebeló contra el destino y estuvo a punto de echarlo a perder todo durante los dos últimos años de carrera. Entonces, cuando más necesitaba un faro como referencia, ella entró en su vida. Como en un cuaderno pautado, sus renglones dejaron de torcerse y cada concepto comenzó a encajarle en el conjunto.

Se llamaba Inmaculada Orós y fue mucho más que su profesora, su mentora y la directora de su tesis. Lo cambió todo. Le dio una ilusión a la que decidió vincularse de por vida.

# 3

Rosalía Quevedo no era una perita al uso. Le encantaba describirse como una investigadora del lenguaje, una detective de las palabras y sus significados. Aquella tarde de marzo se encontraba cansada. Llevaba más de dos horas trabajando sin interrupción en la tesis doctoral de un político regional que había sido acusado de plagiarla. Su minuciosa investigación había combinado el uso de programas especializados de análisis cuantitativo con un estudio cualitativo más que concienzudo. Tras media docena de lecturas, lo tenía claro: el consejero había utilizado el trabajo previo de su cliente para redactar aquella obra. Tanto Copy Catch como Turnitin habían reflejado altos porcentajes de similitud, por encima del cuarenta por ciento. El posterior análisis humano le permitió profundizar en el vocabulario coincidente y en las numerosas palabras únicas compartidas por ambos textos. Advirtió, además, que aparecían demasiadas secuencias idénticas de más de cinco palabras entre la tesis doctoral cuestionada y el original indubitado del primer autor. Las evidencias lingüísticas arrojaban una elevadísima probabilidad de que el servidor público se hubiera aprovechado de la dedicación ajena sin reconocerlo ni aportar valor adicional alguno al contenido previo. Y no solo se había apropiado de sus ideas, también había parafraseado y resumido un buen número de sus desarrollos y, en algunas partes, hasta había copiado y pegado directamente sus palabras con el mayor de los descaros. ¡Ni siquiera se había preocupado de aplicar una mínima estrategia de plagiario para disimularlo!

La conclusión era elocuente. Estaba en condiciones, pues, de redactar el informe pericial solicitado. Sabía, pese a todo, que en esta ocasión las partes alcanzarían un acuerdo económico antes de llegar a juicio —al cargo público no le interesaba que transcendiera este asunto—, por lo que no tendría que testificar en los juzgados. Lo lamentó: todavía atravesaba esa fase inicial de excitación y pasión por sus carreras que caracteriza a los licenciados jóvenes más talentosos y motivados. Divulgar los fundamentos y las aplicaciones de la lingüística forense era una labor necesaria para seguir concienciando de su validez y eficacia a todas las partes implicadas: investigadores, jueces, fiscales y la ciudadanía en general.

—¡Niñaaaaaaaa! —Le sobresaltó la voz ajada de su progenitora. Al instante recordó que la nueva asistenta ya no estaba en casa y asumió el rol de enfermera *amateur* que el destino le había asignado.

Inspiró y exhaló en profundidad tres veces mientras se dirigía hacia su dormitorio. Antes de entrar, dibujó en su cara redonda una sonrisa forzada que le salió agotada:

—¿Qué estás haciendo? ¿Ya estabas con tus libros? Solo haces que leer…

—Es mi trabajo, mamá. Sí, ya lo sé —se adelantó con retintín para no darle el gusto de repetirlo—, tendría que haber estudiado derecho.

—Qué resabida y siesa eres, hija. ¡A quién habrás salido! —se enfurruñó por costumbre—. Cámbiame el pañal. Lo tengo sucio desde mitad de tarde y me escuece muchísimo. Tendrás que hacerme una cura.

De camino hacia el aseo, cuyas repisas y armarios habían sido colonizados por todo el material sanitario y ortopédico requerido por su madre, sintió su móvil vibrar en el bolsillo. Se tomó un minuto, antes de reunir las gasas, las toallas y cuanto precisaba, para comprobar qué ocurría. El hombre de Facebook le había mandado más mensajes. Aunque se ilusionó, aparcó su curiosidad y se centró en lo urgente. Su madre se estaba impacientando en su cama articulada.

«Es increíble que también te guste Murakami, ¡es mi escritor favorito! Me encanta su realismo mágico. ¡Y me consideraba un friki por eso! Mil gracias, Rosalía, por fin tengo una cómplice en esto. ¡Qué bueno!».

Tragó saliva. Era estupendo, tan perfecto que no podía ser real. Lo sospechaba. Esas cosas no solían sucederle a ella, nunca había tenido suerte en el amor ni en los retos. Su timidez, sus inseguridades y los traumas internos le habían impedido relacionarse con normalidad con los muchachos. En el colegio fue una niña invisible en la que nadie se fijaba. Era tan prudente que pasaba desapercibida incluso para los profesores: hasta que no le corregían el primer examen, solían ignorar todo el talento que guardaba. Durante el instituto, la cara dejó de ser el espejo de su alma y se convirtió en un estigma tan visible que la condicionó por completo. El acné adolescente se cebó con su rostro como Stalin durante el holodomor ucraniano. La combinación de puntos negros, blancos, granos, nódulos y algún pequeño quiste la convirtió en diana de burlas, abusos y desprecios que soportó con estoicismo.

Sus relaciones con los chicos fueron, por entonces, casi inexistentes. Solo un par de ellos le pedían los apuntes para copiarlos y a Rosalía le encantaba. Le hacía sentirse útil y reafirmar una determinación que siempre la animó a seguir luchando: «De acuerdo, no tengo un buen físico. Pero mi cerebro es apreciado y haré cuanto esté en mi mano para que lo sea aún más».

Aquella situación calamitosa, la necesidad de afecto y en parte las tendencias sociales imperantes la animaron a tener relaciones amorosas y sexuales con algunas chicas. Aunque no la satisfacían plenamente, al menos le hacían sentir que era tolerada. Aceptada. Incluso querida en ocasiones. Se consideró lesbiana, primero, y bisexual después; sobre todo, conforme las protuberancias cutáneas empezaron a desaparecer de su cara y dejaron visible su belleza. Poco después entró en la universidad con una imagen y una seguridad renovadas. Allí ejerció de delegada y lideresa académica, pasó los mejores momentos de su vida y se enamoró por vez primera. Cuando su padre murió de forma inesperada, estaba saliendo con un chico dos años menor que ella; tenía cuanto le pedía a un novio.

Durante la fase del duelo, sus complejos y desconfianzas regresaron igual que misiles con cabezas nucleares. Cortó con su pareja y empezó a salir de noche, con la falsa idea de que *carpe diem* significaba emborracharse, regalarse y dilapidar irracionalmente su futuro en una ruleta de experiencias tan extremas como insatisfactorias. Fue en ese momento crítico cuando Inmaculada Orós apareció y le presentó a la que iba a ser la gran pasión de su vida. La filología forense.

Tras abrocharle el pañal sanitario, limpiarse el talco de los dedos y recolocar a su madre con ayuda de la grúa hospitalaria, Rosalía buscó en sus ojos un mínimo atisbo de agradecimiento. No lo halló, era una mujer permanentemente airada. No había aceptado su desgracia ni elegiría nunca resignarse. Su forma de reivindicarse era gruñir, quejarse, molestar y dar por el saco a todo aquel que pretendía facilitarle la vida.

—Te pongo la tele. Voy a seguir trabajando —le indicó con amabilidad, pese a todo—. Luego subiré a darte la cena.

—Tengo hambre —alzó la voz la enferma.

Rosalía la ignoró. Hacía tiempo que su corazón se había encallecido frente a sus chantajes y la conocía lo suficiente para saber que no era cierto.

Regresó al ordenador y abrió la plantilla que empleaba para redactar sus informes periciales. Fue entonces cuando recordó el mensaje privado que había recibido en su perfil de Facebook. Lo leyó con entusiasmo. La

mención a Murakami le resultó estimulante. A continuación, lo releyó de nuevo. Y así dos veces más.

No le contestó todavía.

Quería meditar muy bien cómo enfocar su respuesta.


—Está usted hablando con el 112. ¿En qué puedo ayudarle?

—Tienen que enviar a alguien. Vamos de paseo yo y
mi hija, que tiene doce años. Está muerta.

—¿Quién está muerta? ¿Su hija?

—¡Cómo va a estar muerta mi hija si está aquí conmigo, llorando!

—¿Está herida? ¿Ha tenido un accidente?

—Está asustada, eso es todo.

—Entonces, ¿en qué puedo ayudarles? ¿Por qué está
asustada la pequeña?

—Por la muerta.

—¿Qué muerta? Su hija está bien, ¿no es cierto?

—Me está poniendo nervioso, es *usté* una inútil.
¿Cómo no va a estar asustada si acaba de ver un cadáver? Estábamos jugando al escondite y, de repente, se ha
puesto a chillar como chalada. Ha sido muy chungo, he
pensado que le había pasado algo.

—Pero ¿está bien?

—Que sí, santo Dios. Ya se lo he dicho, ¡vaya paya!
Pero la otra está fiambre.

—¿Hay otra persona con usted?

—Pues claro. Una *gachí*. *Pa* mí que la han matado.

—¿Está denunciando un asesinato?

—Si le parece, estoy jugando al Cluedo. Un momento… —Tapó el micrófono con su palma izquierda,
aunque vociferó tanto que la teleoperadora oyó cuanto
decía—. ¡Yaribel! ¡No vuelvas allá, válgame Dios! ¡No to-
ques nada! Estoy hablando con una paya tonta de Emer-
gencias. ¡Que no saltes a la acequia, te he dicho! Ven

32

aquí y dame la mano. ¿Sigue *usté* ahí? —volvió a dirigirse a la empleada.

—Así es. Y lo he oído todo.

—Pues eso. Que hemos encontrado ese cadáver entre los árboles.

—¿Cómo sabe que está muerta?

—Por el agujero en la nuca y porque la poca piel que se le ve está más azul que los Pitufos. ¡Y huele como los calcetines de mi chaval después de hacer deporte! Mande a la policía de una vez, *cagüen* la Muerte.

—De acuerdo. Dígame su ubicación.

—¿Qué es lo que es eso?

—¿Dónde se encuentran?

—En el Camino de La Alfranca, a unos cinco minutos andando del aparcamiento, en dirección al fondo. Hay mesas para merendar.

—¿Cuál es su nombre? Deme sus datos.

—¿*Pa* qué?

—Para informar a los agentes de con quién deben hablar.

—Yo y la policía, agua bendita y aceite. Tengo que irme. La chiquilla está nerviosa, no quiero tenerla aquí más de lo necesario. Además, he quedado en el bar con mi cuñado. No voy a llegar tarde.

—Van enseguida. No se marche de allí, por favor. Si tiene usted razón y es un asesinato, es un testigo importante.

—¿No estará pensando que le he hecho algo yo a esa *gachupina*? A mí no me *pringue* en esto, no quiero que me cuelguen ningún muerto. Válgame la paya y la mierda del racismo

Una unidad de la policía nacional se presentó en tiempo récord. Sinay Heredia y su hija Yaribel los esperaban merendando en la misma mesa en la que Trapo había estado a punto de agredir sexualmente a la chica del Erasmus. Mientras balizaban el escenario del crimen y aguardaban la llegada del secretario judicial para proceder al levantamiento del cadáver, las migas y las manchas de Nutella esparcidas aleatoriamente sobre el tablero y la bancada fueron la comidilla del proceso.

Salvo que Heredia tenía caducado el documento nacional de identidad y antecedentes penales por hurtos y alguna pequeña estafa, todo fue coherente en su declaración, por lo que le permitieron marcharse para que pudiera dejar a la pequeña con su madre. Le avisaron, eso sí, de que lo llamarían para repreguntarle en un par de días.

—Mira, papá, ¡ese árbol tiene cara! Qué gracioso —Se sorprendió la niña mientras se aferraba a los robustos dedos paternos, curtidos por la recogida de chatarra y el doblado de ropa en el rastro.

# 4

—¡Tu trabajo es fascinante! ¿Cómo decidiste dedicarte a eso? Hasta que tú me hablaste de ello, no lo había oído nunca.

—En realidad, fue un poco casual —confesó Rosalía—. Estaba estudiando la carrera de Lingüística y andaba… perdida. Mi padre acababa de morir y, ya sabes, pasé una mala racha. Me sentía desencantada con la vida. No le encontraba sentido a estar allí, en la facultad, doblando codos ¿para qué? ¿Para licenciarme en una profesión llena de paro y sueldos ínfimos y terminar, quizás, como cajera en un supermercado o dependienta en una franquicia de ropa? Te juro que no abandoné por mi madre, para que no pareciera que me doblegaba por sus continuos reproches. Y, entonces, la vi.

—¿A quién?

—La publicidad del Máster de Lingüística Forense que organizaba e impartía la doctora Orós. ¡Sentí un flechazo! Igual que las personas que sienten la llamada religiosa y se meten a curas o monjitas. Así me pasó a mí. Supe que aquella iba a ser mi profesión. No lo dudé, me fui a la biblioteca y me empapé al instante de lo que era. Me fascinó. Tanto que contacté por correo electrónico con Inmaculada; me recibió en su despacho poco después y me proporcionó una extensa bibliografía de lecturas recomendadas que me alejó de mis problemas y de los suspensos que había empezado a acumular en mi expediente.

—¿Te apuntaste al máster?

—En cuanto pude, nada más terminar la carrera. Y después hice algunos más: Lingüística Teórica y Aplicada, Policía Científica e Inteligencia Emocional, Estadística Aplicada a la Investigación y Ciencias del Grafismo.

—Entonces, ¿eres policía?

—En absoluto. Soy una científica que estudia la lengua para proporcionar pruebas o evidencias durante una investigación o un juicio.

—Qué interesante. ¿Resuelves crímenes?

—Digamos que aporto un nuevo enfoque, una mirada distinta que, en ocasiones, permite abrir líneas de investigación, cerrar otras, desatascar casos y acabar pillando a los malvados.

Mariam Cosculluela y Rosalía Quevedo habían compartido algunas vacaciones familiares en una época importante de sus vidas. Sus respectivos padres forjaron una sólida amistad en las zonas comunes de la urbanización de apartamentos que siempre alquilaban en Gandía. Como el roce hace el cariño y la necesidad virtud, acabaron jugando juntas a ser mayores en aquel territorio hostil para las dos. En aquella época de adolescencia difícil, eran *raras avis* alejadas del intercambio emocional y proscritas para el sexo contrario. Al acné de Rosalía, Mariam sumaba la anotia con la que había nacido, un defecto físico que siempre se afanaba en ocultar, compulsivamente incluso, tapando su oreja inexistente bajo la mayor cantidad posible de cabello.

—Mi madre tenía diabetes. Durante la gestación, cuando se quedó embarazada de mí, desarrolló una inexplicable aversión hacia los carbohidratos. Era incapaz de comerlos. Nadie le advirtió de que debía compensar su dieta ni le recetó suplemento alguno de ácido fólico. En fin, que me costó esta oreja, la derecha —le explicó en una confesión iniciática en un banco del paseo marítimo gandiense.

—¿Y no oyes por ella?

—Un poco menos que tú, ese no es el problema. Mírame, ¡parezco un monstruo!

—¿Me lo dices o me lo cuentas? Ojalá tuviera yo una oreja menos en vez de esta repugnante cara de arroz a la cubana.

—Perdona, tía, no pretendía ofenderte.

—No te preocupes —le sonrió, resiliente—. ¿Sabes qué? Somos de puta madre y tenemos un cerebro privilegiado, así que llegaremos lejos. Te lo prometo, Mariam. Lo vamos a hacer juntas. ¡Nos vengaremos del mundo!

En mayor o menor grado, ambas lo estaban logrando.

Habían quedado a comer en el VIPS de la plaza de Aragón de Zaragoza. Mariam Cosculluela era una mujer empoderada, elegante, atractiva, con estilo. Dirigía una *startup* de nuevas tecnologías y presidía la Asociación Española de Jóvenes Empresarios. A sus cuarenta años —era un poco mayor que Rosalía—, había recuperado recientemente la autoestima. La reconstrucción de su oreja ausente había sido un éxito, el cirujano plástico que la operó realizó un excelente trabajo. Por fin se recogía el pelo para hacer deporte o ir a trabajar, y sonreía con seguridad a los hombres que le interesaban. Lucía media melena estilosa, castaña en origen y tintada en diferentes tonos de rubio —oscuro, cenizo, platino, pajizo o medio— según su estado anímico. Miraba con sus penetrantes ojos azules, a menudo desde detrás de unas gafas grandes de pasta que le conferían un aire intelectual. Era elegante, aunque clásica: los trajes chaquetas, las camisas neutras, los bléiseres y los pantalones de tela eran sus básicos cotidianos. Inteligente y decidida, sobre todo desde que había accedido al Olimpo de los emprendedores de éxito, mostraba arrugas naturales de expresión que humanizaban su rostro. Gustaba cada vez más a los varones, mejoraba con el tiempo. Incluso un empleado talentoso se pasó a la competencia tras enamorarse de ella y ser incapaz de superar su desamor porque la veía a diario. Hasta ese día, siempre había sido discreta respecto a sus parejas; cuando quedaban, últimamente lo hacían con más frecuencia, jamás hablaban de sus relaciones.

—Estoy ilusionada, Rosalía —le confesó mientras pinchaba un trozo recién cortado de sándwich cubano—. Me estoy viendo con un hombre estupendo.

—¿Estás enamorada?

—Hasta las trancas.

—¡Cuéntamelo todo! —Rosalía basculó hacia adelante, evidenciando su interés—. ¿Cómo se llama? ¿De dónde ha salido? ¿Por qué es tan especial?

—Su nombre es Germán. Es mexicano, culto, todo un señor de los que ya no quedan. ¡Y me pone muchísimo! —pronunció la última frase en voz más baja, silabeando la última palabra.

Compartieron una risa cómplice, entusiasta.

—¿Cómo os conocisteis? —Volvió a la carga Rosalía—. ¿O tal vez lo has diseñado con esa plataforma de inteligencia artificial de la que tanto presumes?

—Nos conocimos en Facebook. Y no creas, no es un *pibonazo* al uso. Pero me aporta un mundo. ¡Me gusta todo de él!

Finalizadas las explicaciones y resueltas las numerosas preguntas que le planteó Rosalía, el rostro de la empresaria seguía iluminado. Verla así le evocó a la lingüista una imagen remota que había estado anclada en el olvido. Rememoró de pronto la madrugada alocada en la que se bañaron desnudas en la playa gandiense. Comenzaron a jugar ente las olas, se buscaron, se abrazaron, rozaron sus pieles y una cosa llevó a la otra. Terminaron enrollándose, compartiendo un sexo juvenil tan inexperto e incompleto como excitante y prohibido. Cuando concluyó aquel ensueño inesperado, sus cuerpos se enfriaron y regresaron sorprendidas a la orilla, donde aguardaba su ropa. Lo hicieron en silencio, tapándose los sexos, pudorosas. Se vistieron con torpeza y regresaron a sus casas como avergonzadas. Tardaron dos días en llamarse. Ninguna sabía qué decirse. Finalmente, el aburrimiento y la insistencia paterna las decidieron a quedar de nuevo.

No tenían mucho que hablar, pero era importante. Por fortuna, los destilados del sábado noche cumplieron su función y desataron sus lenguas, primero, y sus sentimientos más profundos luego.

—Tenemos que hablar sobre… eso —tomó la iniciativa la de los ojos marinos.

Rosalía dudó. Permaneció callada.

—Fue emocionante —continuó luchando para encontrar las palabras adecuadas.

—Qué par de locas —musitó la actual lingüista.

—¿Te gustó? —vaciló aquella Mariam adolescente cargada de prejuicios, culpabilidades y temores.

—Fue divertido —ganó tiempo la otra.

—No soy lesbiana —se decidió por fin a abrir la espita de la sinceridad, mientras repetía una y otra vez el tic defensivo con el que aplastaba su melena sobre el pabellón auditivo inexistente—. No sé qué me pasó, nunca me han atraído las mujeres. Y ahora, no sé, me siento incómoda. Tú eres… Tú quieres… ¿Estás pillada? No somos novias ni nada, ¿verdad?

—Te quiero mucho, Mariam. Pero como más te necesito es como amiga.

—¿Lo dices en serio? Tú sí que eres «torti», ¿no?

Rosalía no supo contestarle. Experimentaba. Se buscaba en cada situación, en cada lugar, con cada persona. Así que, sin paños calientes, compartió lo que pensaba:

—No volveremos a hacerlo. Será nuestro secreto: jamás hablaremos de ello, ni lo repetiremos ni nos condicionará para nada. ¿Estás de acuerdo? ¿Lo juramos?

—Del todo.

Cumplieron su promesa y, quién sabe si por ello, siguen conservando una amistad que las colma de alegría y bonitos recuerdos.

—Hemos hablado de mí —le dijo la Mariam Cosculluela actual en el restaurante donde le había confesado sus románticos inicios con Germán—. Pero y tú, ¿tienes pareja? ¿Cómo vas de amores?

—Mejor que mal —respondió Quevedo—. *Érase una vez una mujer a una profesión pegada. Érase una enfermedad superlativa.* Entre cuidar a mi madre y preparar informes, no puedo quedar ni con mi peluquera. Bueno, salvo ahora, contigo —bromeó.

Y así, como si nada, su amiga de ojos chispeantes improvisó un consejo que, en cierto modo, le dio la vuelta a todo.

# 5

Nunca había estado en un lugar así. Aunque había acudido preparada, porque sabía que el Palm Court —asociado al hotel Mandarin Oriental Ritz— era uno de los restaurantes más lujosos y elitistas de Madrid, su atmósfera le fascinó. Estaba inusualmente nerviosa, porque era su primera cita física con Germán Toloco y el corazón le latía con la fuerza de una turbina. Se había puesto muy guapa, quería impresionarlo. Llevaba un vestido entallado negro que le favorecía, zapatos de tacón estrecho y un abrigo largo de color visón con el que se sentía una *top model*. Había optado por lentillas en lugar de gafas y lucía unas espectaculares ondas doradas que conferían a su estilismo un dinamismo sensual.

Llegó antes que su acompañante. Así que siguió las instrucciones que este le había transmitido con un mensaje de voz media hora antes:

—Me retraso, mi vida. Asuntos de trabajo. Llegaremos algunos minutos después de lo previsto. ¡Estoy ansioso por estar contigo, María Amparo! Espérame en la mesa, bajo la cúpula del amor. He ordenado que te sirvan un elixir especial.

El metre la acompañó y le retiró la butaca para que se instalara. Mariam Cosculluela descubrió asombrada que, en realidad, una impresionante cúpula transparente coronaba su cabeza. Admiró también el mobiliario elegante y los cómodos asientos, todos ellos combinados con intención *aesthetic* sumamente refinada. Se dejó llevar. En cuanto le sirvieron la copa de Ruinart Blanc de Blancs, acompañó la espera degustando sus matices muy despacio, con tranquila delectación no exenta de impaciencia. Tiempo después supo que aquella consumición costaba ciento sesenta euros; en ese momento, intuyó que era una bebida excepcional y se concentró en disfrutarla.

De repente, un runrún se apoderó de su mente. Le sobrevino una sensación extraña sobre el mensaje que había recibido, por lo que decidió volver a oír el audio. Efectivamente, había dicho «llegaremos». Luego, ¿quién lo acompañaba? Aprovechando su viaje de negocios a

Madrid, habían acordado un encuentro privado, por lo que le desconcertaba ese plural.

El misterio no tardó en desvelarse. Antes de que aquella reflexión pasara de la categoría de ocurrencia, se despejó el enigma. Dos hombres trajeados y fornidos, con auriculares y enorme determinación de movimientos, exploraron el salón como si buscaran bombas, kamikazes o sicarios. Con disimulo, la empresaria observó cómo escrutaban cada rincón del espacio. En un momento dado, cuando parecieron haber quedado satisfechos, informaron a quien fuera a través del pinganillo y en un par de minutos apareció su cita. Entró como un magnate en una convención de potentados. Lo escoltaban los tres empleados de seguridad y una secretaria, según le aclaró después. La mujer era tan guapa, tan impecable, tan serena, que atrajo su interés.

—Es mi *personal assistant* —le explicó Germán Toloco.

Si bien nunca había tenido celos, aquella presencia femenina la puso en alerta unos minutos. Le pareció demasiado joven y exuberante para serlo. Con rapidez, alejó de su imaginación semejantes pajarracos tóxicos y se centró en el hombre que le había besado la mano antes de sentarse enfrente.

En el primer momento, la decepcionó. Era más bajo de lo que suponía, o quizás se lo había parecido al verlo avanzar entre semejantes armarios roperos. Su cutis no era tan liso e impecable como en las fotografías *online* que le había remitido, si bien Mariam lo justificó pensando que también ella aplicaba filtros a cuantas enviaba.

Pese a todo, antes de que les sirvieran la selección de caviar Beluga Tsar Imperial de procedencia búlgara, sus recelos habían desaparecido ante el encanto, la naturalidad y el desparpajo con los que se desenvolvía. La trataba con dulzura, caballerosamente, como si la conociera desde siempre.

«Somos almas gemelas», le había dicho él en una de sus videoconferencias. «Tal vez no me creas, pero llevo toda mi vida deseando conocerte».

—Ya me perdonarás —se disculpó en cuanto llegaron las ostras Special Èclaire de generoso calibre—. Por nada del mundo quería hacerte esperar, pero mi profesión es así de esclava…

Mariam no era aficionada al fútbol, aunque tenía la suficiente cultural general para relacionar la representación internacional de futbolistas con un alto nivel de vida. Conforme siguieron llegando platos a la mesa, se dijo que aquella realidad multiplicaba con creces cualquier idea previa.

—Espero que no haya sido un problema grave…

—El balompié es lo más importante de las cosas menos importantes de la vida. Pero en la élite, cuando se manejan tantísimos millones e intereses, nos exigen actuar siempre como si cada incidencia fuera el fin del mundo. —La miró con gesto admirativo—. No quiero aburrirte con mis tribulaciones; estás maravillosa. Eres bellísima, pareces una estrella de cine.

Mariam guardó la compostura mientras sentía cómo se derretían sus defensas. Para evitar un silencio que se alargaba demasiado, tomó la copa de agua Evian, bebió un buen sorbo y se aclaró la garganta bajo la atenta y cálida mirada de Toloco.

—Es curioso que, siendo mexicano, tu acento sea neutro —se arrepintió del comentario nada más decirlo, no fuera a ser que le molestara.

En realidad, reaccionó con diligencia:

—Soy ciudadano del mundo. Ya dejé atrás los *pinches güeyes* y el *viva México, cabrones* —exageró un convincente deje de mariachi que los hizo sonreír—. Actualmente paso mucho tiempo en Barcelona, soy el representante de mi empresa para el equipo de allá, y la sede de nuestra agencia está en Londres. De vez en cuando, estoy algunos meses en CDMX. Pero, en realidad, llevamos a futbolistas españoles, italianos, franceses, argentinos, colombianos, uruguayos y africanos que juegan en países de todo el mundo, incluidos Arabia, la India y Estados Unidos. Si fuera por estancias, ¡mi acento sería el de la ONU!

Mariam encontró el comentario especialmente ocurrente. En un par de ocasiones, la asistente se acercó hasta la mesa y se dirigió al galán centroamericano. Durante la primera, conversaron brevemente sobre un futbolista de nombre inaprensible y Germán le pidió que le enviara un burofax. Tras la segunda interrupción, se disculpó y adujo que debía hacer una llamada inaplazable. A continuación, la dejó acompañada del lomo de ciervo *à la broche* con setas y salsifís glaseado que ella había escogido como plato fuerte y del carré de cordero con cuscús especiado de su acompañante.

Apenas tardó cinco minutos en volver.

—Siempre he admirado a las mujeres inteligentes, independientes y decididas como tú. Valoro tu determinación; el de las nuevas tecnologías es un sector complejo, muy competitivo. No debe de ser sencillo liderar una empresa emergente y tan atrevida como Utópika. Me fascina pensar en la inteligencia artificial como una fuente de soluciones personalizadas y a la carta.

—¡Anda! Has visitado nuestra web... —Se enorgulleció y se sintió halagada por igual la madrileña.

—Claro que sí, me interesa todo lo tuyo —le dirigió una mirada pícara—. ¿Cómo lo hacéis? Os presentáis como especialistas en IA aplicada para todo, desde la educación a la política, pasando por la financiación, la logística y la comunicación. ¿Realmente sois capaces de cubrir tantos frentes? Hace falta una tecnología muy potente, y cara, para conseguirlo.

—Es más sencillo de lo que parece. Nuestro *core business* es la inteligencia artificial y sus aplicaciones.

Lo conocemos todo del sector y somos los primeros en aprovechar cada novedad importante que aparece. Así, hemos tejido una excelsa red de *partners* tecnológicos. ¡Son ellos los que dan la respuesta adecuada a nuestros clientes! Nosotros, tan solo seleccionamos y proporcionamos la mejor alternativa en cada caso.

—O sea, que no sois quienes aplicáis esas herramientas y sus soluciones.

—En puridad, no. Somos como esos coordinadores de los gremios imprescindibles al hacer una reforma. Planificamos, gestionamos, elegimos, priorizamos, organizamos, supervisamos y mejoramos el resultado final. Así, el cliente tiene un único interlocutor, especializado en él, que le responde ante todo. Eliminamos sus dificultades, le asesoramos hasta que consigue la satisfacción buscada y le ahorramos mucho tiempo, dinero y preocupaciones.

—Es un concepto ganador.

—No hemos inventado nada, solo hemos sido los primeros en aplicarlo a la inteligencia artificial. Y sí, es un enfoque de éxito, sobre todo cuando estás trabajando con los mejores. Por ejemplo, Contents.com es una extraordinaria plataforma de creación y comunicación mediante inteligencia artificial con capa humana. Tenemos un acuerdo de colaboración que nos permite resolver cualquier demanda de *copywriter*, traducción, *proofreader* e incluso generación de imágenes por IA que nos plantean. Lo mismo nos contratan agencias de comunicación que multinacionales, instituciones gubernamentales o medios de comunicación.

—Además de guapa, un cerebrito. Es una bendición haberte conocido. ¿Eres creyente? —No aguardó su respuesta—. Yo sí creo en un Dios o una Energía Benigna y Poderosa que dirige nuestras vidas. Estoy seguro de que tú eres un regalo del Destino, y yo también el tuyo. Para mí es muy importante la transparencia, la honestidad, la bonhomía. Jamás he confiado en nadie como lo estoy haciendo en ti. Tu personalidad me inspira, como si nos conociéramos desde siempre. ¿Te pasa a ti lo mismo?

Mariam asintió con embelesamiento. No respondió, le fascinaba escucharlo.

—Nos gustan las mismas cosas, nos entendemos bien y somos especiales —continuó Toloco—. Sobre todo tú. Ya me perdonarás tanto entusiasmo, sé que todo va muy rápido y quizás te estoy abrumando. Pero algo en mi interior me dice que tú eres esa persona especial con la que voy a compartir el resto de mi vida.

Aunque no había acudido a aquel encuentro con tales intenciones, la propia Mariam le sugirió pasar la noche juntos tras los primeros besos. Si bien estaba alojada en otro hotel, Toloco insistió en que no era suficiente. A instancias de su jefe, la secretaria recibió el encargo de reservar la mejor *suite* disponible en el Mandarin Oriental Ritz.

—Me haría aún más feliz poder despertarme por la mañana junto a ti y desayunar contigo en nuestra cama —le explicó en el lecho—. Lamentablemente, debo tomar un vuelo hacia Berlín esta madrugada. Intentaré no despertarte cuando me vaya.

Así ocurrió. Cuando Mariam se desperezó bajo las suaves caricias de aquellas sábanas de raso, Germán Toloco ya no estaba. En su lugar encontró dos rosas: una roja y otra blanca. Buscó sus significados en AI Chat, una de las funcionalidades de Contents.com: la roja expresa el amor y la pasión; la blanca, simboliza la inocencia y el amor espiritual y puro.

En aquel momento, fue consciente de que ya no era la misma. Se había convertido en una mujer enamorada.

# 6

Circe se asustó al ver a su madre. Desde que tenía uso de razón, jamás la había visto con tan mal aspecto. A sus veintiún años no era todavía una persona empática, pero se aproximó hacia ella para intentar consolarla. Se sentó en el sofá donde yacía y le acarició los tobillos sin dejar de mirar sus pies descalzos con uñas lacadas inusualmente descuidadas.

—Tienes que ser fuerte, mamá. Todo se arreglará, Bartolomé aparecerá —enmascaró sus convicciones por el afán de protegerla.

—Le ha ocurrido algo terrible —se señaló el corazón—, lo siento aquí. Su oficio es más que peligroso; negocia con señores de la guerra y está en el punto de mira de contrabandistas, terroristas y ladrones. Cualquiera de ellos ha podido…

—Ten confianza, mamá. Resiste, de nada va a servir abandonarte.

—¿Y si lo han matado? Peor aún: ¿y si nunca llego a saber qué le ha pasado? Como las familias con desaparecidos a las que entrevistaba Lobatón en su programa. Nunca dejaban de sufrir.

La joven ignoraba a qué se refería, pero respetó su catarsis y la dejó fluir.

—Seré una muerta en vida, nunca sabré qué le ha ocurrido. Qué horror, no me puede estar pasando esto. Le amo. Es a la única persona a la que he amado nunca.

Aunque se tensó al acordarse de su padre, Circe Diosdado siguió escuchando a Mona.

—Desde que nos conocimos, todo ha sido perfecto. Me ha hecho sentir una mujer completa desde el primer día. Qué porte, qué elegancia. ¡Tan joven y tan bueno! ¿Te he contado aquella vez que me llevó en avión privado a París? —Lo había hecho en cientos de ocasiones, no podía comprender cómo seguía preguntándolo. En cualquier caso, no era cuestión de interrumpirla—. Me llevó a la ópera, igual que en *Pretty Woman*. Y qué guapo está siempre, con ese pelazo y tanta elegancia natural como tiene. Pobrecito, cómo estará ahora. ¿Y si lo retienen en una choza perdida de África? Cómo son las cosas: ¿te puedes creer que estoy evocando su colonia? Como si estuviera aquí mismo. ¿Sabes? En la intimidad su cuerpo olía dulce, emanaba unos efluvios exquisitos a vainilla; me hacía sentir única. Cuando me hacía el amor.

Circe no podía soportar esas confesiones. Le daba pudor escucharla, mucho más sabiendo que no hablaba de su padre. Así que aprovechó que las lágrimas empezaban a arrasar sus expresivos ojos para reaccionar y entrar al quite:

—Llorar es bueno. No te reprimas.

—Las mujeres no lloran, las mujeres facturan —improvisó una broma insípida, inspirada en la letra de la canción de Shakira, para no preocuparla aún más. Sin embargo, enseguida fue consciente de que no tenía ánimo, ganas ni talante para hacer reír a nadie en esas circunstancias—. Qué tontería, tantas *moderneces*. Donde esté el *statu quo* tradicional con el marido trabajando y la esposa en casa, encargándose de todo lo privado… Así nos va hoy en día, que el mundo es un sindiós y los valores tradicionales se han perdido.

Su hija silenció su desacuerdo. Interiormente agradeció la llegada de la Tata, que traía una bandeja con pastas y una infusión de hierbas.

—Coma algo, señora. Se encuentra demasiado débil. Con energía, la mente se vuelve más positiva y lúcida.

—Qué sabrá usted del amor, si nunca la ha querido nadie.

—¡Mamá! Lourdes solo pretende ayudarte —reaccionó Circe, movida por el sincero amor que sentía hacia su cuidadora, quien había ejercido el rol materno con más vocación, compromiso y eficacia que su progenitora.

—Perdón si he molestado. Ya sabéis que siempre soy sincera —exageró—. No me entra nada.

—Enfermarás si no comes. ¿Qué te diría él, si pudiera? Cuando vuelva, ¿cómo quieres que te encuentre? ¿Prefieres que te vea famélica, abandonada y vulgar o como la dama elegante y carismática que siempre ha conocido?

A la viuda de Diosdado le pareció una argumentación inobjetable. No necesitó más para abandonar el *postureo*, estaba hambrienta y las pastas artesanas le encantaban. Se incorporó, se estiró hacia la bandeja que acababa de dejar su empleada sobre la mesita baja y eligió una de frambuesa, riquísima, que devoró en tres bocados.

—Lourditas, no quiero la infusión, es bebida de ancianas. Prepáreme un capuchino con mucha crema y canela espolvoreada por encima, ya sabe cómo me gusta. Y tráigame un espejo y el set de cosmética. Debo de estar horrible, así no soy persona. —Se dirigió a continuación hacia su hija—. Tienes razón, Circe, he de cuidarme y estar bien para su vuelta. Me encontrará perfecta cuando llegue, estará orgulloso de mí. Y otra cosa os digo —empezó a recuperar la compostura desenvuelta que la caracterizaba—, tenemos que salir en la televisión. Hay que empapelar Zaragoza con su fotografía y abrir todos los telediarios. —Engulló otro dulce mientras pensaba en voz alta, esta vez chocolateado—. ¿Os parece vulgar? Una familia de élite como la nuestra ha de ser ejemplo de templanza, sofisticación y saber estar incluso en el dolor. Ya lo decía tu padre, que en paz descanse: «La calidad humana se prueba en la dificultad».

Agarró la tercera y última unidad del plato:

—¿Qué está haciendo ahí, mirándonos como una pasmarote? —Recriminó a la Tata—. Tráigame el capuchino, por favor, y otra ración de estas pastas. ¡Están riquísimas! Por cierto —añadió—, ¿está Hugo en casa? Quiero preguntarle su opinión, vosotras nunca me sacáis de dudas.

Circe se indignó: había vuelto a hacerlo. Siempre la ninguneaba frente al inútil de su hermano, su favorito, pese a que ella era la más dotada intelectualmente y la mejor preparada para asesorar con buen criterio.

Enojada, se fue detrás de Lourdes sin despedirse, no le importó dejar sola a su madre en aquel salón enorme atestado de elementos tan inútiles como las reflexiones de Mona Diosdado.

Meses antes, Rosalía Quevedo estaba trabajando en una transcripción fonética. Se había olvidado de comer o, mejor contado, había decidido no interrumpir su labor para que le cundiera más. Se trataba de unas conversaciones telefónicas grabadas con escasa calidad que dejaban constancia de una contratación verbal entre una compañía de seguros y un particular. La escasa inteligibilidad de algunas frases condicionaba la interpretación del acuerdo, ahora que era necesario plasmarlo en una indemnización. Por ello, el abogado de la defensa había solicitado el peritaje de una lingüista independiente.

Cuando la cuidadora estaba en casa, solía trabajar de tirón y adelantar todo lo posible, para evitar las constantes interrupciones de su madre en cuanto se quedaban solas. Era como si lo hiciera a idea, solo por fastidiar. Tanto era así que, en ocasiones, si se ponía especialmente impertinente, le suministraba una dosis extra de medicamentos hipnóticos para que se durmiera y la dejara en paz. Solo los familiares a cargo de personas dependientes saben qué difícil resulta convivir así cuando careces de apoyo.

«Si al menos fuera una mujer tranquila, dócil Pero es insufrible porque quiere serlo», trataba de autoconvencerse para racionalizar un comportamiento del que se avergonzaba, la hacía sentir mala persona y peor hija, aunque no era capaz de erradicarlo. Su relación maternofilial nunca había sido sana. Hasta tal punto se había agravado la mala convivencia que, a veces, deseaba que muriera para recuperar su libertad y el timón de su existencia. Por lo general, esas actuaciones maquiavélicas preludiaban alguno de sus brotes. Aunque Rosalía era una mujer brillante, capacitada y responsable, tenía una debilidad latente: un trastorno alimentario. No había sido diagnosticada porque jamás había acudido a un especialista ni compartido con nadie lo que le pasaba; pero, cuando se despertaba la Bicha, perdía el control de sus emociones y el ansia de comer la dominaba. Tras engullir en cantidades industriales los procesados menos saludables, la ansiedad se transformaba en una falsa calma, antes de degenerar en una profunda tristeza, asco y desesperación por lo hecho. Aquella pretendida conducta reparadora se transformaba en una espita de malestar que la dejaba tocada durante dos o tres días. Por fortuna, esos arrebatos pantagruélicos se habían espaciado; solo le ocurrían ya esporádicamente. Practicar relajación y volcarse en el trabajo, que le apasionaba, la ayudaban a canalizar su autoestima, a aceptarse y dominarse.

Era su punto débil y estaba aprendiendo a convivir con él. No resultaba fácil, aunque su fuerza de voluntad siempre había sido uno de los pilares de su personalidad. Estaba decidida a derrotar al monstruo. En ello andaba, el reto era ambicioso. Sobre todo, con una antagonista tan dañina y ofensiva como la que oyó gritar su nombre con cajas destempladas entre una vorágine de insultos, blasfemias y descalificaciones.

—¿Qué ocurre, mamá? Dime qué sucede. —Entró en el dormitorio corriendo, alarmada por el imparable aumento de decibelios y frases desagradables que captaban sus oídos.

Margarita, la sanitaria, recogía en cuclillas la bandeja, los medicamentos y otros enseres que un manotazo de la enferma había lanzado al suelo. Algunas lágrimas corrían por su rostro mientras se mordía el labio inferior, que estaba a punto de sangrar.

Por más que lo intentaba, no conseguía aplacar la furia de su madre. Seguía bramando como un demonio en un exorcismo, agitaba su cabeza cuanto le permitía la parálisis e intentaba provocar el máximo destrozo posible con el único brazo que movía.

Tuvieron que sedarla.

—¡Maldita hija de perra bastarda! —la oyó gritar antes de sucumbir a la inconsciencia administrada que devolvió el silencio, y la paz, a la vivienda.

Las desgracias no suelen venir solas. Margarita, la enfermera, todavía sollozaba cuando se lo dijo:

—Lo siento mucho, Rosalía; no puedo seguir. Es una mujer insoportable. Lamento irme y dejarte sola con esto, pero yo sí puedo elegir; no he estudiado mi carrera para pegarme estos disgustos.

La comprendió. Sin embargo, era la profesional que más tiempo había aguantado y la que mejor había sabido desenvolverse con la fiera.

—Te subo el sueldo —lo intentó la lingüista a la desesperada.

—Te lo agradezco. Pero mi salud mental es lo primero. Si sigo aquí más tiempo, me voy a volver loca. Cada día que vengo me siento más alicaída, me roba la energía. Ya no me quedan fuerzas para nada cuando me marcho a mi casa. Esto es un infierno, necesito rehacer mi vida. Te ruego que lo entiendas…

—No me hagas esto, por favor...

—De verdad lo siento. He llegado al límite. —Se encogió corporalmente, como si quisiera desaparecer, avergonzada como estaba de su decisión—. Puedo venir un par de días más hasta que te organices y encuentres a una sustituta. Pero no más, o me dará un ataque.

»¿Me permites un consejo? Intérnala. No se merece todo el sacrificio, el sufrimiento ni el dolor que te provoca. A menudo, las decisiones más duras son las únicas que nos permiten seguir. Lo siento muchísimo; de verdad, lo siento.

Cuando oyó el ruido de la puerta al cerrarse, Rosalía necesitó llorar. Ojalá lo hubiera hecho. En cambio, corrió hacia la cocina y rebuscó en la despensa. Encontró medio paquete de galletas integrales y unas cuantas onzas de chocolate negro. Las engulló al instante, aunque no se aplacaron sus ansias. Así que, en pijama como estaba, se calzó unas deportivas y salió a la calle con voluntad de zombi. Compró las provisiones en el Mi Alcampo de la esquina: dos bolsas tamaño familiar de Ruffles al Jamón, un *pack* de Donuts con chocolate, sendos fuets de unos cincuenta centímetros cada uno, una caja de Oreo bañadas, dos Coca-Cola de litro y medio y varios paquetes de gominolas, nubes de azúcar y regalices rojos.

De vuelta a casa, se fue directamente al aseo, se sentó en el suelo al lado de la taza y fue abriendo, vaciando e ingiriendo sin orden ni concierto los productos recién adquiridos en el supermercado. Tardó algo menos de media hora en devorarlo todo. Durante el proceso, se olvidó de sus problemas y experimentó un falso aumento de energía. La intensidad de los sabores y el acto mecánico de masticar le generaron una cierta sensación satisfactoria. Cuando agotó el último paquete, apoyó su espalda en la pared cerámica y la mano sobre la loza del retrete para soportar la creciente sensación de asco que se producía a sí misma.

Derrotada, se sujetó las sienes con las manos y se ovilló para empequeñecer su presencia, porque no podía hacerlo con su alma ni con su sufrimiento.

Perdió por completo la noción del tiempo mientras lloraba con desesperación, sola, en aquel improvisado rincón doméstico.

Más tarde, cuando volvió a oír su nombre gritado por su madre, esta vez con deje desvalido y no agresivo, no lo dudó. Prefirió volver a ejercer de mala hija que afrontar en esas condiciones otra conversación con ella.

Le temblaba el pulso mientras aplastaba el Zolpidem y el Zaleplon que mezcló con agua. Se lo dio a beber para ganar una prórroga de calma en la que recomponerse.

# 7

🗨 Saludos a la mujer más especial del Universo. ¿Tienes unos segundos?

El WhatsApp de la historiadora se activó para mostrar este mensaje del chico con el que salía. Almudena Prim se apresuró a responder, hacía día y medio que no sabía nada de él y andaba un tanto inquieta.

💬 ¿Cómo estás, amor? Te echaba de menos

🗨 Y yo a ti. Estoy en Ibiza y no consigo localizar al encargado. Necesito que me dé el dinero para pagar la noche del hotel y como apenas tengo batería en el móvil me pregunto si me harías un favorazo tú que eres la best. Me vas a ayudar muy mucho. Te importa si te pido que me hagas un bizum por 180 €, si no tendré que dormir dentro del coche en cualquier cala

Como la destinataria tardaba en responder, porque no sabía qué decirle, el productor musical completó su mensaje:

🗨 Sé que estamos a final de mes y no te sobra el dinero pero el responsable no tardará en venir y al instante te haré el bizum de vuelta. En cuanto llegue al hotel y me instale en la room pondré el móvil a cargar y te llamaré para que me cuentes cómo estas. Si no puede ser tranquila que lo entiendo. He visto un contenedor de papel cerca, seguro que puedo coger algunos cartones y usarlos en el coche como sábanas, pensaré en ti mientras me arropo con ellos jajaja

🗨 Dime algo pronto ¡que se me acaba la carga! Te amo el resto de mi vida

Almudena tomó la decisión de telefonearlo. Su naturaleza desconfiada y su profundo enamoramiento la hacían sentir celos cuando él no estaba cerca. Llevaban cuatro meses saliendo y le había demostrado que era un chaval estupendo, confiable, sincero. Aun así, necesitaba oír su voz para saber que estaba bien y quedarse tranquila. No le había comentado nada de aquel viaje a la isla balear: ¿qué estaba haciendo allí y con quién había ido?

—Hola, tesoro —respondió Júnior tras el tercer tono.

—Amoooor, te quiero mucho —aflautó la voz Almudena—. ¿Qué estás haciendo allí?

—Una urgencia laboral. Esto se va a cortar muy rápido, no me queda carga. Me vas a hacer el favor, ¿verdad? Te recompensaré con una cita única. ¡Pasaremos unos días en mi chalé de Mallorca!

—Sí, claro que sí, en cuanto cuelgue lo hago. ¿Me echas de menos por allí, con tanta fiesta y chicas guapas como hay?

—A cada momento. La única fiesta que me va son tus sonrisas. No hay nadie como tú, ¡eres mi amor!

Y se cortó la llamada.

Aunque ya no pudo volver a contactar, Almudena respiró tranquila: estaba claro que la amaba. Así que, de inmediato, abrió la aplicación móvil de su entidad financiera y realizó el traspaso de dinero solicitado. ¿Para qué, estamos las parejas si no es para ayudarnos cuando nos hace falta? Dejó la casilla del *Concepto* vacía e incluyó una *nota* que le pareció oportuna: «Te doy mi vida, vida».

Pronto me llamará, se dijo sintiéndose una mujer afortunada por vivir ese romance con alguien como él. Tenían muchas cosas en común; en especial, la música. Júnior Hernández, conocido en la escena artística alternativa como K-IN, producía a solistas y grupos de bachata romántica y bachata nueva, al tiempo que componía músicas propias para telenovelas y videojuegos. Ella, por su parte, era una melómana consumada y tocaba el piano con progresiva habilidad. Cuando apoyaba sus dedos largos y ágiles con uñas mordidas sobre el teclado, nada parecía anticipar el virtuosismo que demostraba al pulsar las teclas blancas y negras del instrumento. Poseía un talento innato que, en realidad, había desaprovechado, porque nunca había sido tutelada por un maestro cualificado en la enseñanza de esta destreza musical. No es de extrañar, por ello, que hubiera acabado dedicándose a una actividad profesional distinta; optó por estudiar Historia y ahora trabajaba como comisaría en exposiciones museísticas temporales y permanentes, colaboraba escribiendo artículos en un par de revistas y ejercía como guía turística para completar su nómina.

K-IN sí se dedicaba profesionalmente a la música. Sin embargo, pese al éxito que les atribuía a algunos de sus temas y de sus artistas, su principal fuente de ingresos no podía ser más sorprendente:

—Empecé a invertir en criptomonedas de una manera casual. Por experimentar. Tenía tiempo libre y estaba buscando la manera de ganarme un sobresueldo. Un colega me habló de un inversor digital que era la leche. Me lo presentó y decidí probar a aplicar sus consejos con unos cientos de euros. ¡En un mes multipliqué por cinco lo invertido! Como es normal, seguí probando y fui ganando más y más de modo exponencial. Una cosa llevó a la otra, me aficioné a ese mundillo y descubrí que se me daba bien. Me fui formando de modo autodidacta. ¡Siempre acertaba! Era como si tuviera un sexto sentido, un instinto animal innato para acertar cada vez que compraba criptomonedas. No solo sigo ganando dinero a espuertas para mí, también tengo una selecta cartera de grandes inversores. Aunque todavía no he aprendido cómo explicarles a mi madre y a mi abuela en qué consiste este negocio, que soy un *cibercrack* es tan cierto como que te lo estoy contando ahora mismo.

Almudena Prim recordaba con especial cariño aquella primera cita. Sucedió como siempre había deseado que ocurriera y le resultó todavía más bonito porque ya había perdido la esperanza de que le pasara. A sus treinta y cinco años, había aceptado su condición de hembra insustancial, poco agraciada y con un romanticismo tan acentuado que prefería esperar toda la vida al príncipe azul, pese a saber que quizás nunca llegaría, que unirse a los pocos sapos a los que atraía. Lo más llamativo de su físico era su larga melena leonina, cuyos rizos naturales abundantes y enroscados le conferían una apariencia más que llamativa desde lejos. De cerca, no obstante, su impacto desaparecía. Tenía los ojos pequeños y vulgares, la nariz demasiado ancha en la base, como de perro pachón recién nacido, y su boca fina, habitualmente enrojecida por el carmín o por el frío, formaba una agradable sonrisa de dientes blancos aunque irregulares que había cautivado a algunos hombres, pero jamás a ninguno por el que ella hubiese suspirado.

—¿Cómo me está pasando a mí esto tan maravilloso? —se repetía una y otra vez, ilusionada, soñando con un vestido blanco nupcial de estilo ibicenco, tan bohemio y singular como a ella siempre le apetecía ir.

Su repertorio al piano era reducido. La parte mala es que solo lograba interpretar completas cuatro o cinco piezas. Sus favoritas eran *Para Elisa*, de Beethoven, y el Preludio n.º 1 de Juan Sebastián Bach. La parte buena radicaba en que, como las repetía siempre, había alcanzado un virtuosismo enorme al interpretarlas. El público no iniciado, cuantos desconocían que eran piezas fáciles para principiantes pese a su belleza, quedaba impresionado al escucharla.

Por circunstancias de la vida y exigencias laborales, K-IN solo había podido visitarla en su piso en un par de ocasiones. Lo que más le sorprendió fue ver que, en vez de televisión, tenía en el cuarto de estar aquel piano de cola. Su tamaño, excesivo para las dimensiones del salón, tan solo permitía completarlo con un par de sillones ergonómicos, una mesa para comer con cuatro plazas y una estantería modular comprada en el Ikea, atestada de ensayos y novelas.

—Tienes que adorar la música para haber metido un piano de cola en un espacio tan pequeño —le planteó Júnior Hernández, entre admirado y sorprendido, al verlo allí plantado.

—Me recuerda a mi padre. Él me inició, me enseñó a tocarlo. Era un gran hombre. Cuando murió, destiné mi parte de la herencia a comprarlo. Tuve que completar el pago con un crédito rápido y, como ves, no pude adquirir uno muy bueno. Pero cada noche toco en él una o dos piezas y es como si volviéramos a reunirnos. En cierto modo, gracias a ese piano, papá y yo seguimos encontrándonos todos los días.

—Es precioso —se emocionó su acompañante—. Y me aporta dos lecciones a cuál más importante —intercaló una pausa dramática que prolongó apurando su botellín de cerveza—. La primera, que eres cojonuda. La segunda, que te amo y quiero pasar contigo el resto de mi vida.

Se besaron y, más tarde, hicieron el amor muy lentamente. Almudena Prim nunca había sentido tanto con nadie ni con nada. Fue como una afinada melodía de sensaciones intensas.

Pensó que, por fin, su vida amorosa coincidía con sus expectativas vitales. Cuando se acostaba por las noches y conversaba con su padre, allí donde estuviera, siempre le hablaba de Júnior y de cómo la hacía sentirse:

—Solo te pido una cosa más, papi. Haz que viaje menos, para que podamos pasar más tiempo juntos. Es para mí como tú para mamá: el hombre perfecto. Estoy segura de que lo has elegido tú y me lo has mandado. Desde ahí arriba se ve todo más claro, ¿eh? ¡Has acertado de pleno! ¡Te quiero más que nunca!

Tras haber tocado el piano en su salón, Almudena Prim se acomodó en el sillón con el móvil en la mano; estaba ansiosa por recibir la llamada que K-IN le había prometido. Se quedó dormida mientras imaginaba su próxima cita con lujo de detalles. A la mañana siguiente, le sorprendió no encontrar ningún mensaje almacenado.

🗨 ¿Estás bien? —tecleó la historiadora con dedos impacientes, temblorosos, antes de desayunar.

🗨 No del todo —le contestó él al cabo de un par de horas—. Tengo complicaciones con las criptomonedas. Te iré a ver en cuanto pueda, cuando resuelva algunos temas te llamaré, espero que muy pronto. Confía en mí, tesoro. Ayer me puse en Spotify Para Elisa y te sentí tan cerca que terminé llorando. In love con Almudena!

# 8

En cuanto el inspector Bidasoa, jefe de Seguridad Ciudadana, realizó la primera inspección ocular al cadáver abandonado en el Camino de La Alfranca comprendió que había algo significativamente extraño en él. Los agentes de la Policía Nacional a los que había encontrado custodiando el cuerpo lo habían puesto al corriente de la situación inicial:

—Es una mujer que está boca abajo. Parece presentar un agujero de bala en la parte posterior de la cabeza, a la altura de la nuca. Está allí, en esa antigua acequia.

—¿Hay agua en ella?

—No, está vacía.

—Mucho mejor. ¿Quién la encontró?

—Fueron un par de senderistas, un padre y su hija pequeña, mientras paseaban por la zona. Es un gitano apellidado Heredia, tiene antecedentes penales por delitos menores y no se explica bien. Según nos dijo, estaban jugando al escondite cuando la niña vio el cadáver y empezó a gritar. Aseguró que no habían tocado nada, pero cuando llegamos se habían sentado a merendar en aquella mesa. —Señaló la más cercana al sitio donde había aparecido el cuerpo—. Han dejado restos de bocadillo y crema de chocolate, así que quizás contaminaron también el resto de la escena.

—¿Dónde están ese par?

—Les tomamos los datos y les dejamos marchar. Avisamos al padre de que lo llamaríamos a declarar. Estaban muy nerviosos, la niña lloraba y él había empezado a mostrarse un poco agresivo.

—Confiemos en que no desaparezca. Estos tipos nos tienen más aversión que al agua embotellada. —¿Había sonado racista? Estaba harto de medir sus palabras por aquello de lo políticamente correcto, así que continuó como si nada. Sus subordinados no hicieron movimiento ni mención al comentario—. ¿Habéis avisado a la Científica?

—Vienen de camino. No tardarán en llegar.

—¿Y el forense?

—También está avisado.

Bidasoa prefería hacerse una composición general del entorno antes de analizar lo concreto. Por eso, sorprendió a los otros policías alejándose del sitio donde la víctima había sido abandonada. Tras intentar mimetizarse con aquel paraje natural zaragozano, caminó despacio, metódicamente, hacia el punto más importante del escenario.

Halló un cuerpo en posición decúbito prono; es decir, tendido boca abajo y con la cabeza ladeada en dirección contraria hacia donde él se encontraba. Vestía un abrigo largo y femenino de color negro, estiloso pero, en apariencia, de escasa calidad y bajo precio. Ni los pantalones tejanos que sobresalían por debajo ni las deportivas unisex parecían encajar, no obstante, con esa prenda. Quien fuese había tapado parcialmente su cabeza con lo que parecía ser una toalla de manos con rizo americano en color verde grisáceo. Le transmitió una sensación de esponjosidad y suavidad sin necesidad de tocarla.

—¿Qué le parece, inspector? —interrumpió su análisis visual, y su proceso reflexivo, el agente menos experimentado.

Su jefe se separó de él sin mirarlo. Como el camaleón mimetizado, cuando se había fusionado con el entorno solo regresaba a la normalidad si era absolutamente necesario.

—Son demasiado grandes —se pronunció de un modo enigmático, aunque no era su intención. Se había limitado a expresar el pensamiento que en ese momento estaba atravesando su mente hiperactivada.

Perplejo, el agente lo vio bordear algunos matorrales para alejarse del cadáver unos diez metros, bajar al interior de la canalización y salvar la consiguiente subida en el lateral contrario. Una vez al otro lado, desanduvo sus pasos y regresó junto a la muerta. Desde su nueva perspectiva, quedaba ligeramente visible una parte del cuello, gracias a un doblez en el algodón de fibras largas de la toalla. Al ver la nuez inmóvil, sus ojos se abrieron más y una expresión de satisfacción profesional dibujó en su semblante una sutil sonrisa. Si alguno de sus compañeros habituales hubiera estado allí, habría interpretado que acababa de descubrir algo importante.

Los técnicos del laboratorio de criminalística acababan de llegar. Bidasoa fue a su encuentro, los saludó y se dirigió sin más preámbulos a quien lideraba a aquel equipo de científicos forenses:

—Todo indica que es un asesinato. Sospecho que ha sido planificado y realizado por alguien del entorno de la víctima. Le han tapado el rostro, señal de arrepentimiento y apego. Por otra parte, las apariencias engañan. Las manos y los pies son demasiado grandes.

—¿A qué se refiere, inspector? —Volvió a precipitarse el policía impulsivo.

—Alguien se tomó la molestia de ponerle un abrigo femenino muy elegante para adornar la ejecución. Pero lo que tenemos ahí, caballeros, no es una mujer asesinada. Este caso promete ser estimulante. ¡Han matado a un hombre! Así que tendremos que confirmar que no se trata de un travesti, aunque me atrevo a pensar que nos encontramos en realidad con una escenografía. Quien abandonó ahí a su víctima nos ha dejado un mensaje. Por algún motivo, quería que el muerto pareciera una mujer.

»Todo vuestro por ahora, compañeros. Informadme al instante de cualquier avance. Necesito un carajillo, estos tragos siempre pasan mejor con algo fuerte en el gaznate. Y, visto lo visto, los de Homicidos tendrán que pasar una buena temporada trabajando *a full* hasta que resuelvan este crimen.

# 9

Las inauguraciones de sus exposiciones siempre la ponían nerviosa. Los días previos a la apertura de estos eventos culturales eran frenéticos, solían surgir problemas de última hora en cuestiones diversas, desde las cartelas al vinilado de los distintos ámbitos, pasando por los seguros, los permisos de las obras expuestas y las solicitudes caprichosas de última hora de los promotores, quienes eran a fin de cuentas sus clientes. Por si no fuera suficiente, tenía que recibir a las autoridades y lidiar con el estrés organizativo sin perder la compostura, la sonrisa ni el buen tino para mantener siempre las conversaciones adecuadas. Llevaba un día horrible. Todo se había complicado más que nunca cuando la empresa de azafatas contratada había dado la espantada en el último momento por un problema legal sobrevenido. Aunque había conseguido *in extremis* contratar a otra compañía, sus profesionales apenas habían tenido unos minutos para conocer la galería, la exposición y las obras, por lo que tenían dificultades para cumplir correctamente su función y atender o guiar a los invitados que solicitaban su ayuda. En cambio, la afluencia de público y medios estaba superando las mejores previsiones; lo que en otras circunstancias hubiera sido un motivo incuestionable de alegría, en ese contexto se convertía en un riesgo adicional. Si algo salía mal —y era evidente que podía ocurrir—, la repercusión mediática aumentaría.

Haciendo de tripas corazón y de las dificultades callo, Almudena Prim aprovechó su discurso inaugural para agradecer la asistencia a los presentes, en especial a las autoridades locales y regionales que los acompañaban. Solo llevaba un centenar de palabras pronunciadas cuando su teléfono móvil se volvió loco en el bolsillo trasero de su pantalón y comenzó a vibrar igual que el

Satisfayer que guardaba en su cómoda. La distracción le hizo perder el hilo de su elocución y se vio forzada a disculparse por sus continuos errores. En paralelo, su ansiedad crecía por un doble motivo. En primer lugar, porque era consciente de lo mal que estaba haciendo su trabajo, después de todo el esfuerzo, el tiempo y el empeño que había invertido en hacer realidad aquella muestra titulada «Bebés. Retratos de nuestro tiempo». En segundo, porque intuía que era él, Júnior Hernández, quien estaba enviando aquella retahíla de mensajes. Como llevaba casi un mes sin recibir noticias suyas pese a sus constantes intentos de retomar el contacto, anhelaba librarse cuanto antes de toda aquella gente emperifollada para saber cómo estaba su amado.

Aguantó con teatralidad los discursos políticos y, en cuanto terminó el recorrido oficial por la galería, plagado de los parabienes y los halagos vacíos de costumbre, inventó una excusa y se marchó a los aseos. Se encerró en una de las cabinas y desenfundó el *smartphone* mientras su corazón estaba a punto de salirse de su pecho.

🗨 Hola mi vida. Perdona mi silencio, he tenido que estar escondido hasta ahora

🗨 He estado super jodido

🗨 Llevo un mes de perros, tengo un problemón y me está costando superarlo

🗨 La red de criptomonedas que utilizo ha sufrido un ataque y ha sido vulnerada. Los ciberdelincuentes han bloqueado las cuentas, tengo todo el dinero inmovilizado

🗨 Llevo semanas haciendo equilibrios en la cuerda floja. Quería tirarme por la ventana, me lo llegué a plantear. Entonces pensaba en ti y recuperaba las ganas de seguir luchando

🗨 Piensan que han sido los rusos, o los paquistaníes, vete a saber. Han destrozado el blockchain y mis inversores han entrado en pánico

🗨 Hipotequé mi villa de Mallorca para afrontar los pagos urgentes. ¡No veas qué follón ha sido todo! Ahora la cosa está más controlada, pero me amenazaron de muerte

🗨 Solo quiero estar contigo, te quiero, mi vida

🗨 Tú me has dado fuerzas y he conseguido solucionarlo casi todo, será cuestión de tiempo, los técnicos están contrarrestando ya los efectos del ciberataque y pronto volveremos a cotizar criptomonedas, a ganar dinero a espuertas, y a estar juntos

🗨 Me apetece tanto verte...

🗨 Te amo. Eres mi luz y mi suerte

🗨 ¿Estás ahí? ¿Por qué no contestas? Cuánto daría por leer alguno de esos mensajes tuyos que me dan tanto ánimo

🗨 Necesito que me eches una mano. Voy a firmar un contrato de producción con un cantante dominicano que es lo máximo. Seguro que lo conoces, se llama Q-Pido, está en Spotify. Le voy a producir en exclusiva 6 hits mundiales. ¡Es una noticia cojonuda!

🗨 ¿Puedes echarme una mano? Sé que lo harás: eres mi media naranja y nunca me has fallado

🗨 Necesito 5000 € con urgencia, para viajar a Santo Domingo con mi equipo y firmar el acuerdo. Te los devolveré en tres o cuatro días. En cuanto firmemos el contrato, recibiré un anticipo de 12000 €

🗨 Lo primero que haré será pagarte a ti y devolverte lo que me has prestado antes. ¡Lo tengo todo anotado!

🗨 Lo segundo, volar a Madrid y pasar la noche contigo. ¡Nos acariciaremos hasta que se nos duerman los brazos!

🗨 ¿Verdad que vas a hacerlo?

🗨 ¿Por qué no me contestas, amor? Confío en ti, dime algo pronto, me están pidiendo una confirmación ahora

🗨 Si no pudiera ser, no te preocupes. Perderemos una ocasión única, pero no voy a dejar de quererte por un tema menor como el dinero. Lo malo es que igual tardamos algo más en vernos

🗩 Sé que te supone un esfuerzo, te lo compensaré de por vida

🗩 In love forever con Almudena

La comisaria de la exposición dudó mientras leía esos mensajes. El carrusel de sensaciones que experimentó fue tan intenso, variado y difícil de asumir que le parecía estar protagonizando una novela. Optó por llamarlo, necesitaba oír su voz después de tanto tiempo; así sabría qué sentía por ella realmente. Le respondió con un hilo susurrante, alicaído, que incrementó su inquietud:

—No puedo hablar ahora, mi vida. Estoy reunido. Mándame wasaps e intentaré responderte. Tú estás bien, ¿verdad? Tengo que dejarte, perdona, es de vida o muerte. Te amo.

Un sudor frío le recorrió la espalda al sentir cómo le colgaba sin haber llegado a articular palabra. Se recostó en una de las paredes laterales y se concentró en la cisterna blanca del sanitario mientras repasaba a gran velocidad la situación. Concluyó que solo tenía tres certezas. Debía regresar a su trabajo cuanto antes. Cinco mil euros eran mucho dinero. Amaba a Júnior y estaba segura de que el sentimiento era recíproco. «Son solo algunos días», se dijo. «Enseguida me lo devolverá y al fin podremos vernos».

Antes de tomar la decisión de modo consciente y fehaciente, sus dedos ya habían ordenado desde su cuenta de empresa el bizum de cinco mil euros que su amor le había demandado.

A continuación, salió a la zona de lavabos, se refrescó el rostro, recompuso ante el espejo su sonrisa y se convenció de que había hecho lo correcto. Todo saldría bien a partir de ese momento y pronto estaría compartiendo una velada romántica con K-IN, se repitió de camino hacia la sala donde se estaban sirviendo el vino español y el picoteo.

Al cabo de media hora, su móvil volvió a vibrar. Aprovechó que la situación estaba más tranquila y controlada para leer aquellos nuevos mensajes que, como imaginaba, le enviaba Júnior:

🗨 Ya lo he recibido, eres mi diosa salvadora, el amor de mi vida y mi heroína

🗨 No sé qué haría sin ti

🗨 En cuanto firme el contrato nos vemos en Madrid

🗨 ❤❤❤ ¡¡¡Eres la mejor!!! ❤❤❤

La expresión jubilosa de Almudena Prim no pasó desapercibida entre cuantos la rodeaban:

—¿Buenas noticias? —le preguntó el propietario de varias de las obras expuestas, haciéndose el cercano.

La historiadora le dio largas cambiadas y aludió entre sonrisas a «asuntos personales altamente favorables» antes de acercarle otra copa de cava aragonés para despistarlo. Aprovechando que el concejal de cultura estaba cerca, inventó una excusa y se fue con determinación a hablar con él.

# 10

Los dos hermanos nunca habían congeniado; en realidad, acumulaban muchos más conflictos que lazos afectivos y su rivalidad había sido alimentada por las circunstancias y los favoritismos paternos. Circe era la niña de los ojos de Evaristo Diosdado; Hugo, el preferido de mamá. Llamado a ser el heredero, no había hecho otra cosa que repartir disgustos y generar problemas, despilfarrar, meterse en líos, y concederse caprichos hedonistas en toda clase de vicios y malos hábitos. No se le habían conocido novias estables, pero su lista de conquistas resultaba tan diversa como la del mismísimo Sade. Siempre había mostrado más interés por las apuestas que por las empresas familiares y tendía a invertir en negocios extravagantes escasamente planificados por sus amigos. Ahora trabajaba como relaciones públicas en una empresa que gestionaba varias discotecas entre Zaragoza y la Costa Dorada, aunque la asignación mensual materna seguía siendo su principal fuente de ingresos. Esa contratación parecía más bien una coartada para desaparecer cuando le convenía; y no solo en los meses de verano, cuando aseguraba que se instalaba en Salou. El resto del año deambulaba por la ciudad del Ebro sin más ocupaciones ni preocupaciones que las que él se generaba, líos de pantalones y de faldas casi siempre. Ser guapo, rico, consentido y afamado lo convertía en objeto de deseo, conquista e interés para demasiadas candidaturas.

—¿Cuándo nos darás un nieto? —solía preguntarle su padre, medio en serio, en las comidas familiares anteriores a su ataque cardíaco—. Tenemos un imperio que perpetuar.

Hugo siempre daba largas.

Las pocas veces que demostró un mínimo interés por los asuntos de negocios, manifestó con creces su incapacidad para tomar cualquier decisión que no fuera con qué fijador esculpir su tupé.

Circe, dos años menor, había recibido mucho más que él de la genética paterna. Aplicada, constante y centrada, no era naturalmente brillante en los estudios, pero sí tenaz, implicada y consciente de sus limitaciones, por lo que estaba aprendiendo a compensarlas. Y sabía rodearse de personas talentosas que le resolvían sus problemas. Estudió dirección de empresas y aprobó la carrera con buenas notas. Ahora estaba cursando una maestría internacional a distancia mientras asumía algunas labores directivas de mercadotecnia en el grupo empresarial de los Diosdado.

Cuando el favorito materno, sobrevalorado y mal criado pero autosuficiente, superficial e interesado conversaba sobre temas trascendentes con la pequeña de la casa, cuyo principal valedor había fallecido, antes o después saltaban chispas. Casi siempre, la Tata era la única persona capaz de intermediar entre los dos para conseguir ententes.

—Mamá está deshecha, Hugo. —Ambos habían coincidido en el salón, mientras Mona dormía la siesta—. Hace más de un mes que desapareció Bartolomé, ¿qué te está diciendo la policía? Deberías informarnos.

—No hay novedades. Todo va igual que la canción, *despacito*. Dicen que no saben nada.

—¿Y qué decisiones has tomado?

—¿A qué te refieres? —se revolvió Hugo.

—Sigues haciendo tu vida, te has ido de safari a Kenia una semana y ni siquiera te has tomado la molestia de llamar a mamá. Está destrozada. Te erigiste en portavoz de la familia y en interlocutor con los polis, pero pasas de todo y no sabemos nada. Tendrías que presionarlos de algún modo, no sé, llamarles cada día o dar alguna entrevista a los medios, a ver si así reaccionan.

—Eso no se me da bien, hazlo tú si quieres. Te pasaré el teléfono, yo no tengo ánimo para estar con eso a todas horas. Si quieres ser tú la portavoz, ningún problema; aunque parece mentira que ahora te pongas en plan *superwoman*. Y, para que lo sepas, no tenía cobertura en Segera Retreat.

—¿Me estás vacilando? Si asumes una responsabilidad en la familia, tienes que hacerlo de veras.

—Pasa de mí. Encárgate tú y hazlo como te dé la gana.

—Yo no quiero hacerlo, Hugo. Te pido que seas responsable por una vez en tu vida. Ya va siendo hora. Te llevas bien con él, se supone que sois amigos, habéis compartido viajes y aficiones…

—Era mi padrastro. También el tuyo, pero solo yo me he esforzado para que se integrara.

—Es la pareja de mamá, no lo asciendas de rango. Sabes que nunca hemos congeniado. Y no solo porque no le llega ni a la altura de la suela a papá, sino porque siempre he presentido que hay algo turbio en su persona. Se aprovecha de ella.

—Son celos y prejuicios de niña pequeña. La hacía feliz, se portaba bien con ella. Mamá ha rejuvenecido desde que empezaron a salir.

—¡Pero si apenas se ven! La pobre pasa más tiempo imaginando y esperando planes que viviéndolos. Y tú no has visto los extractos bancarios de mamá. ¡Ella lo paga todo!

—Es una mujer muy generosa.

—Sobre todo, contigo.

—Ya tardabas en decirlo. Eres una egoísta, nuestros nietos seguirán siendo ricos cuando ya no estemos. ¿Qué hay de malo en disfrutarlo? Tú deberías hacerlo también.

—Si yo fuese como tú, Grupo Diosdado desaparecería y, con él, la gallina de los huevos de oro que nos dejó papá. ¿Por qué te crees que estoy trabajando tanto? Para proteger su legado.

—Tonterías, Circe. No sabes divertirte, te lo pasas bien currando. Y al novio ese que tienes le pasa lo mismo. Si vas a trabajar es porque quieres. Podríamos nombrar un administrador general y dejarle hacer. Con controlar las cuentas anuales sería suficiente. Si no funciona, a la calle y ponemos a otro. Pero te encanta representar el papel de superempresaria Vogue y te imaginas concediendo entrevistas a *Expansión* y *Cinco Días* dentro de muy poco.

—Qué imbécil eres —se enfureció.

Alertada por la discusión, Lourdes se dirigió hacia donde estaban y los aleccionó como sabía, con tanta rotundidad como dulzura:

—Es normal que estemos nerviosos. Estamos afrontando una situación complicada. Precisamente, ahora es cuando la familia debe mantenerse unida. Vuestra madre está sufriendo, si os ve discutir de esta manera su corazón se romperá del todo.

—Perdóname, Tata, tienes razón —asumió Hugo el rapapolvo sin oponer resistencia. Le interesaba más zanjar el asunto pronto, sin daños colaterales, y salir de allí para ocuparse de sus *affaires* más personales.

Circe Diosdado era más combativa. Estaba a punto de objetar cuando vio al fondo del pasillo la figura cansada y envejecida de su madre. Arrastraba los pies con lentitud, llevaba puesta una espectacular bata larga de seda rosa empolvada con frastaglio de color marfil comprada en La Perlada por más de mil doscientos euros. Se había maquillado y, aunque despeinada, lucía una presencia mejorada respecto a los días previos.

—Está radiante —la recibió Lourdes con su actitud más positiva.

—¡Es una prenda preciosa! —reconoció Circe al verla.

—Me la regaló Bartolomé cuando cumplimos tres meses. ¡Me queda perfecta!

—Me alegra ver que estás tan animada —se le acercó Hugo y le plantó dos besos.

—Tenerte aquí de nuevo es estupendo, hijo mío. Te necesitaba. ¿Sabes que he soñado con Bartolomé? Estaba bien, sereno, tumbado en un diván de esos de los psiquiatras. Yo era su terapeuta; le escuchaba y anotaba todo, pero no podía hablarle. Me ha dicho que está bien y que esto se va a resolver pronto. Estoy segura de que es cierto. Pero tenemos que moverlo. Por eso, Lourditas, quiero que llames a mi peluquero y le pidas por favor que venga a casa en cuanto pueda. Le pagaremos lo que pida. Voy a telefonear a mi amigo Castro, el del *Heraldo*. Quiero publicar una entrevista. Ha llegado el momento de saltar al ruedo y dar batalla. Si la policía no es capaz de mover ficha, lo haremos nosotros. ¿No te parece, Hugo?

—Eso mismo le estaba diciendo a Circe hace un poquito —miró a la referida con desdén provocativo mientras la nombraba.

Días después, cuando el director de *marketing* y comunicación del *holding* le dijo que había llegado una factura de *Heraldo de Aragón* sobre una campaña de publicidad encargada por su hermano, Circe no logró ocultar las ganas de ciscarse en Hugo.

«¡Ojalá hubiera desaparecido junto a Valmaseda!».

Rosalía Quevedo se preguntaba si estaba preparada para iniciar una relación. Más aún, se planteaba si de verdad le apetecía exponerse a una fase de cortejo que le daba muchísima pereza y de la que no esperaba sacar nada especialmente fructífero. Sin embargo, los intermitentes episodios de atracón que estaba protagonizando desde que Margarita las dejó la habían hecho recapacitar. Quizás una ilusión amorosa los frenara:

—Tienes que mantener el control. Eres capaz de hacerlo si te lo propones —se repitió una y otra vez tras la meditación, plantada ante el espejo de pie situado en el armario de su habitación. Escrutó con atención su rostro. Concluyó que, objetivamente, era una mujer bonita. Tenía la cara redonda y las facciones dulces, agradables. Sus ojos castaños amarilleaban al contacto con la luz directa, creando juegos cromáticos sugerentes que recordaban la miel. Los labios eran finos, aunque muy bien definidos, y su nariz encajaba con el conjunto sin desmerecer ni aportar nada especial a la impresión final. Motivada por las sensaciones positivas que estaba empezando a generarse, se retiró la coleta, se inclinó para sacudir su melena y la ahuecó con los dedos para darle volumen. «No estás nada mal, créetelo» —se dijo entre la convicción y el deseo de motivación—. «Eres una mujer de *rompe y rasga*».

Con todo, fue consciente de que había engordado varios kilos desde el fallecimiento de su padre. La redondez de su cara se había incrementado y, ahora, se asemejaba a una manzana. Además, seguían apreciándose en su cutis algunas secuelas del maldito acné de adolescencia en forma de marcas visibles de cerca. Se obligó a sonreír. Sus dientes, blancos y bien alineados, iluminaron su expresión. «Vale, no eres un pibón. Pero puedes gustar a muchos hombres».

Salió del cuarto animada, dispuesta a salir de su zona de confort emocional y, quien sabe, a encontrar una pareja. ¿Por qué no le podía pasar a ella como a su amiga Mariam, que había conocido a un hombre maravilloso en Facebook e iniciado su relación con mensajes privados? Rosalía no se sentía preparada para crearse un perfil en una red de contactos; pero aquella podía ser una primera fase. Marcarse ese objetivo la distraería de sus preocupaciones y tal vez fuera un freno de posibles nuevos brotes de glotonería.

Acababa de decidir llamar a Mariam Cosculluela para que le explicara un poco más cómo empezar cuando sonó el timbre de la puerta. Recordó de pronto con quién había quedado.

La primera impresión al conocerla le resultó neutra. Le pareció una candidata más de las que habían respondido a su anuncio. Era algo mayor que las anteriores y mostraba una expresión crónica de cansancio, o de tristeza, que le hizo cuestionarse si sería capaz de hacerlo bien.

No obstante, en cuanto subieron a la habitación y vio cómo trataba a su madre, con qué relajación reaccionaba esta a sus interacciones, supo que había encontrado a la mujer perfecta.

Desde ese instante, Eva Rubio se convirtió en un pilar en la existencia de Rosalía Quevedo. ¿Cómo iba a imaginar entonces cuál había sido su pasado y las consecuencias que tendría en el futuro cercano?

# 11

Cenar juntos por videoconferencia se había convertido en el mejor momento del día. Y eso que, en general, las jornadas de Mariam Cosculluela estaban plagadas de estímulos, retos y satisfacciones. De hecho, Utópika acababa de firmar un contrato millonario con la Organización de las Naciones Unidas por el que asumían la realización de la traducción por IA con capa humana de todos sus contenidos escritos. Estaba exultante. Eufórica. El acuerdo se había cerrado por cuatro años más otros dos opcionales y situaba a su empresa entre la élite mundial. Con todo, aguardó intranquila como una colegiala el momento en que encendió su iBook y se situó ante su pantalla con la ensalada de sardinas, la pechuga de pollo a la plancha y la copa de vino blanco perfectamente organizados a su lado. Clicó en el enlace de Google Meet y apareció la imagen que ansiaba. Él llevaba ya algunos minutos conectado. Lo encontró muy sexy: tenía el cabello mojado, ensortijado, unas gafas octogonales nuevas y una camisa blanca desabrochada que contrastaba con el atractivo bronceado de su pecho.

Germán Toloco sonrió al verla y le dirigió algunas zalamerías antes de preguntarle cómo estaba:

—¡He firmado el contrato de mi vida! Está todo atado y bien atado. ¡Vamos a trabajar para la ONU! —manifestó su entusiasmo.

—¡Brindo por ello! —reaccionó el mexicano alzando su copa hacia la cámara de su portátil—. ¡Y por la mujer más maravillosa e inteligente del mundo!

Mariam se sintió admirada.

Casi se atragantó cuando su enamorado la sorprendió como nunca.

—Pensarás que soy un loco, llámame romántico. Para mí, la confianza, la sinceridad y la conexión lo son todo en el amor. Por eso estoy convencido de que hemos nacido para amarnos y estar juntos. Me gustaría plantearte algo. Voy a presentar un archivo en la pantalla, dime qué te parece…

Mariam vaciló al ver el plano de un pisazo de más de doscientos metros cuadrados. Germán mostró a continuación unas espectaculares fotografías de cómo estaba decorado, con todo lujo de detalles. Era impresionante, lo mismo que las vistas del florido Parque de Cervantes con el que lindaba.

—¿Te vas a comprar piso?

—Vamos. Si tú quieres —repuso él—. Está en Pedralbes, el barrio más exclusivo de Barcelona. Es una oportunidad fabulosa, disponible a muy buen precio. He decidido instalarme en España para estar cerca de ti. Vi este chollo, es de los padres de un directivo del Espanyol; necesitan venderlo, al visitarlo me quedé encantado. En un impulso irrefrenable, he pagado una señal esta mañana. ¡Necesitaba contártelo! Llevo todo el día mordiéndome la lengua, porque quería verte la cara al decírtelo.

—¿En serio? ¿Has comprado un piso por impulso?

—Solo en parte. No quiero engañarte, llevaba algún tiempo buscando algo parecido. ¡Y ha aparecido cuando más lo deseaba! Me encantaría compartirlo contigo.

Mariam detuvo el tenedor con el pescado en el aire y permaneció con la boca entreabierta, sorprendida, mientras asimilaba una noticia tan inesperada.

—Nuestro amor es puro. Los dos tenemos la fortuna de trabajar mucho y bien; por eso creo que deberíamos acortar los tiempos para aprovechar nuestro enamoramiento al máximo. No hay un minuto que perder, ahora que tú y yo estamos juntos. Quiero ser tu cómplice. Quizás sea un locuelo, pero no puedo estar más convencido. Me hace ilusión ser tu *socio* mientras empezamos a planificar y preparar nuestro casamiento. —Germán mostró a la cámara un estuche de joyería. Lo abrió para dejar a la vista un anillo precioso, con un diamante inmenso, el cual aproximó al objetivo todavía más para que Mariam pudiera verlo con detalle—. La amo, señorita Cosculluela. ¿Quieres casarte conmigo y hacerme el hombre más feliz del mundo?

No había terminado la frase cuando ella le estaba respondiendo:

—Sí, mi vida, claro que sí, te quiero tanto…

Pasaron gran parte del resto de la videollamada intercambiando fruslerías y fantaseando sobre cómo, dónde y cuándo concretarían su enlace. Acordaron celebrarlo en Madrid en un año y medio, tiempo necesario para prepararlo todo con la tranquilidad y el esplendor deseados. En un momento dado, en plena euforia, Toloco mencionó el piso de Pedralbes y le preguntó qué le parecía compartir su propiedad. Embriagada por las emociones y la sucesión de noticias, Mariam le respondió que era fabuloso, aunque también le planteó si no sería mejor comprarlo en Madrid, donde ella tenía más clientes y le iría mejor trasladarse. Germán argumentó que, por razones de imagen, no podía vivir en la capital de España. Al menos por ahora. El FC Barcelona era su principal cliente y podría generar ciertos recelos.

—Además, es un chollazo —aseguró—: una inversión muy rentable. Más adelante, cuando sea el momento, lo vendemos y nos compramos algo donde quieras. ¡Le sacaremos una plusvalía extraordinaria! Así que mañana mismo abonaré el primer pago para asegurar la transacción. Si lo hacemos ya, podremos acelerar el proceso y conseguir la propiedad en unos días. Te pasaré toda la documentación, una vez realizado el abono, para que la revises y la firmes telemáticamente.

Mariam, orgullosa y perseverante como era, insistió en un matiz que consideraba justo:

—Si vamos a medias, hay que hacerlo bien. ¡No vas a adelantar tú todo el dinero! Has dicho que íbamos a ser socios en esto, así que quiero aportar el cincuenta por ciento de ese pago —argumentó.

Al fin cedió Germán, aunque dejó constancia expresa de que no la había llamado para eso.

—Voy a dar orden de incluirte como titular autorizada en la cuenta desde la que pagué la señal, y haremos el siguiente pago desde ahí. Eso sí, tenemos que ser rápidos, no me fío de que algún otro comprador interesado se adelante. Hay que firmar el contrato de arras cuanto antes. ¿Puedes hacer ya tu transferencia? O si no, da igual, no te preocupes. Como hay dinero en cuenta y técnicamente ya será de ambos, ordenaré el pago desde ahí a primera hora y ya harás tú tu ingreso cuando puedas.

—Que no, te digo. Que me hace ilusión entrar en esto contigo desde el primer momento. ¿Cuánto hay que poner?

—En total, cincuenta mil euros del ala. La mitad cada uno, ¿entonces?

Mariam Cosculluela ni se lo pensó, estaba entusiasmada. ¡Iba a ser su marido! Realizó el traspaso de dinero desde su móvil mientras Toloco era incapaz de controlar su incontinencia habladora:

—¿Te gusta el anillo?

—Es perfecto —repuso su futura esposa mientras transcribía en el *smartphone* el número de cuenta que le había dado.

—Hay un ritual tradicional en México durante las bodas, se llama la víbora del mar. Consiste en que los novios se suben a dos sillas, colocadas a cierta distancia, la suficiente para que puedan tocarse al extender los brazos o, incluso, enlazarse sujetando el velo o la cauda del vestido. Mientras suena una música especial, los invitados circulan y atraviesan el arco que ambos han formado. Esa *performance* simboliza los problemas que suele haber en toda relación. Si la pareja se mantiene estable, sin caerse, su convivencia será fuerte y duradera.

—¿Y si nos caemos?

—Eso no nos pasará a nosotros, ¡es imposible! Estamos hechos el uno para el otro: yo te sujetaré a ti y tú me sostendrás a mí.

»Lo que no haré será el muertito —añadió él de inmediato.

—¿Qué es eso? No me asustes, suena muy mal.

—En mi país, los invitados varones cargan con el novio y lo llevan por ahí como si fuera un ataúd. ¡Representa, con humor, que está definitivamente atrapado por el matrimonio! Y, por lo tanto, el nuevo marido se despide así de las parrandas y las juergas, porque solo va a querer pasar el tiempo con su esposa y sus hijos. A mí no me hace falta: ¡solo quiero estar contigo cada minuto que tenga! Seré el vivito en cuanto me haya casado contigo, jamás el muertito —jugó con las palabras, haciéndola sonreír.

—Eres un cielo, Germán. —Miró el teléfono y encontró el registro de confirmación que esperaba—. Ya está, transferencia hecha. Verás el dinero en cuenta entre mañana y pasado. Ojalá no sea tarde.

—No te preocupes, amor. Eso no es ningún problema, me encargaré de todo. En cuanto el trámite esté hecho, te mandaré el *confirming*. Hoy es el día más dichoso de mi vida, Mariam. Estoy deseando atravesar contigo en brazos el umbral de nuestra casa.

Siguieron compartiendo expectativas e ilusiones durante algunos minutos. Después, Toloco se disculpó con aire atribulado:

—Perdóname, tesoro. Me está llamando Joan Laporta, el presidente del Barça. Estamos participando en un tema de palancas económicas que, si se confirma, va a ser tan grande como lo vuestro con la ONU. Tengo que atenderle. Si acabo pronto, volveré a llamarte; si no, mañana te seguiré contando cosas. ¡Un beso de marido y otro de amante! —Construyó un corazón con sus pulgares e índices y lo acercó al objetivo de su ordenador portátil, para que pareciera crecer en la pantalla de su enamorada.

De inmediato, Mariam seleccionó el número de sus padres y los llamó para darles la noticia. ¡Era incapaz de guardarse la novedad ni un solo segundo! Necesitaba compartirla, disfrutarla, hacer conocedor al mundo de su dicha.

En realidad, y aunque no lo reconocía, siempre había soñado con casarse de blanco, por la iglesia, con el amor de su vida. Casi se había resignado a renunciar a ello; pero ahora, de aquel modo alocado, el destino le había concedido el mejor de los regalos.

El suplemento dominical de *Heraldo de Aragón* incluyó la entrevista a Mona y Hugo Diosdado a página completa. En ella, ambos compartían con la sociedad aragonesa su desesperación por la falta de noticias tras la desaparición del bróker de arte Bartolomé Valmaseda. Edulcoraron su testimonio con una buena cantidad de medias tintas, eufemismos e invenciones para conformar un relato más acorde a su propósito: llamar la atención y despertar el interés mediático sobre el suceso. Así, lo presentaron como un exitoso hombre de negocios que se había convertido en la pareja estable de la viuda. Fabularon al asegurar que estaba en nuestro país cuando se le perdió la pista, y lanzaron atrevidas insinuaciones y bizarras conjeturas para explicar lo ocurrido, aludiendo a oscuros tejemanejes internacionales, grandes grupos de poder e intereses públicos espurios.

Hugo puso especial énfasis en dar verosimilitud a esos relatos tan sui géneris como improbables, con la convicción de que la polémica alimentaría la difusión y, con ella, el seguimiento ciudadano, social y finalmente político de lo sucedido. Calculó mal, no obstante, porque las consecuencias de aquellas mentiras terminaron por desactivar su estrategia. Cuando el periodista, animado por aquellas prometedoras particularidades del suceso, contactó con el portavoz de la policía nacional para este caso, las declaraciones oficiales pusieron en evidencia la inconsistencia de esas afirmaciones y la tendencia a las *fake news* de la familia. El agente aseguró que todo resultaba incierto y contradictorio en ese episodio. Como correspondía, se había cursado una reseña y se había contactado con SOS Desaparecidos y otras agencias colaboradoras. Sin embargo, no se había podido constatar que Valmaseda hubiera desaparecido en España, se sucedían las informaciones incongruentes y existían claras lagunas en la denuncia que invitaban a pensar que la presunta víctima no había llegado a salir de un país africano indeterminado. Dado que ejercía un oficio de alto riesgo y nadie sabía desde dónde viajaba hacia España ni cuándo se le perdió realmente la pista, era como buscar una aguja en ese pajar inmenso que es el mundo. Mucho más si se tenía en cuenta que no existen tratados ni protocolos para desapariciones con los estados de África. Tampoco podía descartarse que se tratara de una fuga voluntaria, mucho más habituales de lo que se supone y totalmente factible en un hombre que no tenía arraigo económico —y nadie sabía cómo era el emocional— con los Diosdado. Pese a lo que Mona había dicho en la entrevista, sus investigaciones habían revelado que no vivían juntos ni se les conocía ningún compromiso parental.

Para complicarlo todo más, aún no había sido posible verificar la identidad del desaparecido. La supuesta procedencia nobiliaria de Valmaseda estaba en entredicho. Todavía seguían trabajando en ello, pero el grupo de investigación sospechaba que podría tratarse de algún tipo de agente, contrabandista o, más probablemente, de alguien que había decidido huir o cambiar de vida y abandonarlo todo sin dar explicaciones. Según lo que sabían, quizás no fuera la primera vez que lo hacía; eso explicaría la nebulosa existente sobre su identidad, posiblemente falsa.

El reportero asignado por el histórico periódico descartó implicarse en un suceso con muchas más sombras y aristas que certezas. Tras compartir sus impresiones con el director de su medio, acordaron jugar a dos bandas para no molestar a los Diosdado y mantener la jugosa inversión publicitaria de su grupo empresarial. Por otra parte, también concluyeron que no merecía la pena invertir mucho más tiempo, recursos ni trabajo en un periodismo de investigación de ese cariz. La prensa actual obtenía mejores audiencias y valoraciones públicas hablando de deportes y con reportajes superficiales y polarizados sobre los temas de mayor actualidad. El público, acostumbrado a las redes, prefería los eslóganes a las informaciones rigurosas.

Con el tiempo, tras el fugaz interés que despertaron las declaraciones de Mona Diosdado y su primogénito, el expediente policial por la desaparición de Bartolomé Valmaseda fue quedándose cada vez más abajo, desplazado en la pila de asuntos pendientes policiales.

Hugo aseguró a su hermana y a su madre que se reunía periódicamente con el inspector, pero tras dos encuentros poco productivos dejó de solicitar esas conversaciones y una densa capa de tranquilidad, desidia y aceptación comenzó a invadirlo. Su madre, superviviente nata pese a todo, fue recuperando poco a poco sus costumbres para anestesiar el dolor y la incertidumbre. En realidad, como antes de que desapareciera solo lo veía de un modo esporádico, le resultó menos complicado de lo que suponía.

Al final, cuando los hechos dieron el giro radical inesperado que sacudió a la familia, la nueva situación la pilló desprotegida.

# 12

—¡Júnior, ¿cómo estás?! Qué ganas tenía de hablar contigo. ¿Va todo bien?

—Luces y sombras, Almudena. Pero ahora que te estoy oyendo, la energía positiva ha vuelto a mí.

—Estoy preocupadísima. Tienes que llamarme más. Me encantan esos mensajitos amorosos que me mandas, pero si después no contestas a mis preguntas me como la cabeza y solo pienso cosas malas. Le he estado dando vueltas a lo que me contaste de las cibermonedas y las amenazas de muerte, y estoy acojonada. ¿Dónde estás ahora? ¿No te habrás ido a Colombia, a México, a Guatemala? Con tantos narcos y sicarios como hay por allí, podrían atacarte en cualquier momento.

—Esa cabecita tuya tan llena de rizos y de tribulaciones como de ideas geniales... Si estás así de preocupada, *¡será porque te amo!* —entonó con énfasis la frase más conocida de la mítica canción de Ricci e Poveri, haciéndola reír.

—No estoy para bromas, tonto. Dime que estás bien.

—Estoy en Puerto Plata, en Dominicana. Q-Pido me pidió que me viniera a su villa para cerrar el contrato. Está todo acordado, firmaremos en cuanto regrese de

Miami. Su hijo sufrió ayer un accidente doméstico y se cortó un dedo, pobrecito. Me ha dicho que no tardará más de un par de días en volver. ¡Sigo en su casa! Eso sí, el percance del chaval me ha hecho un pequeño roto; pero, bueno, no pasa nada. Me ha surgido una opción fabulosa que lo va a resolver todo.

—¿Ya no te amenazan?

—Será así hasta que devuelva todo lo pendiente... He aprendido a vivir con ello, ya no me afecta tanto.

—Deberías regresar a España y denunciarlos a la policía. Nuestros cuerpos de seguridad son increíbles, podrías quedarte en mi piso, ellos te vigilarían y estarías protegido.

—Lo de tu piso me ha sonado genial. ¡Lo que daría por vivir contigo!

—¡Puedes venir cuando quieras!

—Ten cuidado —reaccionó, sardónico—, no vaya a tomarte la palabra.

—En serio, me aterra perderte. Anoche soñé que te mataban, vi cómo te disparaban, parecía tan real... Me desperté asustadísima, empapada en un sudor frío que no me quité ni con el agua caliente de la ducha. Por eso te he escrito tantos mensajes al levantarme. Perdóname, había entrado en pánico. Menos mal que me has llamado.

—Cuando me necesitas, siempre estoy.

—No, no siempre, bombón —se lamentó Almudena—. Yo te necesito cada minuto.

—En cuanto superemos esta mala racha y todo vuelva a la normalidad, pasaremos mucho tiempo juntos.

—¿Me quieres?

—Más que a mi vida.

—¡No digas eso, lo que me falta para tener más pesadillas! —Se deleitó con la risa que le llegaba desde el otro teléfono—. ¿Me prometes que todo se va a solucionar?

—Te lo juro por el amor y la devoción que te profeso.

—Eres ideal…

Almudena Prim conversaba sentada en equilibrio no muy cómodo sobre una de las esquinas del colchón de su cama. Llevaba pantuflas de pelo con la apariencia de un pingüino tierno, un pijama viejo con estampado friki y una camisola ancha, descolorida, con la que convivía desde que se independizó y abandonó su pueblo natal hacia la facultad.

Observaba su reflejo en la luna del armario mientras charlaban y a veces, si se lo proponía de verdad y se concentraba en las palabras cariñosas que el productor musical le dirigía, lo visualizaba a su lado en el reflejo. Entonces, la conversación le resultaba aún más estimulante.

Tal y como estaba en ese instante, sin el volumen tan llamativo que le confería su leonina y peculiar melena, su imagen mostraba un rostro convencional, carente de grandes atractivos y con un aspecto ligeramente aviar que solían disimular sus rizos. Pese a todo, la expresividad de su mirada, siempre inteligente, y la espontánea sonrisa que brotaba con frecuencia en su expresión elevaban su atractivo. Tenía *sex appeal* y había sabido aprovecharlo; eso sí, con desigual fortuna. De hecho, había protagonizado insustanciales aventuras, algún romance serio y un par de prenoviazgos que no pasaron a mayores porque sus parejas no le parecieron lo bastante buenos como para limitar las alas de su independencia. Ella, más que nada, ansiaba volar hasta alcanzar el cielo. ¡Quién le hubiera dicho, en su momento, que aquel muchachuelo alternativo de aspecto canalla, preciosas palabras y buen corazón le haría comprender que el amor ya le había proporcionado las únicas alas verdaderas!

—Tengo una sorpresa para ti, cariño. —Le dijo con su tono de voz más afectuoso y pausado—. Espero que

83

te guste. Te he compuesto una canción con toda mi verdad y todo mi sentir. Se titula «Alas de besos». Acabo de enviarte el audio por WhatsApp, confío en que te guste.

Oírla entusiasmó a la joven creativa, romántica y sensible que aún habitaba en su interior. También le pareció bonita a la pianista frustrada que se sentaba cada noche en su salón e invocaba al padre perdido interpretando una melodía de recuerdos. En realidad, era un tema ramplón y no muy bien cantado, lo cual disculpó porque K-IN era un productor, no un intérprete:

> *El amor es recorrer*
> *de tu brazo todo el cielo.*
> *Eres, Almu, ese sostén*
> *de mis pasos sobre el hielo.*
> *Son tus besos esas alas*
> *que me elevan desde el suelo.*

—Es ¡maravillosa!, Júnior. ¡Me encanta, qué cosa más bonita! —su hablar temblaba por tantas emociones contenidas.

—Cuando la cante Q-Pido y le hagamos los arreglos en estudio, pasará de canción sentida sincera a *hit* mundial.

—¿En serio la va a cantar Q-Pido?

—Casi seguro. Le encantó cuando se la enseñé, casi más que a ti. Aseguró que le elevaba el alma, que estaba deseando conocer a la mujer que me había inspirado esa belleza. «Debe de ser una diosa alada», fueron exactamente sus palabras.

No lo podía creer. Almudena Prim era una chica normal, como cualquier otra. Una muchacha de provincias que abandonó sus raíces, y a su familia, para perseguir un sueño. Luchó contra las circunstancias, tiró adelante cuando se sentía sola e insegura, porque adoptó la determinación de no dar marcha atrás ni para impulsarse. Aún seguía avanzando paso a paso, sin facilidades ni atajos; su vida continuaba siendo dura. Era una autónoma más, con muchas menos horas libres que problemas para llegar a fin de mes. ¿Cómo iba a ser ella la protagonista de una canción destinada a convertirse en mundialmente famosa? ¿Qué había hecho para merecerlo, salvo enamorarse del hombre más maravilloso del planeta?

—¿De verdad que te ha gustado? Del uno al diez, ¿qué nota le pones?

—Infinito, te lo juro. Como el amor que nos une.

A fuerza de escucharla una y otra vez de camino hacia la galería, se aprendió la letra y la estuvo canturreando durante el resto de la mañana. Sin duda, era pegadiza. Después, cuando se sumergió en la vorágine de ocupaciones y tareas cotidianas, recurrió a ella en los momentos malos en que necesitaba animarse. En los buenos, siempre estaba presente en su cabeza.

Por la noche, Júnior la telefoneó de nuevo, esta vez con un tono entusiasmado que la motivó muchísimo:

—Necesitaba contártelo, Almudena. Ha sido increíble. Acabo de hablar con uno de los *hackers* más prestigiosos del mundo, Q-Pido ha mediado y nos ha puesto en contacto. Le he contado el problema que tenemos con el *blockchain* y el secuestro de mis *bitcoins*. Ha realizado algunas comprobaciones allí mismo, delante de mí, y me ha asegurado que puede solucionarlo en unos cuantos días. ¿No te parece estupendo? Recuperaré mi fuente de ingresos, podré devolver lo suyo a mis clientes y regeneraré de inmediato todo lo perdido en estos días. ¡Mis inversiones continúan dando frutos! Si consigo reactivar el sistema pronto, seremos más ricos que antes. —A Almudena Prim la emocionó el plural que estaba utilizando. Le pareció encantador, y precioso, que el subconsciente lo estuviera traicionando de aquel modo.

—Fenomenal, rey mío. Te lo mereces, sabía que saldrías adelante.

—Solo hay un pequeño desafío. Me pide un anticipo de diez mil euros. Como es tan bueno, marca sus normas de contratación y hay que aceptarlas. No hay otro modo de trabajar con él, tiene lista de espera y ha accedido a ayudarme por su amistad con el cantante y porque coincide que está ahora de relax en Dominicana. La rabia es que tengo las cuentas bloqueadas, como sabes. Puedo confiar en ti, ¿verdad?

—Siempre y para todo —replicó Almudena sin vacilar.

—Tienes que prestarme ese dinero. Es la oportunidad de darle la vuelta a todo.

—¡No tengo tanta pasta! Ya te dejé cinco mil, los cogí de la cuenta de la empresa y aún estoy temblando. Y mis ahorros no llegan. Ojalá pudiera. Te los daría encantada, pero…

—Lo entiendo, mi vida. Pero sé que eres muy grande. ¿Cuánto tienes actualmente?

—Lo justo para pasar el mes y afrontar los primeros gastos del que viene. No más de dos mil euros.

—Los necesitas para sobrevivir, eso lo entiendo. Piensa algo distinto, vida. Tiene que haber más opciones, no puede ser que el destino nos tienda su mano con la solución perfecta y la perdamos por solo diez mil euros, cuando dos o tres días después tendremos cientos de miles. Yo no puedo hacer nada, me han desactivado. Aunque sé que tú vas a salvarme. Me lo dice el corazón, ¿no lo oyes latir? Tiene que haber alguna alternativa.

—Mi madre guarda unos pocos ahorros en su cuenta corriente; los utilizamos para pagar su residencia. No puedo quitárselos.

—Solo son diez mil euros durante unos pocos días. Ni se dará cuenta. Siempre le puedes explicar que has tenido una emergencia en el trabajo y no te ha quedado otro remedio. Se lo devolverás enseguida, con una plusvalía. Es una inversión segura. Eso sí, no le digas nada sobre mí, me da vergüenza que piense que soy un *bon vivant* o un jeta. Te juro que será cuestión de tres o cuatro días, lo que le cueste al *hacker* recuperar el sistema y a mí ponerlo todo en orden y volver a ganar dinero a espuertas. ¡Es un momento de óptima rentabilidad para las criptodivisas!

—¿Estás seguro…? —se debatía Almudena Prim entre el corazón y la cabeza.

—Más aún que del amor que por ti siento. —Tarareó la canción que le había enviado esa mañana y la hizo sentir despreciable por estar desconfiando de alguien como él.

—Voy a pedir un crédito. El banco me lo concederá por ese importe, ya soy clienta.

—Pídelo exprés, te abonaré los gastos. En un par de semanas lo habrás cancelado y, confía en mí, todo habrá vuelto a la normalidad. Mejor aún, porque tendrás más dinero que antes y podremos pasar más tiempo juntos. Te devolveré tus quince mil euros y una generosa propina para compensar tu apoyo.

—Yo solo quiero ayudarte, no ganar dinero. Lo que no puedo es perderlo.

—Eres única, Almudena. ¡Cuánto más te conozco, más y más te amo! Qué ganas tengo de presentarte a Q-Pido. ¿No me dejarás por él?

—Ni aunque metas a Maluma en ese lote te cambiaría por nadie —le siguió la humorada.

*Son tus besos esas alas*
*que me elevan desde el suelo.*

Se despidieron coreando a dúo el estribillo que había inclinado la voluntad de la comisaria de exposiciones artísticas.

A la mañana siguiente, bajó temprano al banco y solicitó el préstamo. No pusieron objeciones, era una persona conocida con un informe de solvencia suficiente. Sin embargo, le advirtieron de que el asunto se iba a demorar al menos cuatro o cinco días. Supo que era un plazo inaceptable. Cuando llegó a la oficina, buscó en el portátil otras alternativas financieras en línea que facilitaran el dinero de un modo inmediato. Sabía que a Júnior no le importaría soportar más interés si los diez mil euros le llegaban a tiempo. Mientras navegaba y revisaba contenidos, pensaba en la canción que él le había regalado.

Eligió el préstamo más rápido. En un cuarto de hora hizo la solicitud, fue evaluada su solvencia y recibió casi a la vez el visto bueno y el ingreso en cuenta. *Ipso facto*, transfirió ese importe íntegro a la de K-IN.

🗨 The best! The best! The best!

🗨 ¡Otra vez mi salvadora ha entrado en acción!

🗨 #Ereslamejormujerdelmundoyteamo

Esa misma noche, se videollamaron e hicieron planes infinitos mirando hacia el futuro.

Lamentablemente, lo inesperado suele presentarse como la bala de un francotirador que destroza el cerebro de su víctima.

# 13

No podía ser más evidente. El correo electrónico que había ampliado en la pantalla de aquel móvil prestado era una muestra de manual del tipo de estafa amorosa conocida como *love scam*. Su principal característica es que todo el fraude se realiza en línea. Por lo general, son las más fáciles de detectar y de evitar, pero acaban dando frutos porque se ceban con las personas más ingenuas e inocentes. Según las estadísticas mundiales, más de la mitad de estos mensajes enviados por correo electrónico con la finalidad espuria de timar proceden del África Occidental, en especial de Nigeria, donde se generan uno de cada tres intentos de estafa de este tipo. Estas acciones suelen ser planificadas y realizadas por bandas organizadas que trabajan en grandes locutorios y viven de estas extorsiones. Sus mensajes amorosos crean falsas ilusiones en los destinatarios en torno a un amor puro que, romántica y milagrosamente, llega a su buzón como una oportunidad irrechazable. Incluyen fotos-anzuelo de un hombre o una mujer atractivos para ilustrar y encarnar el romance. Sus traducciones los delatan, porque son toscas y están llenas de erratas ortotipográficas y gramaticales. Resulta curioso pensar que ese supuesto amante y emisor de mensajes es en realidad un equipo formado por muchas personas diferentes que se intercambian la interlocución con cada víctima. Siguen un guion de éxito que saben que funciona en ciertos casos, lo aplican con determinación y van cubriendo etapas hasta que consiguen aflojar el bolsillo del crédulo y les empieza a dar dinero según la estrategia planteada. A partir de ese momento, la mafia nigeriana aprieta más y más hasta exprimir al máximo su patrimonio.

Rosalía Quevedo releyó por última vez el texto, mientras sentía junto a ella la agitada respiración del hombre, cuya mirada nerviosa le apremiaba:

🖥 *Hola mi querida*

*¿Cómo estás hoy? Espero que estés bien y mi buen nombre es señorita Lilian Patrick Mbawe. Tengo cumplidos 25 años de edad soy soltera y nunca se casó antes. Nací en Sierra Leona, pero*

*ahora vivo en Senegal, en Dakar, donde llegué por circunstancias fuera de mi control.*

*Estoy buscando un hombre caballero español* latin lover *con intenciones serias para el casamiento. Soy guapa como ves en las fotos, alegre y cariñosa. Me las arreglé para evitar un matrimonio pactado y ahora quiero encontrar el amor verdadero en España. Allí los caballeros* latin lover *son simpáticos, fogosos y muy dulces. Encántame a mí el hombre así.*

*Seré muy feliz de escuchar su voz tan dulce en mi siguiente* e-mail *se trata de enviar un número de teléfono a través del cual puedes llamarme cuando quieres hablar conmigo ojalá sea pronto. Yo le dirá más cosas y muy importantes acerca de mí misma en mi próximo correo.*

*Así que me gustaría saber más de ti que te gusta y disgusta, sus aficiones y lo que está haciendo ahora. Y como te he dicho te diré más sobre mí misma en el próximo correo. Puse aquí dos fotos personales, aunque yo no soy tan fotogénica como una modelo espero le guste. Recuerdo que quiero casamiento con* latin lover *español serio. La edad, distancia, color o religión no importa en una relación más bien lo que importa es el amor verdadero que Me comprometo a dar a usted.*

*Espero pacientemente saber de usted lo antes posible.*

*Con mucho amor y besos.*
*Lilian* ❤ ❤ ❤

La primera de las imágenes adjuntadas mostraba a una agradable muchacha con la piel oscura, bonita, vestida con unos pantalones ajustados tipo malla y una camiseta ceñida que resaltaba las curvas de su cuerpo. La otra la presentaba sentada en un sillón, sonriente y con expresión morbosa, como si fuera una becaria traviesa que aguarda la llegada de su superior. Rosalía Quevedo sintió que su apariencia no encajaba con la fisonomía más característica de los senegaleses. Su intuición la llevó a considerarla una afroamericana que, probablemente, vivía en Estados Unidos. Para ella, sin embargo, eso era lo menos relevante. Se concentró en organizar en su cabeza cómo explicárselo. Sabía que las mafias nigerianas solían estar detrás de esta clase de artimañas y que se apropiaban en las redes sociales de las fotos que empleaban; por lo tanto, aquella chica podía ser cualquier ciudadana del mundo. Si los astros se hubieran alineado y los estafadores hubieran necesitado presentar a una chica blanca, cualquiera de sus selfis y retratos compartidos en Facebook e Instagram podrían haber acompañado a aquel tosco mensaje.

El receptor del texto no quitaba ojo, ni a ella ni a su móvil. Era inhabitual que atendiera a particulares en su casa, mucho menos de aquel modo, si bien ella misma le había sugerido que fuera. Se trataba de un vecino amable al que tenía aprecio. Rondaba los sesenta y cinco y, salvo que era un buen hombre, poco más podía describirlo más allá de su actitud servil, su aspecto rústico y la credulidad que lo envolvía.

—Señor José, lo siento mucho —trató de sonar conciliadora y dulce, a pesar de que tenía que elevar la voz porque su interlocutor estaba un poco sordo. Era consciente de la desilusión que iba a provocarle—. Como imaginé, es una estafa. No debe contestar ni hacer nada, solo dejarlo estar, incluso si le vuelven a mandar nuevos mensajes. Se cansarán pronto, dejarán de molestarle.

—¿Una estafa, dices? Si parecía una chica tan bonica... Mírala, mosquita muerta.

A Rosalía le pareció innecesario y demasiado complicado explicarle que centenares de nigerianos se dedicaban a diario a enviar en serie miles de esos correos.

Por pura estadística, terminaban encontrando incautos e incautas suficientes para mantener la rentabilidad del negocio. Entonces, en cuanto daban con ellos, aplicaban una estrategia envolvente de manipulación hasta que cada víctima terminaba aflojando la cartera y enviándoles dinero.

—Menos mal que se le ocurrió decírmelo. Podrían haberle desplumado.

—Estoy yo como estoy, con la pensión tan miserable que me dan, como para dar perras a otros. —Emergió el gen reivindicativo de este albañil jubilado antes de aplacarse y reflejar en sus ojos una sensación de duda—. ¿Seguro que es una estafa? Parece buena mujer y no me ha pedido nada. ¿Cómo puedes estar tan segura?

—Es mi trabajo, me dedico a ello.

—¿Eres policía?

De nuevo la misma pregunta.

—Algo parecido. En realidad, soy científica —resumió la respuesta—: estudio el lenguaje y las palabras para interpretar la verdad. Este texto, señor José, tiene todo lo que siempre incluyen los falsos correos electrónicos.

—No te entiendo mucho —insistió el septuagenario—; pero sí tú lo dices, me fío. Me caes bien y eres más guapa que la negrita. ¡Tienes belleza española!

Mientras cruzaba el umbral de la puerta de salida en dirección al descansillo, José se iba riendo de manera pícara, por su ocurrencia. La decepción le sobrevino más tarde, instalado ya en su casa, cuando por puro aburrimiento releyó de nuevo en su bandeja el *e-mail* de la supuesta Lilian. Le rondó la tentación de ignorar el consejo de Quevedo y contestar de alguna forma. Finalmente, decidió borrarlo para eliminar, definitivamente, cualquier opción de volver a contactar con ella. A no ser, claro está, que le escribiera de nuevo.

—Le salió un novio gentil, señorita Rosalía —le dijo Eva Rubio mientras llegaba desde la cocina con una bata blanca de enfermería puesta.

—Me gustan un poco mayores, aunque no tanto —le siguió la chanza—. Es un buen hombre, ese abuelo que todos querríamos tener. ¿Ya se ha dormido mi madre?

—Como una bendita.

—Está muy bien contigo, Eva. No sé qué tienes que la tranquilizas. Te aseguro que nunca ha estado tan a gusto con una cuidadora.

—Terminarán llamándome la Mujer Sedante. —Sonrió, aunque apenas logró alejar unos segundos la expresión contrita que la caracterizaba.

Rosalía la miró con interés. Interpretó que mantenía con dignidad su belleza étnica bajo las marcas apreciables del paso del tiempo y el sufrimiento acumulado. Sobre su piel aceitunada, el cabello antaño oscuro mostraba ahora una apariencia ceniciento, aunque todavía se apreciaban vestigios negros de otros tiempos en algunas zonas, sobre todo en la coleta que rozaba su hombro izquierdo. Era menuda, aunque un poco más alta que la talla media de sus compatriotas ecuatorianas. Cuando estaba seria, las comisuras de su boca tendían hacia abajo y se le prolongaban hasta el límite inferior de su cara, conformando junto a la barbilla y los labios una zona muy característica de su fisonomía, porque recordaba las bocas móviles de los muñecos de ventrílocuo. Rosalía identificó en su día ese lugar tan concreto de su cara como el que le confería un acusado halo de resignación. Sus ojos se inclinaban levemente hacia abajo y, combinados con el aire de tristeza y pesadumbre que la acompañaba, comunicaban ternura. No obstante, cuando se expresaba denotaba fuerza, determinación, preparación y coraje. Nunca se quejaba, Rosalía lo había comprobado incluso durante los insufribles arrebatos de su madre. Como si siempre anduviera agradeciendo a Dios quién sabe qué, Eva Rubio bajaba la mirada humildemente en esas ocasiones y movía sus labios igual que si rezara, despacio, incubando paz sin molestar a nadie.

—No pude evitar oír su conversación con don José —continuó la empleada—. Le quisieron estafar...

—Recibió uno de esos correos amorosos dirigidos a personas inocentes que están solas, como él. Era algo muy burdo, fácil de identificar si estás al tanto y sabes cómo hacerlo.

—¿Y usted lo sabe, señorita Rosalía?

—Soy lingüista forense —respondió—. Analizo el lenguaje para interpretar la realidad.

—Ojalá la hubiese conocido entonces... —pronunció como una laudatoria antes de girarse, con una estela de intriga, hacia el salón.

Quevedo siguió su alejamiento con la vista mientras se felicitaba una vez más por tan excelente fichaje. Sintió curiosidad por el significado de esa frase que había dejado inacabada y se preguntó qué clase de vivencias negativas habían ajado su belleza. Pronto concluyó que ya tendría tiempo de saberlo, si decidía contárselo. A fin de cuentas, ¿quién era ella para interrogarla sobre pasajes privados de su vida? Mientras se perdía en un soliloquio interno, improductivo y vacío, sonó su móvil y comprobó quién era.

Mariam Cosculluela la miraba desde la pantalla Amoled con protección Gorilla Glass de su teléfono:

—Hola, amiga, ¡qué alegría! ¿Cómo te va todo? —le respondió animada.

—Tengo que contarte algo. ¿Puedes hablar cinco minutos?

# 14

Era increíble. Su vida había dado tal giro que necesitaba decírselo a todos, como si la felicidad que sentía se fuera a evaporar si no la regaba con los aspersores de la difusión pública. En cuanto Rosalía escuchó la razón por la que la llamaba, se llenó de júbilo. El rostro de Mariam brillaba igual que una luciérnaga, su favorecedor tono dorado contrastaba con el blanco radiante de su sonrisa constante. Tras diez minutos de palique, compartían un entusiasmo creciente: objetivo el de Cosculluela, pues estaba hablando de su boda; osmótico el de Quevedo, porque lo provocaba su exposición a la satisfacción de su amiga.

—¿De verdad vas a casarte?

—Nunca he estado más segura de algo en toda mi vida. Germán es una persona extraordinaria. Desde el primer momento sentimos una conexión maravillosa, como si estuviéramos hechos el uno para el otro. Le encantan las mismas cosas que a mí: la tecnología, viajar, volcarse en el trabajo sin dejar de disfrutar la vida, levantarse tarde los domingos... Nos entendemos con solo mirarnos, desde el primer momento, y siempre se preocupa por mí más que por sí mismo. Es único. Estupendo. Lo amo.

—¿No tendrá un hermano? —bromeó su amiga.

—Ahora que lo dices, ¡no tengo ni idea! Tendré que preguntárselo, la verdad es que no le gusta hablar de su familia. No suele hacerlo.

—¿Cuánto tiempo lleváis juntos?

—Algo más de seis meses. Sé que no es mucho, pero no necesitamos más para saber que somos exactamente lo que buscamos desde siempre. Con cuarenta tacos cumplidos y la vida resuelta como la tengo, ¿para qué voy a esperar?

—¿Y qué día os casáis?

—No hemos fijado la fecha. La idea es hacerlo de aquí a año y medio; es el plazo que necesitamos para organizarlo todo.

—Te morirás de las ganas. Ojalá pudiera imaginarme cómo te sientes; ya sabes que el amor y yo, agua y aceite.

—Estoy en una nube y, cuando me bajo, él me sube en otra. Ayer estuve con mi *wedding planer*. Se llevan las bodas temáticas, ¡no veas la cantidad de opciones que hay! ¡Hasta rollo Disney! Me hace muchísima ilusión preparar esta boda. Siempre he soñado con ello. Hasta ahora me consideraba clásica, pero vi fotos de enlaces *aesthetic* que me fascinaron. ¡Igual me da por innovar!

—¡Cuidado con eso! Dentro de año y medio han podido cambiar las tendencias. ¡Ahora se lleva lo *coquette*! En cualquier caso, te envidio. Aunque, con lo pillados que estáis, se os va a hacer la espera eterna. ¿Vais a vivir juntos mientras tanto?

—Más o menos. Él viaja mucho por trabajo, así que nos organizaremos como hasta ahora. —Respiró profundamente antes de seguir—. Hay algo más, Rosalía.

—Sorpréndeme de nuevo.

—Hemos comprado un piso en un barrio lujoso de Barcelona. Lo hemos conseguido muy por debajo de su precio. Me llamó y lo decidimos por teléfono, todo fue muy rápido. ¡Ya es nuestro! Estoy como flotando.

—¿En serio? Con lo que me cuesta a mí resolver los temas notariales del trabajo. ¿Habéis firmado los contratos, la hipoteca y todo el papeleo?

—Sí, claro. Hemos hecho los primeros pagos, Germán se encarga de la parte fea. La burocracia. Sus asesores legales nos agilizan los trámites. Se reunió con los vendedores, fueron al notario y todo eso. Ya está resuelto, me mandará la documentación y listo.

Rosalía quedó fascinada por el grado de complicidad y confianza que mostraba. Eso sí que era un proyecto común de vida. Lamentó no haber sentido nunca un amor tan puro y sincero. Y dudó de que le sucediera alguna vez.

Como si acabara de leerle el pensamiento, Mariam le lanzó una pregunta envenenada:

—¿Y a ti cómo te va, *single* de oro?

—Mucho trabajo cotidiano y menos grandes encargos de los que me gustaría —intentó esquivar el tema por el que le preguntaba—. Al menos, en casa, la nueva enfermera es fantástica y mi madre está más dócil. Eso me da paz y un poco más de tiempo.

—Tienes que mirar por ti. Si solo trabajas y cuidas de tu madre, acabarás dañada. Caerás enferma, con ansiedad, estrés, depresión. —Al oírla, Quevedo rememoró con vergüenza sus lamentables y todavía recientes episodios de atracón. Por fortuna, había empezado a controlarse y recaía menos, pero habían regresado las inseguridades y desconfiaba de sí misma; temía que en cualquier momento, si todo se torcía, volvería a hacerlo.

—¿Me hiciste caso? ¿Estás usando tus redes sociales para tirar la caña? Es divertido y, si tienes suerte, igual acabas encontrando a tu Germán Toloco. ¿Te gustaría?

—No sé qué decirte. Estuve el otro día trasteando en Facebook, buscando perfiles atractivos, como me dijiste. Incluso llegué a preseleccionar media docena. Pero me quedé ahí. De repente, pensé que era una tontería y decidí parar. ¡Me sentí como una tontita adolescente!

—Olvídate, ¡no es nada malo! Solo tienes que estudiar el muro de quien te atraiga, ver qué fotos incluye, de qué habla, con quién se relaciona… ¡No te imaginas cuánta información mostramos en las redes! Con todos esos datos, te decides por la mejor opción y le mandas un privado neutro, elegante, discreto, donde le confiesas que te apetece hablar. Después, te dejas llevar y vas viendo cómo fluye. ¿Que no te motiva? Lo dejas y ya está.

A continuación, cuando te apetezca, entras en otro perfil y vuelves a jugar. ¿Qué es lo peor que te puede pasar, que no te respondan? Te quedarás igual que ahora y habrás pasado un rato estimulante. De verdad, es entretenido y a mí me ha funcionado.

—¿Conociste a Germán por un privado? ¿Te gustó su perfil, le escribiste hace unos meses… y ahora os habéis comprado un casoplón para casaros? ¡Ni Corín Tellado idearía algo como eso!

—Así es. Bueno —rectificó—, no del todo. En realidad, fue Germán quien me envió el primer mensaje. Más tarde me contó cómo había llegado hasta mí, exactamente como te he propuesto. Sintió un flechazo al entrar en mi perfil y se animó a escribirme por un impulso, aunque nunca antes lo había hecho. Recuerdo exactamente el texto que mandó: «Hola, Mariam. He llegado a tu muro y me has parecido una persona muy interesante, confiable y honesta. Me gustaría empezar a conocerte. Perdóname si te he molestado. En tal caso, dímelo y no volveré a escribirte. Pero ojalá que no sea así».

—¿Te lo sabes de memoria?

—De pe a pa. Imagínate cuántas veces lo he leído. Es una sensación especial la que me provoca hacerlo. ¿Qué te parece a ti, maestra de las palabras? ¿No te resulta irresistible?

—Muy interesante, desde luego.

—A ver, interesante es un reportaje periodístico de Contents.com sobre los avances de la inteligencia artificial. ¡Ese mensaje lo es todo! ¡Tendrían que darle a Germán el Nobel de Literatura por haberlo escrito!

La forense permaneció callada. Pese a la sonrisa mostrada, se sentía aturdida, como si su corazón y su cabeza enviaran señales contradictorias.

—¿Qué te pasa? ¿Has visto un fantasma o acaba de entrar Bertín Osborne en taparrabos a través de tu ventana?

Rosalía Quevedo reaccionó con sorpresa. ¿Por qué todas su cercanas le gastaban bromas amorosas con tipos que le doblaban la edad? ¿Tan vieja parecía? ¿Tan mal se conservaba? ¿Tan desesperada se mostraba? Con el ánimo más distendido y relajado, reaccionó a la contra:

—Estoy flipando, Mariam. Nos conocemos desde niñas, así que dime la verdad, confiesa: ¿a cuántos hombres les has tirado los tejos en las redes como me estabas contando? —Confirmó su sospecha al ver su cara—. ¡Ni uno ni medio! ¡Sigues siendo una fabuladora!, la mismísima Pinocha. Y yo que me lo había creído… Imagínate que llego a hacerlo.

—Te funcionaría, estoy segura. Te juro que es una gran idea. Eres una chica lista, mona, inteligente, desenvuelta. ¡Y dominas como nadie las palabras! ¿Qué más se puede pedir para triunfar en redes? Tus frases serán armas de captación masiva para quien te propongas. Pruébalo una vez, y luego me cuentas. Si no has ligado en los diez primeros intentos, lo dejas, quedamos a cenar y te invito yo. Ahora, como tengas un romance, nos vamos de parejitas los cuatro y pagas tú toda la cuenta. ¿Aceptas el trato?

—Sigues igual que siempre. Te van los retos. ¡No me extraña que te forres con la IA! Te resumo tu motivador planteamiento: si gano yo, tú pagas dos menús; si pierdo, me toca pagar cuatro.

—Perdóname, Lía, no sabía que te habías vuelto tan cobarde —recuperó para picarla el diminutivo que usaban de pequeñas—. ¿Dónde está la chica decidida que conseguía cuanto se proponía? Lo que te da miedo no es perder y tener que pagar cuatro cenas. ¡Te asusta ganar y acabar quedando con un pibonazo que te robe el corazón y no te lo devuelva!

—Sí, y comprarme un piso con él antes de casarnos. ¡Eso sí que da miedito! —le devolvió la chanza.

Quedó el reto en al aire, como los besos perdidos. Se despidieron entre carcajadas y se emplazaron a volver a hablar en unos cuantos días. Tras colgar, Rosalía regresó a sus ocupaciones y tribulaciones cotidianas. Pronto dejó de pensar en su amiga, en su futuro marido y en la conversación mantenida. Sin embargo, un runrún machacón se estaba apoderando de su psique.

# 15

Benito Bidasoa hacía años que había perdido buena parte de la vocación que lo llevó a servir a su país haciéndose policía. Como contrapartida, había ganado en experiencia, criterio, oficio y objetividad, al tiempo que había desarrollado un olfato instintivo para acercarse a la verdad antes de que las pruebas, los indicios y las evidencias apuntaran siquiera en esa dirección. Aunque legalmente era una habilidad inútil, porque en las sociedades democráticas los agentes del orden no pueden detener, acusar ni condenar a nadie por suposiciones, pálpitos o sensaciones, en la práctica le había ayudado, sobre todo, cuando trabajó como policía judicial en el Grupo de Homicidios. Allí había pasado los mejores momentos de su polifacética carrera, pero también los peores. Porque dejar en libertad por falta de pruebas objetivas a quien sabía culpable de haber matado a otro se convertía en una frustración casi obsesiva, una carga que se llevaba a casa y amargaba su vida y la de sus seres queridos. Esa fue una de las razones que lo llevó a cambiar de puesto, por lo que había terminado como inspector de Seguridad Ciudadana en Zaragoza, una especie de retiro activo que le permitía estar al tanto de mucho y no tener que inmiscuirse de pleno en casi nada. Vivía más tranquilo desde que el Cuerpo le había costado el matrimonio, motivo por el cual consideraba que ya le había dado demasiado a cambio de poco. Sin embargo, no podía evitarlo, era un hombre apasionado y responsable, por lo que se entregaba con abnegación e implicación cada vez que las circunstancias lo exigían. No obstante, lo negaba una y otra vez y prefería, por un mal entendido esnobismo, autocatalogarse como un prejubilado exprimiendo los últimos aletazos de su carrera.

Bidasoa era un tipo áspero en el trato, pero no en los modales. Se mostraba rudo y tendía a expresarse con cierta brusquedad, aunque quien lo conocía agradecía su honestidad, capacidad y franqueza. Confiaba más en sí mismo que en la institución, en esta más que en sus compañeros y mucho más en ellos que en la tecnología. Aun así, reconocía que en determinadas ocasiones esos avances científicos habían convertido en detenciones y condenas lo que sin su respaldo no hubiera pasado de una corazonada o un presagio. Cuando le bajaba el ánimo, se preguntaba si el adolescente psicópata que asesinó a sus abuelos con un bate de béisbol, la envenenadora de enfermos o el maltratador cuyos crímenes no pudo probar se habían librado de la cárcel por su incompetencia.

Le gustaba el fútbol, era su válvula de escape. No obstante, a estas alturas de partido y con su equipo anclado en la segunda división desde hacía demasiados años, tampoco le proporcionaba satisfacciones suficientes. Por otra parte, aunque siempre había tenido una fisonomía atlética, había ganado peso al mismo tiempo que le abandonaron las ganas de seguir ejercitándose en las calles y en el gimnasio. Era más dejadez que pereza, una suerte de abandono autoimpuesto derivado del proceso depresivo que lo asaltó cuando su exesposa le dio puerta con un advenedizo. El nuevo vecino estrafalario y ridículo que se creía joven y solía vestir camisetas ajustadas con pantalones elásticos, cazadoras bómber y zapatillas de paseo le arrebató lo que consideraba suyo. No era más que un friki de la juventud perdida que se creía listo en todo y no sabía de nada. «Cómo seré yo», se repetía, «para que un *mindundi* así me haya dejado sin mujer».

El inspector llegó hasta la comisaría paseando, saludó a los agentes de la entrada y se dirigió hacia su cubículo con determinación. Sobre el escritorio encontró un sobre cerrado con un USB procedente del laboratorio. Abrió con pausa el precinto tras sentarse ceremoniosamente y evocó tiempos pasados, no tan remotos, cuando pasaban por sus manos algunos de los expedientes más importantes de España y sentía sobre sus hombros el peso de la responsabilidad que ya no soportaba. Insertó el dispositivo en el puerto de su ordenador y leyó el contenido con minuciosidad, un par de veces, antes de imprimir la documentación y dejarla en el clasificador de su derecha, donde ponía los casos pendientes. El análisis de la frenada era concluyente: según los técnicos, la furgoneta que había atropellado a un pobre ciclista hacía unas semanas sobrepasaba con mucho el límite de velocidad establecido. Aquel pájaro se iba a comer un buen marrón, se lo merecía por cretino. Desde luego, no sería tan grande su condena como la de la desgraciada familia del infeliz fallecido.

—Tenía usted razón, inspector —le reconoció el oficial que entró con un café de máquina.

Bidasoa elevó la vista sin mover la cabeza, esquivando con sus ojos las gafas de presbicia que tanto le fastidiaba llevar. El recién llegado interpretó su reacción facial como una invitación a continuar.

—La Científica ha confirmado que el cadáver del Camino de La Alfranca es un varón. Un hombre de mediana edad, de unos cuarenta años, al que mataron a bocajarro. El disparo fue letal, le entró de arriba a abajo.

—Una ejecución, entonces. Quizá le pidieron que se arrodillase —elucubró mesándose la barba cana que le encantaba llevar, pese a lo mucho que lo envejecía.

—Es raro que le taparan luego el rostro, después de matarlo con tanta frialdad…

—No tiene por qué —se explayó Bidasoa—. El arrepentimiento aparece después de haber perpetrado el crimen; si ocurriera antes, no matarían. Es, tras haberlo hecho, cuando se constatan los efectos irrevocables de la acción, porque la fantasía termina y la realidad se presenta con toda su crudeza. La víctima deja de ser cosificada y empieza a ser vista como una persona muerta. En ese momento, algunos asesinos se sienten culpables y experimentan un poco de respeto, de conmiseración o de vergüenza que les hace cubrir el rostro inerte para proteger su identidad. O, en otros casos, para evitar su mirada, que les resulta insoportable y vergonzosa.

—Lo más sorprendente —continuó el otro— es que no han podido identificar a la víctima.

—¿No están sus huellas en el sistema? Será algún extranjero que…

—No tiene huellas dactilares. Es la primera vez que oigo algo parecido.

—Es inusual, desde luego.

—Digo yo que formará parte de una banda y se las habrá borrado en plan bestia, como en las películas. Lo extraño es que el informe, según me han dicho, no menciona nada de dedos lesionados ni dañados.

—Eso es una leyenda urbana. En 1930, el gánster John Dillinger eliminó sus huellas quemándose las puntas de sus dedos con fuego y ácido. Le sirvió durante un tiempo, pero cuando la epidermis se le regeneró y le volvieron a salir los pulpejos, las huellas reaparecieron. No creo que sea eso.

—¿Y con ayuda de un cirujano plástico?

—La intervención y la recuperación serían dolorosísimas, y tampoco duraría. Carece de lógica.

—Cuando algo resulta inexplicable, hay que buscar hipótesis alternativas, ¿no? —se justificó antes de quemarse la lengua al dar el primer sorbo a su cortado.

—Hay una explicación que no has contemplado. Adermatoglifia congénita aislada. Esa es la clave.

—¿Qué está diciendo?

—Es un defecto de desarrollo, congénito y muy infrecuente, que se produce durante la embriogénesis. Quienes lo tienen carecen de crestas epidérmicas, tanto en las palmas de las manos como en las plantas de los pies. Como consecuencia de ello, les faltan las huellas dactilares, aunque sus dedos son aparentemente normales.

—No me lo puedo creer, no lo había oído nunca. Es usted un libro abierto —se admiró.

—Existe una familia en Bangladés que está afectada íntegramente por ella. Todos sus miembros comparten esta mutación genética que los convierte, para la burocracia, en una especie de ectoplasmas. Como no pueden ser identificados, los documentos oficiales, incluso un simple carné de conducir, les están vetados. Creo que hace poco un par de ellos consiguieron un documento de identificación gracias a un certificado médico basado en datos biométricos, no sé si del ojo o de la cara.

—Usted sabe más que Google.

—Dignidad, Meléndez, no seas pelota. Y déjate de cháchara. Los casos importantes los resuelven otros; pero los nuestros requieren dedicación y tiempo, no parlamentos estériles.

El oficial guardó silencio. Cuanto más conocía a ese hombre más lo admiraba y menos lo entendía.

# 16

💬 Júnior, necesito hablar contigo.

💬 Es muy urgente.

💬 ¿Estás bien? Tenemos que hablar. Estoy preocupada.

💬 ¿No te habrá pasado algo? ¿Va todo bien?

💬 Llámame, por favor, es muy urgente. Me temo lo peor. No me hagas esto, dime lo que sea. Necesito saber de ti. Oírte. Mándame un mensaje al menos.

Habían pasado tres semanas desde que Almudena Prim envió la transferencia de diez mil euros a la cuenta de K-IN. Después habían hablado un par de veces, en las que le aseguró que sus dificultades mejoraban y el *hacker* ya estaba avanzando con lo suyo. Aunque Q-Pido no había regresado todavía de Miami y no había cobrado el anticipo contractual previsto, confiaba en que todo volvería a estar en orden dentro de muy poco. Desde entonces, llevaba diez días, que le habían resultado larguísimos y muy duros, sin saber nada de él. Había atravesado en modo exprés todos los estadios propios de los allegados de los desaparecidos: preocupación, temor, incredulidad, negación, tristeza, culpa y desesperación, incluso un enfado irracional que le venía y se iba de un modo incontrolable.

Casi rompió a llorar cuando sonó el móvil y vio el rostro de su amor en la pantalla.

—Júnior, por Dios, qué te ha pasado. ¿Estás bien?

—Hola, mi vida. Perdóname el silencio. Sobrevivo, lo cual no es poco. ¿Tú estás bien?

—Desquiciada, resisto con tranquilizantes. ¿Te ha pasado algo?

—De todo y nada bueno. Esto es un desastre, una conspiración del destino. Nos ha mirado un tuerto y es Polifemo.

—No me asustes. ¿Qué ha pasado? ¿Te han atacado?

—Todavía no. Aunque el otro día unos matones me cercaron en un callejón y me aseguraron que ya no me quedaba tiempo. Esto es muy duro. Me mantienen las ganas que tengo de estar contigo. Pero todo se ha torcido aún más.

—Vuelve a España, Júnior. Aquí estarás seguro, nos arreglaremos.

—La policía dominicana me ha quitado el pasaporte. No puedo salir del país.

—¿Qué ha ocurrido? —se espantó la galerista.

—Lo impensable. La policía hizo una redada y lo cazaron haciendo un trío con dos chicas menores. Apenas tenían trece años.

—Qué asqueroso. Pero ¿a quién? ¿De quién me estás hablando?

—Del informático. Al hijo de puta le había pagado el anticipo día y medio antes. En vez de ponerse a trabajar en el ciberataque a mi *blockchain*, se le ocurrió pegarse un homenaje pederasta el día en que anticorrupción empezaba su estrategia. Está preso, a la espera de juicio. No me han dejado hablar con él, mis clientes se están movilizando, impacientes, y me han amenazado con presentar una demanda colectiva y hundirme de por vida. Para colmo, como el dinero que usó el *hacker* para pagar a los proxenetas está relacionado con mi ingreso bancario, formo parte de la investigación y no me permiten salir. ¿Qué te parece la *vaina*, como dicen aquí?

—No puede ser —pronunció con esfuerzo—. ¿Y el contrato con Q-Pido?

—Sigue en Miami. Sus asesores le han recomendado no volver hasta que todo se calme. El cerdo vicioso estaba alojado en su casa y, claro, su gente de *marketing* quiere mantenerlo lejos del escándalo. La faena es que no puedo viajar a Estados Unidos para firmar el acuerdo. ¡Y sigo sin cobrar! Al menos, Q-Pido me permite seguir quedándome en su casa. Si no fuera así, ni siquiera podría pagarme un hotelucho. Estoy aquí metido sin salir, muerto de miedo y de impotencia, como una rata de cloaca en un casoplón milmillonario. Me han convertido en un paria. Con decirte que estoy pasando hambre ¿No podrías hacerme un bizum, por quince o veinte euros, para comprarme un bocadillo y un poco de fruta?

Almudena le envió cincuenta. Incluso se justificó explicando que no podía darle más porque también pasaba por dificultades económicas:

—Los primeros cinco mil que te presté los cogí de mi empresa. Me los había ingresado un cliente para afrontar los gastos iniciales de la exposición de los bebés. Ahora tengo que pagar a los proveedores y no puedo hacerlo. Estoy entrampada. Como ya he pedido otro crédito hace poco, para darte más dinero, me están poniendo pegas para financiarme.

—Lo siento, mi amor. Ojalá pudiera hacer algo para compensarte. ¡Me siento tan culpable! No puedes imaginar cuánta impotencia tengo. Con lo felices que estábamos… Te juro que te voy a compensar. ¡Si, en realidad, somos millonarios! ¿Cómo nos puede estar pasando esta pesadilla?

—¿Y qué vamos a hacer? —La chica estaba a punto de llorar.

—Rezar, si eres creyente. Y tirar hacia adelante, sobre todo eso. Desde aquí, estoy moviendo Roma con Santiago para solucionarlo cuanto antes. Mis esfuerzos no están dando los frutos que esperaba, pero va a ver brotes verdes. Créeme. Si tuviera unos cientos de euros podría ganar algunas voluntades. Me han dicho que hay mucha corrupción institucional aquí; seguro que conseguiría que me devolvieran la documentación. Y, quién sabe, hasta podría hacer que dejaran trabajar al *hacker* en mi sitio de criptomonedas hasta solucionarlo. Si hay mordidas por en medio, a los dominicanos no les importa saltarse algunas normas. Si ven que manejo billetes, aceptarán pagos futuros a cuenta de su ayuda, cuando ya todo esté arreglado. ¿De qué me sirven tantos millones si ahora tengo que estar mendigando? En cuanto ese puerco termine lo que ya ha empezado y me resuelva el problema, todo se arreglará. Amor, ¿no me puedes conseguir algún dinero? Con mil euros bastaría, ya sabes que te lo voy a devolver todo, hasta el último céntimo.

—Es imposible, Júnior. Te he dado más de lo que tengo —se afligió Almudena—. No me queda nada.

—Dijiste que tu madre tenía unos ahorros.

—No puedo hacerlo, no me pidas eso.

—Solo unos cientos de euros, para moverme por aquí y acelerarlo todo. Estoy desesperado. Lo que buenamente puedas, aunque sean quinientos o seiscientos nada más.

—Olvídate. Soy incapaz de robarle a mamá.

—Piénsalo bien, cariño. Conseguiré recuperar mi pasaporte y, en cuestión de horas, estaré en Miami con Q-Pido, firmaremos el contrato y cobraré mi dinero. Os lo repondré al instante. Y en cuanto se arregle el ciberproblema, seremos generosos con tu madre. Tú también podrás hacer frente a los pagos pendientes. Es la única salida; si no, nunca te lo pediría. Nos beneficia a todos. Eres una mujer inteligente, si lo analizas a fondo vas a acabar viéndolo así. ¿Acaso has dejado de confiar en mí? Eso sí que me mataría del todo. Para mí ya eres mi esposa, siento muchísimo estar pidiéndote tantos sacrificios; pero el amor es esto. Lo estás haciendo por los dos, por nosotros. ¡Es la única salida que tenemos!

Todavía tuvo arrestos para plantear algunas objeciones antes de doblegarse a la solicitud extrema de su amado.

—Júrame dos cosas, Júnior. Que me lo vas a devolver en tres o cuatro días. Y que no voy a arrepentirme nunca de haber confiado tanto en ti.

—No me ofendas, me conoces —reaccionó a la defensiva—. ¿Por quién me estás tomando? Estamos pasando una racha horrible, temporal, nada más. Cuando termine, todo volverá a la normalidad. Te amo, esto nos va a unir todavía más; quiero estar contigo siempre. Eres la mejor persona que conozco. Recuerda mi canción, tesoro: «Son tus besos esas alas que me elevan desde el suelo».

Terminó haciéndolo. Le mandó setecientos cincuenta euros y, con ellos, el último hálito de confianza que guardaba, además de la llave para la integridad personal de su madre. ¿Qué más podía hacer por él?

Aquello marcó un antes y un después en la vida sentimental de esta pianista vocacional que se equivocó de tecla.

# 17

Hugo Diosdado se levantó malhumorado del lecho, llamó zorras a las chicas que le acompañaban y salió desnudo de la habitación en busca del camello. Se sentía mal, con la cabeza *abotijada* por los excesos y una sensación corporal de levedad que había desactivado su miembro viril hasta rozar el ridículo.

—Menudo gatillazo —se choteó la más experimentada antes de besar en la boca a su compañera, a la que el cuarto en discordia manoseaba mientras la penetraba fuertemente por detrás.

El estatus del primogénito de los Diosdado no se correspondía con el fango de aquellas inmundicias carnales en las que solía solazarse. Prostitutas con bajo nivel de protección, algunas de ellas yonquis, chaperos, proxenetas y traficantes se citaban con tipos con alto poder adquisitivo para compartir orgías descontroladas en las que cada cual hacía realidad sus más oscuras y abyectas fantasías. Todo estaba permitido, previa conformidad con los chulos, renegociación y abono de las tarifas. Hugo también frecuentaba otras fiestas sexuales de mayor *standing*, con *escorts* o amantes esporádicas a las que persuadía para que lo acompañaran. Como él explicaba, estos encuentros eran mucho más salvajes porque no lo conocían y podía desfasar y mostrar su versión más primitiva.

—¿Dónde está Trapo, coño? —Preguntó a un par de sombras con las que se cruzó en uno de los cuartos oscuros del piso.

Le contestaron con jadeos y se marchó deprisa, cada vez más enfadado y nervioso. Aquellas dos se iban a acordar de quién era. ¿No se habían reído de su gatillazo, las gilipollas? Estaba decidido a regresar en modo imperial y penetrarlas hasta que les dolieran todos los agujeros de sus cuerpos.

Lo encontró en la habitación del fondo. Se lo estaba montando con una chavala adormilada, él mismo le había confesado su debilidad por la somnofilia: le ponía cachondo hacerlo con mujeres inconscientes o semiinconscientes. De hecho, cuando se separó de su cuerpo, ella permaneció inmóvil como un trapo, sin cambiar ni un ápice la posición en que la había dejado.

—Qué pasa, Hugo. Me estás cortando el rollo, *co*.

—Necesito viagra. Pásame un blíster.

—Claro, colega, píllalas tú. El botiquín de química está ahí, la contraseña de siempre. Ya sabes, son las de color azul. Ten cuidado, no te vayas a meter el fentanilo.

Su grotesca carcajada se interrumpió enseguida, en cuanto volvió a lo suyo y preparó un par de rayas sobre el pubis depilado de la chica.

—Échate un tiento —le dijo—, esta vez te invito.

El aludido la esnifó con un experimentado movimiento mientras sentía tan cercana la entrepierna femenina.

—¿Qué le has dado, tarado? Parece medio muerta.

—Me pone dominarlas, tío. Tienes que probarlo. Siempre tengo a mano Rohypnol, y no solo para suavizar los efectos chungos de la coca. Mañana no se acordará de nada, estará un poco mareada y tendrá el estómago mal. Nada serio. A cambio, se habrá *levantado* en una noche lo que no gana en el club en dos semanas. ¡Es un buen trato para todos!

—Estás fatal, *bro*. Eres un cafre.

Las tres viagras ingeridas, junto a la coca esnifada, comenzaron a activar sus energías dormidas. Llegó al dormitorio con el miembro flácido todavía, pero mucho más animado y mentalmente excitado. Las chicas se lo estaban montando juntas mientras el chapero, de cuerpo musculado y rostro poco agraciado que la penumbra ocultaba, saboreaba un cubata para tomarse un respiro.

—¿Vuelves bien armado? Necesitamos refuerzos —le espetó la más descarada.

—Hacedme sitio. —Corrió hacia el lecho y saltó sobre ellas. Formaron un ovillo y se enzarzó cuerpo a cuerpo con ambas para intentar domeñarlas. Las dos se defendían, entre risas, como amazonas nudistas. La intervención inesperada del prostituto, que se sumó al pandemónium de pieles, cuerpos y órganos sexuales superpuestos, fue determinante. Al duplicar la fuerza masculina, pese a su coraje y largas uñas, las mujeres acabaron sometidas. Todas y todos se rozaron de tal modo que la temperatura subió y la excitación de Hugo recuperó su esplendor con una velocidad inusitada.

Cumplió su promesa.

Terminaron extasiados.

Al cabo de unas horas, ya a media mañana, Diosdado se despertó en la alcoba de su picadero, desnudo entre un amasijo de brazos, piernas y ropas de cama, con un fuerte dolor en la cabeza. Una de las mujeres, al sentir su movimiento, se giró para abrazarlo y darle un beso.

—¡Quita, guarra! —Se retiró con malos modos—. Las personas honradas, a estas horas, tenemos que ir a trabajar.

Se vistió deprisa, se empapó el rostro en el lavabo para suavizar el pésimo aspecto que tenía y se marchó de incógnito, poniéndose la gorra de visera larga y las gafas de aviador con cristales de espejo.

Mientras avanzaba hacia la salida e iba esquivando cuerpos, almas y tarados desconocidos de toda condición, se preguntó si merecía la pena pasar esas resacas cada vez que se corría una juerga como aquella. Ya en el ascensor, tras apretar el botón de la planta baja, sus labios dibujaron una sonrisa de Mona Lisa que contestaba a su pregunta.

Si algo se le daba bien a Mona era fingir. Lo había hecho toda la vida en ese teatro social en el que había convertido su existencia. Por eso, pese a que lloraba a escondidas en su habitación y rezaba por el regreso de Bartolomé, se desenvolvía con desparpajo en sus quehaceres cotidianos y había recuperado las actividades rutinarias: desayunaba con amigas, iba de compras, comía con iguales, acudía a eventos y cenaba en casa con la familia, aunque a menudo eso significaba hacerlo sola mientras le servía Lourditas, la Tata, y entretenerse conversando como dos buenas amigas, pero sin olvidar nunca sus roles.

—¿Dónde está mamá? —le preguntó Circe.

—Hoy come fuera. Ha quedado con las hermanas Valburillo. No me ha dicho a qué hora volvería. ¿Te preparo algo? ¿Comes aquí? —respondió la Tata, sin apenas hacer pausas entre las proposiciones.

—Hazme algo ligero. Una ensalada y un poco de pescado, si tienes.

—Hay gazpacho recién hecho y rodaballo. En quince minutos te lo sirvo.

—Genial. ¿Qué sabes de Hugo?

—Sin noticias. No ha dormido aquí. Tu madre estuvo anoche intentando contactar con él y no hubo manera.

—Para variar.

—No seas dura con tu hermano. Es mucho más sensible de lo que aparenta. Aunque tú no lo entiendas ni lo compartas, está muy unido a Valmaseda. Para él sí se ha convertido en un segundo padre. Lo está pasando mal, aunque no lo reconoce. Necesita comprensión, está alterado.

—Siempre es igual, Tata. Él hace lo que le da la gana y pasa de todo, pero luego los demás tenemos que bailarle el agua, no vaya a ser que colapse. Estoy cansada de ser la única sensata de esta casa. ¿Quién cuida de mí?

—Me tienes a mí, pequeña. —Se acercó para abrazarla.

—Por supuesto, pero sabes a lo que me refiero. —Vio la expresión compungida de la otra—. Perdóname, esto me está sobrepasando.

—¿Has discutido con tu novio?

—Todavía no, pero pasará muy pronto. Me ha dicho que este año no se va a perder el Burning Man, que van todos sus amigos y que confíe en él. Que no hará nada malo, solo divertirse. ¿Verdad que no es normal?

—Salir de fiestas con vuestros amigos es habitual en vosotros. ¿Qué tiene de especial ese Burning no sé qué?

—Está en Nevada. Es al que fue Íñigo Onieva, donde lo pillaron en vídeo poniéndole los cuernos a Tamara Falcó cuando eran novios. ¡Es Sodoma y Gomorra! —se descontroló.

—De aquellos barros vienen estos lodos. Las parejas modernas no sabéis poneros límites y cada vez va todo a más. ¿Quieres a ese chico?

—Pues claro, es mi novio.

—Una cosa no implica la otra. Hay demasiados noviazgos por conveniencia, interés o costumbre. Si lo aceptas como es, con esos egoísmos y faltas de respeto de serie, porque así me lo parece, apechuga. Pero recuerda que hay muchos otros buenos hombres por ahí que sí saben valorar a una mujer como tú.

—Me habla la experiencia, ¿no?

—No bromees. Mis únicos amores habéis sido vosotros, ya lo sabes —torció el gesto entre la tomadura de pelo y la indignación real—. Pero he tenido mis romances y más sabe el diablo por viejo que por diablo. Enamorarse está muy bien; pero, para amar, la inteligencia y la voluntad son más importantes. Elegir un camino y perseverar en él a pesar de los obstáculos, eso es el amor en realidad.

—Lo amo, Tata. Me hace feliz cuando estamos juntos.

—Pues apechuga, pero no te resignes. Sé inteligente, juega bien tus bazas y podrás marcarle límites. Tienes que ser sibilina, poderosa. Aprende a manejarlo sin que se dé cuenta. ¿Sabes por qué te llamas Circe, no?

—Fue una ocurrencia brillante de papá. Le encantaba la mitología griega…

—¿Y por qué la eligió precisamente a ella? Recuerda quién fue. Una hechicera, la hija del dios del Sol y de una ninfa. Casi como tú —bromeó—. Creaba pociones mágicas para transformar a la gente. ¡Ella convirtió en cerdos a toda una tripulación! Y a Escila en un monstruo marino. Algo tienes de ese mito, llevas su nombre, así que también puedes lograrlo.

—¿Me estás diciendo que envenene a mi novio? ¿Que lo mate? ¿Que lo duerma para evitar que se pueda ir a ese fiestón?

—Solo digo que puedes transformar a las personas. Y que ninguna sustancia doblega tanto la voluntad de los hombres como el amor de una diosa.

Desde luego, la Tata era única para subir la autoestima de aquellos dos hermanos a los que había cuidado desde pequeños.

Hugo apareció con un aspecto horrible. Tenía más hambre que sueño, así que fue directo a la cocina, donde encontró a Lourdes trasteando en la encimera con una bandeja de pescado.

—¡Qué alegría, Huguito, tú por aquí! —se entusiasmó al sentirlo llegar—. ¡Qué mal aspecto tienes! ¿Has dormido poco? —Acertó en cuanto vio su rostro ajado y su expresión ausente; tanta química ingerida le había robado un alto porcentaje de su energía y una buena ración de humanidad.

—El amor está en el aire —fantaseó, sabedor de que si algo deseaba aquella mujer que tanto lo quería era que sentara la cabeza con una buena chica. Algo a lo que él, por el momento, no estaba dispuesto.

—A ver si esta es la buena. —Cambió de tema rápido, sabía que Hugo nunca estaba para monsergas, mucho menos en aquellas condiciones—. Está tu hermana comiendo. Hay gazpacho y rodaballo. Riquísimo, ¿te pongo los cubiertos?

Cinco minutos después, todo estaba en su sitio. Hugo en el salón con Circe, su plato de rodaballo ante ella y su hermano degustando el refrescante bol con la sopa fría andaluza y bebiendo cantidades industriales de agua para aplacar la resaca.

—¿No te cansas del *perreo*? —le dijo su hermana—. Para ti, cualquier día es un festival.

—No me ralles, tía.

—No hace falta, ya lo haces solito.

—Sin vaciladas, *please*.

—¿Dónde fue la fiesta? —insistió Circe.

—Lo importante no es dónde, sino con quién estuve. —Tiró a dar a donde más le dolía—. Pregúntale a tu novio, ¡se lo pasó mejor que yo!

—¡Eso es mentira! Eres odioso.

—Tú pregúntale. A ver con qué te sale.

—¡Hugo! Deja de fastidiar a tu hermana —medió la Tata mientras llegaba con una bandeja de fresones y un par de zumos de naranja recién exprimidos.

—Ya sabes que la quiero, pero me *mola chincharla*. ¡Es tan perfecta que da asco! —rió él, justo antes de lanzarse sobre el elixir naranja y agradecer su fresco dulzor en el gaznate seco por los excesos.

De nuevo los dos solos, Circe trató de sincerarse:

—He estudiado las cuentas de mamá. Desde que no está Bartolomé, sus gastos han descendido alrededor de un setenta por ciento.

—¡No te fastidia! Ha estado encerrada aquí llorando su pérdida, ¡cómo para estar gastando más! Tú siempre igual, hermanita urraca, contando los fajos ajenos.

—Ha vuelto a salir, últimamente no para en casa. Fíjate hoy, está comiendo fuera. Y, sin embargo, está gastando muchísimo menos. Bartolomé se está aprovechando de ella. —Antes de que su hermano interviniese, alzó un poco la voz para finalizar su alegato—. ¿Te acuerdas de la bata rosa del otro día, esa tan bonita que se puso? Dijo que se la había regalado él, pero comprobé que cargaron a su tarjeta la factura de La Perlada. ¿Tú sabías que Valmaseda tenía una a su nombre en la cuenta corriente de mamá? De hecho, sigue activa.

—¿A quién le has pedido permiso para meter tu hocico en eso? Mamá es una mujer adulta en plenas condiciones mentales, no necesita que la tutelemos. Es vergonzoso que la fiscalices.

—No me juzgues. Ella me dio las claves y me animó a hacerlo. Quería saber si había habido algún movimiento bancario suyo desde entonces. Nada. Bartolomé no ha tocado la tarjeta. Pero no te imaginas la de gastos injustificados que acumuló con ella antes de desaparecer.

—Tonterías. Valmaseda estaba forrado, cuando viajábamos juntos nunca reparaba en gastos. Ambos llevaban un tren de vida alto, mamá es de gustos caros. El lujo es su debilidad, cuesta dinero y ¡lo tiene! ¿Cuál es el problema? Estás viendo fantasmas donde no los hay. Reconoce que te caía mal y estás encantada de que ya no esté.

—Me preocupo por ella, como una buena hija. Y tienes razón, no me cae bien. Pero me gustaría que apareciera y se aclarase todo. Aunque lo intenta disimular, mamá está muy afectada. ¿Qué te dicen en la comisaría?

—Todo parado. No hay novedades, siguen pensando que lo que fuera le pasó lejos de España, posiblemente en África. No han podido constatar que llegó aquí y no hay tratados de colaboración con esos países. Me canso de preguntar, siempre me cuentan lo mismo.

«Y tú a mí también», pensó Circe. «Quizás sea el momento de tomar la iniciativa».

# ENGAÑO
## FASE DOS

# 18

💻 El perfil y las fotos que publicas son tan hermosos como impresionantes. Tu sonrisa caprichosa me llamó la atención y vale la pena leer lo que publicas en tu línea del tiempo

Rosalía Quevedo buscó la firma con curiosidad: Barry Davenport. Un desconocido. Ignoró el mensaje, apenas tenía tiempo libre porque estaba trabajando contra el reloj en una caracterización de autoría sobre una supuesta nota suicida de lo que los investigadores sospechaban que podía ser un homicidio. Era un trabajo importante que le había encargado la policía nacional en Zaragoza. Sabía que tenía que lucirse y ser muy rigurosa, precisa y didáctica al redactar su informe pericial. En primer lugar, porque estaba en juego una posible condena a la pareja de la fallecida, presunta escritora de la nota falsa. En segundo, porque era una puerta abierta a seguir colaborando con esa institución. Aquel privado inesperado en Facebook, por ello, apenas le robó un par de minutos de su precioso tiempo. Lo dejó estar en el chat como uno más, aparentemente insignificante, aunque en realidad era capaz de darle un vuelco a todo.

Volvió a él varios días después, cuando ya había presentado sus conclusiones al subinspector y expresado con firmeza la escasa probabilidad de que el mensaje de suicidio hubiera sido escrito por la fallecida. Sin embargo, le resultó imposible concluir científicamente que había sido redactado por la sospechosa, al menos a partir de los textos indubitados recibidos. Mientras curioseaba en la aplicación de Facebook con su móvil, reaccionó al icono rojo de su Messenger entrando en él. Cuando encontró el nuevo contenido, algo le dio un vuelco en su interior:

⌨ Hola otra vez. Perdona mi insistencia. Estuve mirando un rato tu página, mirando tu hermosa foto. Me asombró la increíble belleza con la que Dios te creó. Me gustaría que me aceptaras como amigo, tengo muchas ganas de saber más acerca de ese hermoso ángel con el que estoy bendecido. Si no me contestas, será la última vez que te contacte. Soy una persona honesta y transparente, respetaré tu decisión, puedes estar segura de ello. Ojalá tengas a bien decirme algo

Quevedo no dudó antes de contestar a Davenport. Tras revisar el mensaje inicial y chequear la foto adjunta —la de un hombre atractivo uniformado, con el pelo rapado al uno y un bonito paisaje a su alrededor— se animó a responder:

💻 ¿Cómo me has encontrado?

⌨ Estaba buscando a un viejo amigo y apareció tu perfil. Se te ve hermosa y atractiva. Tu sonrisa me llamó la atención, así que me decidí a saludarte. Me sorprendió mucho cuando respondiste

La cabeza de Rosalía se activó como la maquinaria de precisión de un reloj suizo. Ganó tiempo.

💻 Tengo que salir. Ya seguiremos hablando

Cuando recibió el escueto: «OK, belleza» con el que le contestó al instante, Rosalía ya estaba navegando en el cuidado perfil de Barry Davenport. Según decía el contenido, era un exmilitar estadounidense que había servido como marine y ahora trabajaba en una empresa de seguridad privada internacional. Aseguraba que estaba a punto de cumplir cuarenta años, aunque parecía más joven en la fotografía que había adjuntado en su mensaje. En su muro encontró otras imágenes que parecían más recientes y, en efecto, encajaban mejor con esa edad. Sin embargo, y aunque se le apreciaba de lejos, parecía un tipo interesante. Se le veía en forma, vestía casual y siempre sonreía con encanto a cámara, como si estuviera satisfecho con su vida y feliz de haberse conocido. Aunque sus facciones no eran espectaculares, tenía cierto atractivo oculto que podía encandilar.

—Qué interesante —musitó la lingüista, aunque no se refería a los autorretratos que llenaban la página, sino a los contenidos que leía en ella.

Tanto le impresionaron que, tras algunas comprobaciones, retomó la conversación interrumpida antes de lo que el exmarine había imaginado.

🔍 Me da mucha vergüenza que le hayas contado lo ocurrido

🔍 ¿Qué va a pensar de mí?

🔍 No voy a poder mirarla a la cara nunca

🔍 Tu madre quiere romper nuestra relación

🔍 Está celosa, les pasa a los ancianos. Quiere que estés sola, como ella. Le da miedo que ames

💬 Júnior. Tienes que devolverme todo lo prestado. Mi situación es desesperada

💬 Tuve que contárselo, para que me dejara dinero para la empresa. Me estoy arruinando

💬 Tienes que pagarme ya

🔍 ¿Cómo me dices esto, Almudena? Yo que soy quien más confía en ti

🔍 Jamás imaginaba que me ibas a hacer esto

🔍 Creía que confiabas en mí tanto como yo en ti. Ya veo que no

🔍 Me ha vuelto a pasar, amo demasiado y a la gente equivocada

💬 No me trago que sigas en República Dominicana y no hayas cobrado nada

💬 ¿Y el dinero que te he dado? Me lo ibas a devolver en pocos días

🔍 Soy un pobre tonto

🔍 No sabes cuánto me duele que la única persona que amo piense así de mí

💬 Dime la verdad: ¿me estás estafando?

🗨 Almudena, por Dios. No seas tontita. Te amo

🗨 ¿Te están malmetiendo para ponerte en mi contra?

💬 No alargues esto. ¿Cuándo vas a devolverme el dinero?

🗨 En cuanto se solucione todo

🗨 Pero ahora voy a dejarte, tengo que ir al médico

🗨 No me encuentro bien

🗨 El disgusto que me has dado es demasiado para mí

🗨 Ya hablaremos, Almudena.

🗨 Me explota la cabeza

La desesperación de Almudena Prim crecía por momentos. Su impotencia y el colapso económico que le había generado su relación con Júnior Hernández, artísticamente conocido como K-IN, habían alcanzado su máxima expresión. Ya no confiaba en él. Tenía ganas de matarlo. La paradoja es que consideraba un desconocido a quien había creído su alma gemela unos días antes. En las últimas semanas no solo no le había devuelto los más de quince mil euros pendientes, sino que le había pedido más dinero. Cuando ella se negó, dejaron de conversar por teléfono y por videoconferencia. Si intercambiaban mensajes, él contestaba tarde, con frialdad, sin atender directamente sus solicitudes. Seguía poniendo excusas para justificar la desaparición del dinero, e insistía en que si le proporcionaba un poco más todo se arreglaría. Tras el desánimo y la sensación de engaño, el desamor había irrumpido en la pianista como un psicotrópico indomable. Lo mismo rompía a llorar que se quedaba en la cama contemplando el techo, como inerte, durante más de una hora. También sufría arrebatos de ira y una incapacidad constante para concentrarse, en especial en el trabajo. Todo le recordaba a él, sus argucias y el dinero perdido. Era muy duro, mucho más que recuperarse tras romper con un novio perfecto. Se sentía idiota. Vulnerable. Incapaz de rehacerse y mirar al porvenir con otra cosa que no fuera recelo. Jamás podría volver a confiar en nadie. Por si no fuera bastante, había perdido un par de clientes importantes porque cometía errores imperdonables en su actividad profesional. Por otra parte, los problemas de liquidez acumulados le impedían afrontar nuevos proyectos y habían levantado ampollas con algunos de sus proveedores estratégicos, la mayoría de los cuales habían decidido no darle más crédito y cobrarle por adelantado. En su situación, no disponía de liquidez para hacerlo.

Su madre había sufrido una crisis de ansiedad cuando le confesó cuánto habían descendido sus ahorros por culpa de su necedad. Se esforzó después por disculparla y darle ánimos al verla culpabilizada, derrotada, rota de amor y avergonzada, pero Almudena la conocía bien y advirtió el ligero temblor junto a su boca y la humedad en sus ojos mientras la consolaba.

Tenían tres meses de colchón para seguir en la residencia; pero si no conseguía recuperar el dinero en ese plazo y reorientar la salud económica de su negocio para generar ingresos suficientes, la pobre mujer tendría que salir de allí, donde recibía los cuidados óptimos para su delicado estado de salud.

—Todo se arreglará, mi niña. Tú eres muy buena —le aseguró su madre.

«Tanto que soy una estúpida», completó su afirmación, desconsolada. A la frustración, el pesar, el dolor interior y los problemas financieros a los que se enfrentaba se unieron la vergüenza y la pérdida de confianza. Con frecuencia entraba en bucle, lo maldecía a él y a sí misma, y se echaba en cara no haber sospechado mucho antes que todo era mentira. Buscó información en Internet sobre aquel hombre y no encontró nada, salvo algunos perfiles en las redes, ni como Júnior Hernández ni como K-IN. Algunos artículos recientes, eso sí, ubicaban a Q-Pido en un retiro vacacional en Miami, junto a su pareja. No había menciones sobre ningún hijo, mucho menos del supuesto accidente doméstico en el que, presuntamente, había perdido un dedo.

Siguió buscando.

E insistiendo en sus mensajes.

🗩 Devuélveme el dinero

🗩 Te juro que voy a ir a la policía. Te denunciaré si no lo haces

No obtuvo respuesta.

Mandó otras comunicaciones similares, conforme la furia crecía en su interior y las consecuencias de su credulidad la iban poniendo en una situación personal y profesional más complicada.

Entró en fase de insultos y amenazas:

🗩 No sé lo que te haré si tengo que sacar a mamá de su residencia

🗩 Sé un hombre y da la cara

🗩 ¡Estafador!

🗩 Soy capaz de matarte...

Para su sorpresa, la telefoneó un buen día. Almudena Prim, quien hacía solo unas semanas se derretía al ver su imagen en el móvil cuando le entraban sus llamadas, sintió desasosiego, sofoco, excitación y colapso. La mano le temblaba tanto que tardó tres intentos en recibir la llamada. Su voz era distinta, más acerada y terrible. No sonaba dulce, melosa y sincera como antes, ni siquiera le parecía el mismo hombre. Apenas le dio tiempo a pronunciar su nombre, Júnior la interrumpió y le lanzó su proclama, más incendiaria que nunca:

—Escúchame, payasa. Eres una puta loca y paso de tus mierdas. Eres muy pesada, no tienes idea de lo que estás haciendo.

—Escúchame tú: voy a ir a la policía y...

—¿Y qué, pedazo de flipada? Las parejas comparten sus problemas y se ayudan económicamente. Eso es lo que ha pasado. Eres una interesada, solo querías mi dinero. En cuanto lo he perdido me has hecho esto. ¡Y yo que pensaba que eras buena!

—¿Qué estás diciendo? —Se le disparó la lengua y pronunció tras la pregunta una retahíla de descalificaciones e insultos impropios de una persona con su sensibilidad y sus estudios.

Más Caín que nunca, el otro se mantuvo firme e inalterable en su estrategia:

—Eres demasiado boba para entender lo que pasa. Te crees lista y solo eres un *bullet*. Una puta loca. Gracias a lo que me sucedió me he dado cuenta de cómo eres. ¡De buena me he librado! Vas a estar sola toda la vida. Bueno, con esa madre tuya a la que tienes encerrada en un *aparcaviejos*. ¿Te crees buena hija? Pues eres todavía peor novia, chusma. Déjame tranquilo o seré yo quien vaya a la policía y te empapele. Guardo todos tus audios amenazantes y llenos de insultos. ¿Sabes que una noche me enviaste casi doscientos mensajes? Eso es acoso, tarada. Y en mi móvil están todas las pruebas. Así que borra mi número de tu teléfono y mi nombre de tu cabezota. ¡No vuelvas a molestarme nunca más, ¿entiendes?!

—¡Cómo me cuelgues te mato! Conseguiré una pistola… Júnior. ¡Júnior! ¡¡¡Júnior!!!

Ya no había nadie al otro lado. Permaneció en silencio, roja de ira, de miedo, de pena, de vergüenza. También de duda. ¿Era posible que se hubiera equivocado? ¿Y si lo había juzgado mal y lo estaba acusando de algo que no había ocurrido? Acababa de dilapidar una historia absolutamente única, pero ¿era amor o estafa? Se dijo que no podía ser. Que las evidencias apuntaban en una dirección y que por fin se había dado cuenta. Mientras sollozaba, intentó ordenar su mente. Concluyó que las certezas pueden ser muy dolorosas; pero, al menos, nunca te traicionan, como hacen las manipulaciones y las falsas ilusiones.

Se dejó caer sobre su cama y se ovilló buscando una protección fetal que ya no le servía. El mundo se había convertido en un depredador que la había escogido de alimento. La fuente de su dolor estaba dentro, no fuera de ella, por lo que acurrucarse resultaba inútil.

La desesperación y el odio hacia K-IN estaban germinando.

Tanto que lo deseaba, ¿sería capaz de matarlo?

# 19

Aquel era un día muy especial para Mariam Cosculluela. La exitosa empresaria había terminado su presentación en uno de los despachos de la Organización de Naciones Unidas. Los responsables de comunicación con los que se habían reunido en Nueva York se mostraron entusiasmados con las nuevas prestaciones lingüísticas de la plataforma multifuncional de inteligencia artificial que les había ofertado. Su equipo de trabajo —el director financiero y el director comercial de Utópika— caminaron junto a ella hacia la salida con actitud de triunfo, manteniendo las apariencias para proteger la imagen corporativa de la marca; pero, a la vez, ansiosos por liberarse de sus acompañantes y empezar a celebrarlo. El delegado de compras y la relaciones públicas de aquel departamento de la ONU los despidieron delante de la puerta, volvieron a estrechar sus manos y aseguraron que enviarían el anticipo acordado en unas cuantas horas. Unos y otros habían firmado el contrato y, con ello, la negociación había terminado de la manera más satisfactoria para todos, en especial para los españoles.

Ya en la calle, se alejaron deprisa del edificio y, en cuanto comprobaron que sus clientes no podían verlos, comenzaron las celebraciones. Rieron, saltaron, se abrazaron, cantaron y bailaron como lunáticos mientras los transeúntes neoyorquinos, y algunos turistas, los miraban entre la estupefacción y la diversión. Mariam era la que más gritaba, consciente de lo que suponía aquel acuerdo: duplicar la facturación anual, ampliar la plantilla y rediseñar el organigrama operativo, porque la ONU estaba a punto de suponer el cuarenta por ciento de su facturación comercial.

—Hay que celebrarlo, jefa. ¿Nos damos un homenaje en el mejor restaurante japonés del mundo? Me han dicho que el Masa es absolutamente único —propuso el director comercial.

—Es carísimo —terció el financiero—: ochocientos dólares por barba. Demasiado caro y, personalmente, prefiero la comida occidental.

—Ya está el aguafiestas. ¿Tú qué opinas, jefa?

—Imposible. Si no tienes influencias, hay que reservar con un mes de antelación. Además, yo ya tengo plan. He quedado con mi novio. Es curioso, pero hemos tenido que coincidir aquí para poder vernos.

—¿Y qué hacemos nosotros?

—La empresa paga —respondió ella—. Tengo entendido que el Per Se, que está en una de las esquinas de Central Park, y el Saga, en el distrito financiero de Manhattan, son muy recomendables. No sé si tendréis sitio. Buscaos la vida, pero sin saltar la banca. Los Dunkin' Donuts también están muy bien, lo digo como alternativa —sonrió.

—Cómo te sale la chispa cuando estás eufórica. En fin, pásalo bien.

—Lo mismo digo. ¡Y cuidado con los excesos! Nos vemos mañana en el *hall* del hotel, iremos juntos al aeropuerto.

Mariam tomó un taxi y pidió que la llevara al centro comercial Time Warner, posiblemente el más lujoso de toda Nueva York. Cruzó algunos mensajes con Toloco y se quedó tranquila cuando le confirmó que no había surgido ningún imprevisto, por lo que, como ella, ya estaba yendo hacia la cita. No se habían visto en persona desde antes de haberse prometido. En un par de ocasiones lo habían intentado, pero inconvenientes de última hora les habían impedido reunirse. Aunque las videollamadas casi eran diarias, anhelaba acariciarlo, olerlo, sentirlo y estrujarlo entre sus brazos. Tenía tantas ganas de comer con él como de comérselo a besos y dar rienda libre a la pasión.

Se encontraron en la cuarta planta, frente a las puertas del establecimiento gastronómico liderado por Mesayoshi Takayama. Germán Toloco corrió hacia ella en cuanto la vio aparecer, igual que en esos anuncios antiguos de desodorantes donde dos enamorados avanzaban en direcciones opuestas a cámara lenta, por una playa desierta, hasta abrazarse. ¡Lo encontró guapísimo! Vestía un elegante traje de *sport* con mocasines pajizos y polo de manga larga azul.

El interior del Masa era un reino etéreo, maravilloso, donde las sensaciones gustativas, olfativas y táctiles se entrelazaban con toda clase de detalles únicos. La barra de *sushi*, que había sido fabricada en una pieza deslumbrante de ciprés nipón, se lijaba a diario para mimar su suavidad porosa. Su decoración, sencilla y potenciada por bellas plantas de temporada, era como un lienzo en blanco a la espera de ser decorado con los exquisitos platos que se servirían.

Los dos enamorados se sentían cómodos allí, aunque lo hubieran estado también, juntos, a las puertas del infierno:

—Has elegido un restaurante *shibui* —le susurró al oído cuando ya estaban instalados, el uno junto al otro, con las manos enlazadas—. En Japón, se llama así a la belleza refinada que no se ve afectada por el tiempo ni por los cambios sociales. Ni es complicada ni artificial. Es pura, se vive, se siente, es. Como tú, Mariam. Eres el prototipo humano de *shibui*. Nunca había comprendido plenamente este concepto hasta ahora mismo, cuando te veo integrada en él, como si fueras su esencia. Siempre permaneces bella, da igual dónde estés, todos lo aprecian con la misma naturalidad que al admirar un amanecer desde el malecón en La Habana o una aurora boreal en Laponia. Por cierto, tenemos que ir juntos allí, quizás tras nuestra boda.

Mariam Cosculluela comenzó a levitar sobre su asiento lujoso, como una pompa de jabón flotando entre las nubes.

Lo besó.

Comieron *sushi* mientras se comían con los ojos.

Después, una limusina alquilada por Toloco los llevó al hotel de Mariam, donde se devoraron mutuamente con más deleite aún que el pescado crudo.

Sobre las sábanas revueltas, desnudos y con el emblemático *skyline* neoyorquino espiándolos a través de la ventana, el amante se quedó dormido. Mariam luchó por no caer. Quería alargar aquel día perfecto, memorable, y apoderarse de todos los detalles para recordarlo siempre de una forma vívida. Cuando era niña y se sentía monstruosa a causa de su anotia, antes de dormir se esforzaba en pensar fuerte que, cuando despertara, todo habría cambiado. Que sus sueños se harían realidad y la realidad cambiaría para siempre. Así, se dormía esperanzada, confiada. Una noche tras otra, incansable y tenaz, soñaba despierta que soñar dormida haría realidad sus deseos. Ahora, siendo adulta, cuando su vida se había convertido justamente en cuanto había deseado, temía dormirse para evitar que ocurriera lo contrario. Le aterraba pensar que esta vez, para su desgracia, los sueños podían convertir esa realidad insuperable en una pesadilla.

Se durmió mientras acariciaba la pierna desnuda de su prometido.


Desayunaron en la habitación. Toloco madrugó para acompañarla, a pesar de que, según le había dicho, volaba hacia Miami por la tarde. Tenía que cerrar el acuerdo entre una promesa paraguaya y el principal club de fútbol floridano.

—Te he traído la documentación del piso —le dijo mientras ella degustaba un sándwich vegetal de sabor más generoso que su tamaño—. Está en el maletín, ahora la traigo. Verás qué maravilla.

Efectivamente. El piso era soberbio. La carpeta que contenía el contrato era un tríptico con solapa con fantásticas imágenes. La vivienda destacaba por la excelente calidad, la amplitud de las estancias y la excelencia de su decoración. Mariam no encontró calificativos suficientes para describir la impresión tan positiva que le causó saber que aquella era su casa. La de ambos.

Germán Toloco disfrutó mirándola, quién sabe si feliz de hacerla feliz de aquella forma.

—En esa cama inmensa haremos el amor todas las noches.

—Y cada mañana —añadió ella, picaruela, dejándose llevar por el momento.

—Guárdatela en la maleta, aquí van los contratos y los comprobantes. ¡Es nuestro título de propiedad! Me hace especial ilusión que ya seamos uno en esto...

Interrumpió sus palabras de manera abrupta.

Algo iba mal, interpretó su novia.

—¿Qué pasa, Germán?

—No me lo puedo creer. Mira —sacó el bloque de papeles del interior de la carpeta—. ¡Me confundí al guardarlos! Metí el contrato del Inter de Miami, en vez de tus papeles. Maldita sea, con la ilusión que me hacía darte toda la documentación... Perdóname. Puedo llamar a mi secretaria y... ¿A qué hora sale tu vuelo?

—Ya no da tiempo. No te preocupes, no tiene importancia. Como me debes una, prométeme que no vamos a tardar tanto en vernos. Y, si te parece, Willy Fog, esta vez lo hacemos en España. Podrías venirte a Zaragoza, ¿no?

—Te lo juro por mi vida. Iré allí en cuanto se acabe la temporada americana de fichajes. Cuenta con ello.

Mariam lo besó con pasión.

—Me vas a matar —le susurró Germán en la oreja operada al terminar tan fogoso encuentro, sin dejar de abrazarla como si fuera un peluche—. ¡Hoy no es mi día! Me ha desaparecido el dinero, quizás me han robado. Tengo vacía la cartera, no sé qué ha pasado. Qué vergüenza. ¿Me puedes dejar trescientos dólares para pagar la limusina? No aceptan tarjetas.

—Al menos, sé que eres humano. ¡No podías ser perfecto! —Tras el chascarrillo, Mariam consultó su reloj y supuso que sus compañeros de Utópika ya la estarían esperando. Sin pensarlo, le extendió un cheque al portador por ese importe—. ¿Servirá? No me llega en efectivo.

Toloco lo recogió con una mano mientras le acariciaba la parte exterior del cuello con la otra, acercándose a la nuca y rozando su melena corta.

—Mil gracias, eres un ángel. ¿Tienes un billete para la propina del chófer?

—Cincuenta euros es mucho, ¿no? No tengo más —se lamentó Mariam, abriendo su cartera para que lo comprobara.

—Seguramente tendrá cambio. —Tras apoderarse del papel anaranjado, la acompañó despacio hasta la puerta—. Ha sido la mejor tarde noche de mi vida.

—¿No me acompañas al *hall*? Así te presentaré a mis compañeros.

—Lo siento, tengo que hacer una llamada urgente. Cuando vaya a Zaragoza, me pasaré por tu empresa.

—Te espero allí entonces. Prométeme que vendrás pronto.

—*Of course, my love.*

Mientras volaba hacia Madrid, Cosculluela estaba literalmente en las nubes. Sus dos directores nunca la habían visto tan ausente, ilusionada ni embobada.

# 20

La subinspectora Abadía, del Grupo de Homicidios de la Policía Nacional, tomó la palabra cuando Mingote le endiñó el marrón que le correspondía. Aunque estaba al tanto de la investigación y, de hecho, había acudido al Anatómico Forense de Zaragoza para revisar el cuerpo, era un caso tan difícil que resultaba lógico priorizar el resto, aquellos en los que sí había hilos de los que tirar y tareas productivas que hacer en curso. Carraspeó para aclararse la garganta, aunque no le hacía falta, ignoró las sensaciones desagradables de miedo oratorio que experimentaba y trató de hacer un rápido resumen sin levantarse de la silla:

—El muerto es un varón caucásico de unos treinta o cuarenta años. Se encuentra en proceso de identificación, porque estaba indocumentado y carece de huellas dactilares. Según la médico forense, por una mutación genética muy poco frecuente. Tampoco se han apreciado tatuajes ni otras marcas distintivas en su cuerpo, por ahora. El cadáver apareció por la tarde, junto a un merendero situado en un espacio natural, pero urbano, de la ciudad de Zaragoza. Se llama —consultó sus notas— Camino de La Alfranca. El acceso es fácil, accesible para cualquiera, incluso hay un aparcamiento en la entrada.

Es zona de tránsito habitual, aunque esporádico, de ciclistas, *runners* y senderistas.

—¿Por qué no dices corredores, y nos entendemos todos? Que hablamos español, narices… —La interrumpió Mingote, el principal inductor de su nerviosismo oratorio.

—¡Si ya lo has entendido! ¿A qué fin me interrumpes?

—Por los demás. Por si acaso. —Sheila Abadía se mordió la lengua. A fin de cuentas, era un superior y un gran policía, aunque también un bocazas egocéntrico que necesitaba alardear de supremacía mental para compensar sus inseguridades—. Sigue, sigue.

—Mientras paseaban, encontraron el cadáver un delincuente de poca monta y su hija de doce años; los interrogatorios han descartado que tengan algo que ver con el crimen. La víctima vestía un abrigo negro de señora, vaqueros, deportivas de paseo y un polo de *sport*. Lo más llamativo es que quien fuera no se conformó con travestirlo, también le colocó una peluca de mujer y maquilló su rostro. Grotescamente y con poca habilidad, pero lo hizo.

—¿Cómo lo mataron?

—Según la autopsia, murió un par de días antes de que lo encontraran. De madrugada. Le dispararon a bocajarro, por la espalda y por encima de su nuca. La trayectoria del proyectil fue claramente descendente; la hipótesis es que lo obligaron a arrodillarse al borde de una acequia en desuso. Los análisis de sangre y tejidos blandos reflejaron una gran presencia de restos de flunitrazepam en su organismo. Posiblemente, lo drogaron para hacerlo ir hasta el lugar del crimen; después, lo ejecutaron con frialdad y sin clemencia, como lo haría un terrorista. El cuerpo cayó al interior del hueco, por lo que permaneció semioculto desde lejos. En cualquier caso, el sujeto se tomó la molestia de bajar y colocarlo, como si fuera una escenificación. Tapó su rostro, y parte de la cabeza, con una toalla buena, de mucha calidad. Posiblemente, también modificó su posición inicial.

—Hubo arrepentimiento. Conocía a la víctima —participó el inspector Mingote, que aprovechaba la mínima oportunidad para engolarse.

—Podría ser —replicó ella, más pendiente de lo que estaba a punto de decir que de su comentario.

—Lo es, seguro. Es de manual. Hay que investigar el círculo cercano de la víctima. Será factible encontrar al o a los culpables si tiramos de ese ovillo. ¿Qué estamos haciendo en esa línea? —ejerció de titán de la criminalística, con evidente autobombo.

—Nada. Todavía estamos tratando de saber quién es el muerto. De momento, no hay manera de avanzar. Estamos bloqueados. Sin documentación, tatuajes ni huellas dactilares, lo estamos intentado mediante identificación dental. Pero ya sabéis lo complicado que es, esto no es una película. Se han recogido algunas singularidades, aunque según me han dicho no hay implantes ni otros elementos que faciliten el proceso. Quizás algunos empastes nos permitan reconocerlo si llegamos a saber con quién deberíamos comparar las muestras. Cuando tengamos alguna información a este respecto, pediremos la autorización judicial y cruzaremos los dedos. De momento, hemos descartado la posibilidad de enviar los datos obtenidos a clínicas odontológicas de Zaragoza, para que los cotejen con sus archivos; sería como buscar una aguja en un pajar. Además, ni siquiera sabemos si era un vecino o estaba allí de paso. Podría ser un viajero, un inmigrante ilegal...

—¿Habéis probado con el ADN? —insistió el inspector de homicidios, más centrado al fin en el procedimiento de la investigación que en sí mismo—. Podría estar fichado por terrorismo o agresiones sexuales... No es fácil, pero hay que agotar todas las posibilidades.

—Se están cotejando las muestras obtenidas con bancos internacionales y con nuestra base de datos. De momento, no hay coincidencias. Estamos, casi, como al principio.

—Más atascados que Carlos Sainz en aquel mundial RAC de Inglaterra.

—¿Cómo? —se atribuló Abadía, que no entendía la analogía.

—Eres demasiado joven, ya han pasado veinticinco años de aquello. Del «¡Trata de arrancarlo, Carlos, por Dios! ¡Trata de arrancarlo!» —modificó su voz para darle más teatralidad al recuerdo— que Luis Moya chilló cuando el coche se les paró a setecientos metros de la meta y perdieron el que habría sido su tercer título mundial. ¿Os acordáis vosotros?

—Yo sí. Parece que estoy viendo ahora mismo las imágenes —intervino Vidal, uno de los agentes—. Era un Corolla, ¿verdad? Se le rompió el motor por una fuga de aceite, me parece.

—Bueno, bueno, no te *encebolles*. Como dice el chiste, hemos venido a por setas, no a por Rolex. Estamos trabajando, tenemos que ir al grano. Abadía, ¿qué hay sobre la pistola utilizada?

—Sabemos el calibre: 9x19 —respondió Sheila.

—Como el de la Glock 17 Gen5. Es habitual en los cuerpos y las fuerzas de seguridad y, por lo tanto, fácil de conseguir y muy popular en España —medió Mingote—. Ya sabéis que es una marca fiable que facilita el manejo en situaciones de estrés y emergencia. Si no recuerdo mal, es capaz de realizar veinticinco mil disparos. Cuenta con Sistema Safe Action, mide doscientos dos milímetros de longitud y tiene un cañón de más de cien milímetros. Se maneja bien; cargada, no pesará más de un kilo.

Los ataques de erudición del inspector provocaban un efecto híbrido en sus subordinados. Por una parte, solían aportar información valiosa que les ayudaba a decidir sobre los siguientes pasos en sus investigaciones. Por otra, estaban adornados con tal exceso de vanagloria que les generaban cierta antipatía.

—¿Qué más tenemos?

—Salvo la declaración improductiva del testigo que encontró el cadáver y el informe forense de la autopsia, nada. Ni siquiera podemos avanzar en la victimología, porque carecemos de información sobre el finado.

—¿Y no ha habido testigos? ¿Nadie vio cómo dejaban el cadáver, ni oyó el disparo en plena noche?

—Es una zona anexa a la ciudad, agreste, que linda con el río, está un poco apartada y no es muy transitada. Menos aún, de madrugada. Hemos intentado hacer algunas averiguaciones sobre el terreno, pero los resultados son siempre los mismos: entre cero y nada. Por desgracia, pocas cámaras del entorno enfocan hacia zonas de interés y, las que funcionan, son de mala calidad y no nos sirven. Se ven algunos coches que podrían encajar con los horarios, pero nada concluyente.

—Conjunto vacío. Pinta mal, desde luego —rabió Mingote, cuyos grandes ojos negros, saltones y redondos, recordaban vagamente a los de una mosca de burro.

Sheila Abadía sintió cómo las miradas de sus compañeros se clavaban en ella. Experimentó el rubor creciente de la vergüenza en sus mejillas mientras valoraba si podía decir algo que aliviara la tensión. En realidad, no había nada más que aportar; Mingote estaba en lo cierto: pintaba mal. O se producía alguna novedad inesperada que abriera nuevas líneas de investigación o habrían entrado en una vía muerta.

—A lo mejor es un asesino en serie —se precipitó Vidal, que a veces tenía menos sensibilidad que la garganta de un faquir—. Lo digo —se justificó— porque si comete un segundo crimen con idéntica firma y *modus operandi* nos aportará más datos para echarle el guante. No digo que me alegre porque mate a otro, sino que sería más fácil pillarlo. Claro.

—Vidal. Aprende esta lección criminológica y de vida: «Más vale un listo callado que un tonto hablando».
—Hubo risas solapadas y algún que otro suspiro entre los asistentes. El aludido bajó la mirada, se refugió en sus papeles y se ciscó en la mala baba de aquel tipo. Sheila era consciente de que, al instante, le iba a tocar de nuevo a ella.

—¿Hay algo más sobre este caso? —habló Mingote.

Aplicando la lección que el inspector había proclamado, movió su cabeza en señal de negación y permaneció en silencio. Aunque no se consideraba tonta, la prudencia es la mejor aliada de la inteligencia y, en ocasiones, impide parecerlo.

No fue este el caso.

—Investigad esa toalla. Si es tan buena como dices, puede aportar evidencias. Zaragoza no es tan grande, quizás no sea posible comprarla en cualquier sitio —apostilló el jefe, abriendo una nueva línea de actuación que Abadía no había contemplado.

# 21

Rosalía Quevedo se desplazó a Madrid para testificar como perito en un caso en el que un tal Mario Quebrantos parecía tener algo que ver con la desaparición de su pareja. En su defensa había presentado una conversación de WhatsApp en la que ella le confesaba su intención de desaparecer por un asunto de deudas por el que estaba siendo amenazada. Asimismo, algunos de sus conocidos habían recibido comunicaciones con informaciones similares. No obstante, el equipo de Desaparecidos del CNP del que formaba parte la subinspectora Abadía antes de entrar en Homicidios dudaba de la veracidad de esos hilos. De hecho, según sus averiguaciones, Quebrantos se había convertido en el principal sospechoso, sobre todo desde que habían recuperado de su móvil una conversación borrada entre los dos en la que discutían y ella le comunicaba su decisión de cortar. Aquello proporcionaba un móvil para el presunto asesinato.

Sheila Abadía, en su momento, tomó la decisión de recurrir a la lingüística forense y sus pesquisas la condujeron hasta la especialista zaragozana. Rosalía fue seleccionada y recibió esa conversación recuperada como prueba indubitada, junto al resto de los mensajes con los que, supuestamente, la desaparecida había advertido de su marcha. En su condición de perito, enseguida identificó dos estilos distintos en las transcripciones. En las segundas proliferaban las faltas ortográficas y el uso constante de abreviaturas grotescas. Un análisis más exhaustivo aportó evidencias adicionales. Esos rasgos lingüísticos eran compatibles, en ocasiones idénticos, con los que Quebrantos incorporaba en sus mensajes cotidianos. Términos como *aver* —en vez de «a ver»—, *yames* —por «llames»—, *k kedao* —por «que he quedado»— y *page* —en vez de «pague»— aparecían de manera recurrente en todos ellos. Para justificar la falta de uniformidad entre las comunicaciones de su novia, el sospechoso alegó que habría dejado de usar el corrector automático al mandar las despedidas. Sin embargo, no pudo añadir nada cuando le presentaron las innegables coincidencias con sus propios rasgos lingüísticos.

Durante el juicio, Rosalía se expresó con rotundidad y defendió su conclusión inequívoca: Quebrantos era el autor de todas las conversaciones. No vaciló cuando el letrado defensor la sometió a un presunto tercer grado, del que salió trasquilado.

En los pasillos de los juzgados, al terminar el pleito, ambas mujeres aprovecharon para saludarse. La policía judicial Sheila Abadía le contó que ahora trabajaba en Homicidios, antes de agradecerle su profesionalidad y su implicación en el caso:

—Sabíamos que había sido él, que le había hecho algo horrible. Pero no podíamos probarlo. Tú fuiste capaz de convertir en auto de ciencia lo que solo eran sensaciones e intuiciones. Muchas gracias, Quevedo. Si depende de mí y surge la ocasión, nos volveremos a ver.

Rosalía se sintió reconfortada, ilusionada, feliz. Poco a poco iba ganando clientes, prescriptores y bagaje. Con perseverancia y un pelín de suerte, podría completar una nómina decente sin tener que hacer traducciones *low cost* en inglés y a destajo.

Una hora y media después, el abrazo de Mariam Cosculluela la trasladó a tiempos pretéritos de playas y veranos adolescentes. Fue el preludio de un desenfadado encuentro en el Café Gijón, el favorito de Quevedo. Le encantaba citarse allí, sumergirse en su mítica atmósfera literaria y acomodarse entre los divanes rojos y las mesas de mármol por los que desfilaron ilustres como Ramón y Cajal, Valle-Inclán, Galdós y Sastre; o relajarse en su antaño animada terraza, frecuentada sobre todo por Buñuel, Alberti y Lorca.

—¡Somos la repera! Que tengamos que vernos en Madrid, un día que venimos, siendo las dos de Zaragoza… —se divirtió Rosalía tras el achuchón de bienvenida—. Allí siempre tiramos de videollamadas.

—Es mi sino. Últimamente, siempre quedo con la gente que me importa en ciudades neutrales.

Pidieron un par de cafés al gusto y se sumergieron en una conversación a corazón abierto. Mariam estaba ansiosa por contarle lo bien que le había ido su cita en Nueva York con Germán Toloco. Conforme escuchaba su historia almibarada, Rosalía se sentía más enganchada a lo que parecía un culebrón turco antes que una relación amorosa del siglo veintiuno.

—Entonces, ¿cuántas veces os habéis visto desde que estáis juntos? —se sorprendió Quevedo con tan emotivo relato.

—Cinco veces contadas. Ha sido cada cual mejor.

—¿Y ya estás segura de que quieres pasar con él el resto de tu vida? ¿Y si después, al convivir, no os lleváis bien?

—Eso es imposible. Lo dices porque nunca has amado de verdad ni has sido amada —le contestó sin acritud, pero con rotundidad—. Cuando te pasa, lo sientes en cada poro de la piel. No he estado más segura de nada en toda mi vida. ¡Somos el uno para el otro!

Poco después, Quevedo no disimuló su preocupación al saber que no le había entregado los documentos de propiedad del piso que acababan de comprar a medias. Mariam disculpó a Toloco; aseguró que andaba muy liado, con muchos frentes abiertos a la vez. Rosalía comprendió que no eran bien recibidas sus recomendaciones de mantenerse alerta, así que prefirió dejar de darle aquellas advertencias y se centró en recoger más información de una manera discreta.

—Enséñame el anillo de compromiso, guapa. Me dijiste que era impresionante.

—Hoy no me lo he puesto. Me queda un poco grande, está en la joyería. —La respuesta era verdadera y falsa al mismo tiempo. En el Masa, Germán se lo había entregado y le pareció fabuloso. Sin embargo, le quedaba grande. Toloco lo lamentó muchísimo y le aseguró que se iba a encargar de resolver el imprevisto.

«No te preocupes, lo llevo yo a cualquier joyería en Zaragoza y en unos días estará solucionado. ¡Así puedo ponérmelo antes!», le había dicho la empresaria en su momento. Pero el representante de futbolistas le afeó la consideración y se mostró categórico: «Qué poco romántico. Tengo que hacerlo yo por dos motivos. Primero, ¿qué clase de futuro marido sería si no soy capaz de darte el anillo de compromiso perfecto? Segundo, es una joya exclusiva, carísima, que incluye un diamante único en el mundo, una pieza de museo seleccionada en Botsuana. Solo pueden tocarlo los maestros joyeros que engarzaron el anillo. Cualquier profano, por experimentado que sea, lo dañaría. Me lo quedo, no te preocupes, me encargaré de todo».

Las dos amigas se despidieron al cabo de una hora. Cosculluela tenía una reunión comercial con un potencial nuevo cliente.

—Nos vemos pronto, guapa.

Mientras se desplazaba en el metro hacia la estación para tomar el AVE de vuelta a Zaragoza, Rosalía sintetizó mentalmente la información que su amiga le había contado sobre aquel romance idílico. Iba a casarse con alguien al que solo había visto en persona cinco veces, que le había regalado un anillo carísimo que no llevaba puesto y al que había transferido miles de euros para pagar un piso a medias en Barcelona del cual no tenía documentación alguna. Era, además, un extranjero del que no sabía nada salvo que viajaba mucho para comprar y vender futbolistas profesionales. Tragó saliva.

«¿Por qué seré tan desconfiada? El amor tiene estas cosas, ¿no?», se cuestionó.

No obstante, en cuanto se instaló en su asiento ferroviario, sacó su portátil y revisó una vez más el perfil en Facebook de Barry Davenport, el exmarine que no dejaba de mandarle maravillosos mensajes.

Mientras tanto, de camino a su despacho, el móvil de Cosculluela recibió varios contenidos consecutivos que la llenaron de alegría:

🗨 Hola, vida mía

🗨 Cuento los minutos para volver a verte

🗨 Creo que pronto podré arreglarlo todo para visitarte en Zaragoza

🗨 Lo del Barça está a punto de cerrarse. ¡Iré a vivir a Barcelona pronto!

🗨 Vamos a ser muy felices

🗨 Por cierto, acabo de hacer el segundo pago 30 000 €. El próximo abono te toca a ti. ¡Esta ronda es mía!

En cuanto vio el emoji de la carita sonriente guiñando un ojo con el que había completado aquella frase, Mariam reaccionó de manera visceral:

💬 De eso nada, monada

💬 Voy a traspasar 15 000 € a nuestra cuenta. Si vamos a pachas, vamos a pachas

💬 Te amo forever

💬 ¡Ansiosa por verte!

# 22

Cuando se lo proponía, Almudena Prim era una mujer de armas tomar. La señorita discreta, modosa y elegante que tocaba el piano por las noches en recuerdo de su padre podía convertirse en una jabata herida cuando, como era el caso, se sentía atacada y ultrajada. Su situación económica era penosa, pero todavía le dolían más la frialdad y la maldad con la que Júnior Hernández la había despachado tras reclamarle su dinero. También aumentaba su desasosiego la sensación crónica de estupidez y vergüenza que la acompañaba. Se había cansado de esperar. Necesitaba pasar a la acción, dejar de ser la ratoncita encogida y oculta en una ratonera. Había decidido tomar la iniciativa.

El agente de policía la recibió con amabilidad. Apenas tuvo que esperar unos minutos para ser escuchada.

—Quiero poner una denuncia —anunció en cuanto entró en el pequeño despacho.

—¿Cuál es el motivo? —reaccionó el funcionario.

—He sido estafada por mi expareja. Se llama Júnior Hernández y es productor musical. Escribe y arregla canciones para intérpretes famosos. ¿Conoce usted a Q-Pido? —El aludido asintió—. Es uno de sus clientes. El caso es que me pidió cinco mil euros para viajar a la República Dominicana.

—¿Su novio le pidió esa cantidad para eso, y usted se la dio?

—Sí. Quiero decir que me convenció para hacerlo. Tenía que firmar un contrato allí y no podía sacar dinero de sus cuentas porque las tenía bloqueadas por lo de las criptomonedas.

—¿A qué se refiere?

—Invierte y gestiona criptodivisas. Hubo una quiebra de seguridad en su *bokchein* —trataba de decir *blokchain*—, o como se llame. Un ciberataque le bloqueó el acceso y no podía sacar ni utilizar ni un solo euro.

—Pero ¿no era productor musical?

—Eso es. Pero su principal fuente de ingresos la obtiene como *ciberbroker*. Gana muchísimo. ¿Me sigue?

—Es un poco complicado. Usted le dio cinco mil euros para ir al Caribe porque no podía acceder a su dinero. ¿Todo lo tenía invertido en esas criptomonedas? ¿No utilizaba ninguna cuenta bancaria convencional?

—No sé. Supongo que no, eso entendí. Me dijo que cobraría doce mil en cuanto llegara allí y firmara el contrato con Q-Pido. Como anticipo. Por eso le ayudé, porque no podía hacerlo de otro modo.

—Pero, ustedes, ¿eran novios?

—Sí, estábamos saliendo.

—O sea, que le ayudó por propia voluntad porque estaba en un apuro.

—Sí. Aunque no quedó ahí la cosa. K-IN…

—¿Quién es Caín?

—K-IN es su nombre comercial. Su marca personal.

—¿Para las criptomonedas?

—No, para la música. Da igual —continuó como si nada—. Júnior me contó después que el tal Q-Pido no había podido cerrar el acuerdo por un problema familiar en Miami. La buena noticia es que le había puesto en contacto con un *hacker* estupendo, de prestigio internacional, que le iba a solucionar el problema informático. Le pedía un anticipo de diez mil euros para ponerse a trabajar de inmediato.

—¿Tanto dinero? Es absurdo. ¿Cómo se llamaba?

—Júnior, se lo he dicho.

—No, el informático.

—Es un *hacker*. No lo sé, no me lo dijo. Supuestamente es uno de los mejores del mundo, capaz de resolver la amenaza en pocos días. Piense usted que todas las inversiones de mi novio estaban bloqueadas, por lo que cada día que pasaba perdía más dinero. ¿Me sigue? Pues me pidió a mí esos diez mil euros y firmé un préstamo para conseguirlos. Aunque yo me negaba al principio, él me convenció.

—Pero ¿no estaba en Dominicana?

—Hablábamos por videollamadas.

—Es un hombre convincente, está claro. Ahora bien, lo cierto es que usted solicitó voluntariamente un crédito para darle el dinero que necesitaba. ¿No? ¿Le dijo que se lo devolvería?

—Me aseguró que iba a ser muy rápido. Y que me compensaría en cuanto tuviera acceso a sus activos y recuperara sus ingresos.

—Por lo tanto, le prestó lo que recibió del banco. Van quince mil euros.

Almudena Prim continuó. Se estaba sintiendo más liberada y mejor conforme lo hacía. Tenía para ella un cierto efecto catártico ver al agente teclear en el ordenador su testimonio.

—¿Algo más? —añadió su interlocutor.

—La historia es rocambolesca, todavía no ha acabado. El *hacker* fue detenido en Santo Domingo por pederastia. Como ya había cobrado el anticipo, pero no había empezado a resolver el encargo, todo se complicó de nuevo para Júnior. —«Parece una película», se guardó el comentario quien transcribía la denuncia, «¿se lo estará inventando?»—. Lo metieron en la cárcel.

—¿A Caín?

—K-IN. No, a él no —se atribuló—. A Júnior no; al otro, al *hacker*. Aunque a mi pareja le quitaron el pasaporte; bueno, a mi ex, para que no pudiera irse del país durante el proceso de investigación. Seguía sin dinero y con Q-Pido en Miami, sin cerrar el acuerdo todavía. Días después —tosió, nerviosa— me llamó, desesperado, y me pidió otra vez ayuda. Quería mil euros para sobornar a los polis dominicanos y recuperar su documentación. Así podría volar hasta Miami, reunirse con Q-Pido y conseguir la liquidez que le faltaba.

—¿Con los bitcoins?

—No, al firmar el contrato musical.

—¿Volvió a dárselo? El dinero, digo.

—Piqué de nuevo, siempre sabe qué decir para manipularme. Cogí *prestados* setecientos cincuenta euros de la cuenta corriente de mi madre enferma y se los volví a enviar como una párvula.

—¿Y por qué quiere denunciarlo, entonces?

—¿La parece poco? Por estafa, ¡me ha quitado dieciséis mil euros! —protestó.

—No me interprete mal, coincido con usted en que es mucho dinero. Y está claro que ha abusado de su confianza. Sin embargo, va a ser difícil probar que fue estafada. En realidad, usted le ha hecho tres préstamos por un monto elevado, pero no es delito pedir dinero a la pareja. Cuando esta decide darlo, la ley se queda al margen.

—A ver si me explico —se indignó—. Todo era mentira. Me manipuló y, como me conocía tan bien, me acabó obligando a hacer más de lo que yo quería.

—¿Podrá demostrarlo? ¿Guarda sus mensajes o tiene alguna evidencia que respalde su testimonio? Quiero ayudarla, solo que no es fácil. Las leyes lo amparan, entre parejas sentimentales se admiten esos préstamos. ¿La amenazó verbal o físicamente? ¿La ha acosado mandándole mensajes intempestivos o tan numerosos que resulta insoportable? ¿Los conserva?

—Siempre me trató como un caballero, era muy dulce, por eso me gustaba. Excepto en la última llamada, cuando le amenacé con denunciarle. En ella me insultó, me maltrató psicológicamente. Aseguró que me denunciaría él a mí, por acoso, porque conservaba todos los mensajes que yo le he enviado.

—Sería más factible la línea de la violencia de género. Por el maltrato, le digo.

—He sido estafada; no me siento una mujer maltratada, sino engañada. Por eso he acudido al sistema, para que se haga justicia.

El agente se concentró en su trabajo y continuó redactando el texto que después firmó la denunciante. Permaneció en silencio. ¿Quién era él para pinchar el globo de esperanza que la mantenía en pie? Por su experiencia, sabía que los casos de estafas amorosas difícilmente progresaban. Con todo, cuando Almudena Prim firmó su declaración y se marchó, puso en marcha las diligencias oportunas para investigar el asunto.

# 23

Rosalía Quevedo llevaba algunas semanas intercambiando mensajes con Barry Davenport. Sus textos eran intensos e impecables, denotaban amabilidad, exquisitez y buen gusto. Incluían gran cantidad de halagos y una tendencia natural a mencionar términos como honestidad, confianza y fiabilidad. Tenían tantas cosas en común que daba miedo: o era un regalo asombroso del destino o una mentira absoluta. Cuando después de hablar de los libros de Murakami ella mencionaba que le gustaban los autores rusos del siglo diecinueve, el norteamericano aseguraba que Fiódor Dostoyevski y Antón Chéjov eran sus escritores favoritos de esa época. Además, cuando Barry la sorprendió al afirmar que le encantaban los cuadros siempre coloridos y simbólicos del pintor francobielorruso Marc Chagall, Quevedo le reconoció que era su pintor preferido. Ambos eran aficionados a la relajación, a los atardeceres y a disfrutar de la montaña; solían tomar café americano para despejarse y se sentían incómodos en las discotecas y las salas de fiestas. El estadounidense le contó que había participado en diferentes misiones militares, entre otros destinos en Afganistán e Irak, donde protagonizó un acto de armas heroico por el que fue condecorado. Ahora trabajaba para una empresa de seguridad privada que estaba presente en algunos de los lugares más peligrosos del mundo, como las minas de coltán de la República Democrática del Congo y las de diamantes de República Centroafricana. Añadió que se había retirado de la actividad sobre el terreno, ahora estaba más centrado en labores técnicas de dirección, supervisión y definición de estrategias. A modo de confidencia, le confesó que estaba volcado en la crisis palestino-israelí, sobre todo en tareas de inteligencia, análisis geopolítico y asesoramiento bélico para las tropas de Benjamin Netanyahu.

En un autoproclamado arrebato de sinceridad le explicó que había estado casado durante demasiados años, aunque su profesión y su inmadurez le impidieron ejercer como marido. En vez de tomar la iniciativa divorciándose, como habría sido lo lógico, dejó estar la relación y aceptó las infidelidades de su esposa. En su ausencia, coleccionaba amantes esporádicos como él misiones y acciones de guerra. Vivía un autoengaño permanente: intentaba convencerse de que en cuanto pasara más tiempo en casa la normalidad regresaría, ella lo respetaría y serían razonablemente felices. Tanto lo pensó y tan seguro estaba que, para estar juntos, pidió un nuevo destino con un rol administrativo en la Marina. Poco después le propuso ser padres; ella respondió que ni estaba preparada ni motivada. Quedaron en dejar pasar seis meses antes de volver a hablarlo. A las cuatro semanas y media de tal conversación, le puso las maletas en la puerta y le aseguró que no lo soportaba. Que no estaba enamorada ni lo había estado nunca, y que no estaba dispuesta a aguantarlo más. Al cabo de tres meses, otro se instaló en su casa, utilizó sus accesorios de entrenamiento y comenzó a frecuentar con ella los mismos lugares a los que antes iban juntos. No llevaban ni un año emparejados cuando quedó embarazada. Tuvieron una niña muy blanca de piel, como su madre, y poco después un hermanito pelirrojo con el mismo aspecto de irlandés que el apellido de su padre.

Según le había explicado en sus mensajes más íntimos, había madurado desde entonces; sabía exactamente qué clase de relación y de mujer buscaba. Según le aseguró, reunía las tres cosas que le pedía a una pareja: belleza, honestidad e inteligencia.

Tan efusivo, cariñoso y predispuesto se mostraba que, fiándose de su intuición, Rosalía le propuso dar un paso adelante en aquella relación aún incipiente:

💻 Podríamos vernos por videollamada. Me apetece mucho

💻 A mí también me encantaría. Pero no puede ser por razones de seguridad. El servicio de inteligencia de Hamas rastrea esas comunicaciones, podrían identificar mi IP y localizarme. Me crearía problemas

💻 Tendremos que esperar un poco. Te prometo que nuestra relación se hará más fuerte

Rosalía incorporó esa inesperada y cuestionable negativa a su lista de sospechas e inquietudes sobre Davenport.

Cuando dejaron de chatear, volvió a estudiar su perfil en Facebook. Barry no incluía autorretratos con primeros planos, era más de paisajes, imágenes icónicas y frases inspiradoras. En su comunidad de amigos proliferaban las mujeres, aunque la sensación que tuvo es que podía haber un buen número de *bots* o perfiles falsos. Ante una mirada inicial de aficionada, transmitía una personalidad romántica, interesante, atractiva. Parecía un hombre guapo, corpulento y bien proporcionado. Hablaba sobre la vida, la superación, el esfuerzo y el heroísmo con reflexiones bonitas que, *a priori*, lo hacían confiable. No había nada en su muro cuestionable ni políticamente incorrecto, como tampoco informaciones personales concretas, ni perfiles de familiares ni conversaciones naturales ni, por lo general, respuestas a los pocos comentarios existentes. Era todo tan perfecto que, bajo una interpretación profesional, no parecía real. «¿Quién escribe en las redes, todo el tiempo, como si fuera Paulo Coelho?», se preguntaba. Al ser de Phoenix, Florida, no le resultó extraño que casi todos sus contenidos estuvieran escritos en español; pero sí que los textos redactados en inglés presentaran muchos más rasgos británicos que americanos. Era algo a todas luces incongruente en un ciudadano estadounidense como él, incluso aunque hubiera pasado tanto tiempo fuera de su país, rodeado de anglohablantes de toda procedencia. Quizás habría podido influir en su habla, con algún tipo de acento más neutro o acusado, pero no encontraba motivos para que al escribir aparecieran esos sesgos tan evidentes para una lingüista y traductora como ella.

Por otra parte, ¿por qué no quería mantener una videoconferencia? Si estaba tan entregado como le decía, ¿a qué respondía la frialdad del texto con el que le había respondido? Parecía recién salido de un manual de estilo eficaz pero neutro.

Lo dejó estar por el momento y se preparó para acudir a La Ciclería, en el barrio de La Magdalena, donde la había citado Mariam Cosculluela. Según le había dicho, quería enseñarle algo importante. Rosalía percibió un cierto matiz de desquite al otro lado del móvil y supuso, con acierto, que iban a hablar de nuevo de Toloco. Se prometió implicarse menos emocionalmente, aunque tampoco estaba dispuesta a aceptar ruedas de molino que ni siquiera eran redondas. Se concienció para ser prudente y mantener la calma, sus sospechas no habían pasado todavía a la categoría de certezas o evidencias, luego debía frenarse. Mariam necesitaba su ayuda, no su incomprensión ni su desdén.

—¿No te parece precioso? —presumió Cosculluela mientras estiraba su mano y le mostraba el deslumbrante adorno que embellecía su dedo—. Es un diamante único, extraído de las minas de Botsuana, con talla de cincuenta y siete facetas que, como ves, ¡lo hacen resplandecer como el sol! Fíjate en su ausencia de color: nivel D, el más transparente. Solo lo consiguen los diamantes con una calidad excepcional. Y, obsérvalo bien, ¿a que no ves ninguna irregularidad? Su superficie es perfecta. Ni siquiera un experto equipado con una lupa de diez aumentos sería capaz de apreciar la más mínima inclusión, imperfección o muesca.

Rosalía solo había visto algún diamante en las películas y, desde luego, no había tenido ninguno en las manos ni los había apreciado de cerca. Como no tenía con qué comparar, la información entusiasmada que le proporcionaba su amiga le parecía sorprendente, aunque no compartía la excitación ni la emoción desbordante de Mariam. En realidad, y aunque nunca había sido de joyas, presuponía que acariciar un objeto de semejante valor debería haber sido una experiencia memorable. Ciertamente, se dijo, cualquier baratija de mercadillo ambulante le habría producido el mismo efecto.

—Cero con cuarenta quilates de belleza, pureza y carácter, me explicó Germán al dármelo. Es único. ¿No te parece fabuloso?

Ostentoso, desde luego, sí lo era. Y, en su modesta opinión, no demasiado cómodo de llevar, por su tamaño y volumen.

Al verla con su anillo de compromiso, Rosalía se alegró porque parecía significar que Toloco no la estaba engañando, como había empezado a sospechar.

—Lo mejor es que vino a Zaragoza. Fue maravilloso, ¡no salimos de casa! Estuvimos tan bien juntos… No veas cómo cocina. Nunca había probado unos huevos rotos con gulas y langostinos tan ricos. Lo pasamos de lujo. ¡Es muy fogoso! —se sonrojó por culpa de su locuacidad.

—¿Y qué tal va el piso? ¿Cuándo os lo dan?

—Los actuales dueños nos han pedido una moratoria de unos meses antes de marcharse. Son una pareja encantadora de ancianitos.

—¿Los conoces?

—Me lo ha dicho Germán, se trata de los padres de un directivo del Espanyol. No tengo prisa. Si se retrasa la entrega, me ha prometido que viviremos juntos en mi casa. ¡Tengo muchísimas ganas! Qué suerte tan grande haberlo conocido…

Efectivamente. La sortija de compromiso con aquel enorme pedrusco no resultaba fácil de llevar, sobre todo para quien no está acostumbrada. Al enfatizar el entusiasmo de esta última frase, Mariam gesticuló con virulencia y su mano impactó contra la esquina de la mesa de mármol que ocupaban.

—¡Qué torpe soy! —se lamentó Cosculluela.

El golpe había ocasionado un leve arañazo en una de las facetas laterales de la joya.

# 24

Las muertes más curiosas de la historia eran un gran tema para su artículo de la revista digital *LoveHistory*, con la que colaboraba a razón de cincuenta euros por entrega de más de dos mil palabras. Sin embargo, no había estado centrada y era consciente de que corría el riesgo de que se lo rechazaran. Pese a la curiosidad que despertaba, por ejemplo, saber que Alejandro I de Grecia falleció tras ser mordido por un mono que le contagió la rabia o que Agatocles, el tirano de Siracusa, se atragantó con un palillo antes de palmarla, Almudena Prim lo había redactado mientras rumiaba sus problemas. El resultado se había resentido. Justo ahora que necesitaba esos ingresos extras más que nunca, tenía la cabeza demasiado lejos; aproximadamente, a los seis mil kilómetros que se encontraba Santo Domingo o a los siete mil de Miami, en Florida.

Probó de nuevo, para liberar tensiones:

🗩 Tenemos que hablar, Júnior

🗩 He hablado con la policía

🗩 Retiraré la denuncia si me devuelves el dinero

El que había sido para ella el mejor hombre del mundo se había convertido en un recuerdo ambiguo y doloroso. Un fantasma ausente que parecía desdoblarse en dos identidades: el amante solícito que la enamoró y el estafador que la había desplumado antes de desaparecer e interrumpir toda comunicación. En lugar de una ayuda, denunciarlo se había convertido en una tortura añadida. Al dolor causado por rememorar los hechos se unía la sensación de abandono y desvalimiento que producía saber que la ley respaldaba la taimada estrategia de ese tipo.

Tras conocer la verdad, su madre se había sumido en un proceso depresivo. En esos pocos días transcurridos había envejecido casi una década, su estado de salud había empeorado y Almudena se sentía culpable, además de sola, abandonada y perdida. Trataba de encontrar, desesperadamente, un asidero al que aferrarse para dejar de hundirse. En paralelo, intentaba encontrar un socio económico para reflotar su negocio, aunque todo indicaba que tendría que acabar vendiendo su cartera de clientes para saldar las deudas adquiridas y, después, volver a trabajar por cuenta ajena. Mantenía en secreto lo ocurrido, lo digería sin apoyos porque la avergonzaba contar que había sido tan imbécil como para dejarse embaucar de aquella forma. Por otra parte, echar mano del dinero de su negocio lo había complicado todo aún más, ya que su honestidad profesional sería cuestionada si sus valedores o sus clientes se enteraban.

Solo la calmaba Google. Allí pasaba horas buscando algún tipo de información sobre K-IN, Júnior Hernández o quien fuera el desgraciado. Si algo había descubierto durante aquella investigación personal era que ni siquiera sabía cuál era su nombre verdadero. No había encontrado en internet referencias sobre él, ni en los foros y chats de criptomonedas reconocían su nombre ni los periodistas y creadores de contenido vinculados con la música habían oído hablar nunca de un tal K-IN. ¿Por qué no había hecho aquella búsqueda antes de iniciar la relación?

También sentía celos. Aunque le parecía inexplicable y vergonzoso, no podía evitarlo. Pese a la puñalada afectiva que le había clavado, lo echaba de menos. ¡Era tan bonito cuando lo fue! Cómo le dolía imaginarlo diciendo a otras mujeres las mismas frases con las que la había conquistado. Semejantes emociones la reconcomían por dentro.

Se decidió a hacer una búsqueda en Google con la palabra clave «estafadores del amor en España». Medio millón de resultados aparecieron en su pantalla en menos de medio minuto. Víctimas, fraude, ruina, estragos, acoso, abuso, estafa, violencia doméstica y otros términos semejantes proliferaban en los artículos mostrados. Fue leyendo algunos. Así conoció las despreciables andanzas de Albert Cavallé, el Gigoló Estafador; al Don Juan Gallego, un tal Rodrigo Nogueira; a Francisco Gómez Manzanares, conocido también como el Embaucador del Amor, y a Carmelo Hernando Matute, el Cibergigoló. Todos habían estafado a mujeres durante demasiados años, hasta acumular cantidades que oscilaban entre los sesenta mil y los trescientos mil euros. Los cuatro tenían condenas en firme, pero apenas habían cumplido cortas temporadas en prisión por sus fechorías.

«Eres imbécil, Almudena», se dijo al comprobar que los métodos eran casi idénticos a los de Caín —ahora se refería así a él—, los cuales había sido incapaz de detectar. «Si hubiera estado más atenta… O si hubiera sabido todo esto cuando me contactó, lo habría desactivado a tiempo. ¿Por qué no difunden esta información, para que la conozcamos todas?».

Al cabo de un rato, llegó al sitio web de una asociación nacional de afectadas por timadores del amor. Se le hizo duro asumir que le convenía pertenecer a una institución así. Se sintió como un leproso en tiempos

156

bíblicos, cuando eran aislados socialmente y se les practicaban sangrías, se les daban brebajes elaborados con ortigas, caldo de víbora, hierbas cromáticas y sal, o se les aplicaban emplastes de mercurio. Casi le pareció mejor comer carne de serpiente y vivir aislada con media piel tumefacta o carcomida en aquellos tiempos, aunque se decidió finalmente a telefonear y compartir su caso.

La conversación resultó reparadora. Al menos, se sintió escuchada y no juzgada, y aprendió que las víctimas como ella no tenían culpa alguna de lo sucedido:

—Estos sujetos son profesionales de la manipulación; han hecho de ella su actividad económica, su *modus vivendi*. Antes de contactar contigo, sin tú saberlo, el timador te estuvo investigando a fondo. Recopiló informaciones sobre ti y diseñó un avatar perfecto para seducirte. Exactamente ese perfil que llevas toda la vida esperando. Son buenos haciéndolo. Especialistas. Y no tienen escrúpulos para explotar los puntos débiles en cada mensaje, conversación o comentario.

Cuando se despidieron, quedaron en que se pasaría por la sede de la asociación, se apuntaría y se dejaría ayudar por otras mujeres que, como ella, habían pasado por lo mismo.

En cuanto colgó, aplicó uno de los consejos que le habían dado. ¿De verdad le iba a servir para encontrarlo?

Estaba convencida de que obraba correctamente. Si Mariam Cosculluela se enterara de lo que estaba haciendo, no volvería a hablarle. Con todo, lo hacía por su bien (ajeno), por su tranquilidad (propia) y por todas las mujeres engañadas. Aunque ya había entrado alguna vez en el perfil de Facebook de Germán Toloco, lo había hecho hasta entonces en modo amiga cotilla con curiosidad malsana e interés justificado. Esta vez, no obstante, era la lingüista forense la que pretendía analizar, como si fuera una pericial jurídica, los comentarios y los mensajes publicados en aquel canal social. Tras una primera lectura transversal, emocionalmente se reafirmó en su convicción y su propósito, por lo que se dedicó a identificar, compilar, guardar y archivar con pantallazos y textos volcados a un documento de Word los contenidos más significativos. Era una labor monótona que le exigía concentración. Sus sospechas iban cobrando peso mientras elaboraba aquel dosier con muestras indubitadas de un autor como Toloco, al que pretendía desenmascarar. Estaba segura de que, como le sucedió a la subinspectora Abadía al investigar el caso de Quebrantos y su pareja desaparecida, sus intuiciones se acabarían convirtiendo en constataciones científicas. Cuando le pasara a aquella información el tamiz de la lingüística forense aplicada, todo se revelaría. Así que perseveró en su abnegada tarea hasta que oyó los gritos y tuvo que dejarlo, salir corriendo de su cuarto y subir las escaleras igual que una gacela huyendo de un león en la sabana.

Estaba a punto de alcanzar el dormitorio de su madre cuando la vio salir trastabillándose, sangrando con profusión y cubriéndose el rostro con ambas manos, con la cabeza agachada y andando penosamente, como si estuviera aturdida. Dejaba tras de sí un inquietante reguero rojo.

—¿Qué te ha pasado, Eva? —se asustó mientras la desesperación, la furia y el rencor volvían a anidar en su ser como hacía semanas que no sucedía.

Cuando la empleada ecuatoriana alzó la cabeza, Rosalía vio con aversión la nariz bifurcada de su asistenta. No podía hablar, la hemorragia era tan grande que si intentaba abrir la boca para hacerlo se le llenaba de sangre. La lingüista la abrazó y la ayudó a bajar la escalera mientras los alaridos, los golpes del cabecero de la cama y los insultos proferidos por su incapacitada madre aumentaban los decibelios.

Quevedo llamó enseguida al 112 y comunicó la emergencia. Un poco más calmada, Eva Rubio movió afirmativamente la cabeza cuando ella le preguntó si podía quedarse un momento sola, mientras le administraba un sedante a su madre quien, dentro de sus posibilidades, seguía emulando a King Kong en lo alto de aquel rascacielos cinematográfico donde fue atacado por aviones de combate. Mezcló con agua el Zaleplon y el Zolpidem y se sintió mientras lo hacía igual que Yiya Murano, la Envenenadora de Montserrat, cuyo caso había estudiado en el máster de Criminología.

Avanzaba, enfadada, hacia la cama de su progenitora con aquel vaso de agua entre las manos. Estaba dispuesta a someterla por la fuerza si no le dejaba otra opción, aunque no tenía claro que, pese a emplear solo la cabeza y un brazo, aquella mujer endemoniada le impidiera cumplir su objetivo y no se bebiera el agua con sedante.

Así que, en el último momento, se tragó el amor propio y la ira que la dominaban y fingió ser la hija preocupada, displicente, que ella reclamaba.

—Tienes que echar a esa arpía, prométemelo —se apaciguó al verla entrar—. Me maltrata. Es una racista, me ha llamado «vieja tronchada colonialista». Me está envenenando para quedarse con tu herencia. Ten mucho cuidado. Después irá a por ti, no tiene escrúpulos.

Estaba sofocada y su respiración se entrecortaba al hablar. Rosalía aprovechó el acercamiento para aplacarla más.

—Cálmate, mamá. Estar tan afectada no es bueno para tu salud. Te he traído un vaso de agua. ¿Te apetece?

—¿Lo has preparado tú? ¿No te lo habrá dado ella?

—Acabo de llenarlo en la cocina, confía en mí. Eva está esperando una ambulancia, creo que se ha roto la nariz.

—¡Se ha autolesionado! La he visto. Se ha dado un golpe contra ese tabique de ahí a idea, quiere hacer ver que estoy loca. Pero nooo. ¿Sabes qué me ha hecho?

—Bébete el agua primero, así podrás contármelo mejor.

Aceptó sin objeciones. Tanto esfuerzo físico concentrado en las dos únicas partes móviles de su cuerpo la había agotado.

Se la tomó de un trago.

Le devolvió el vaso. De inmediato, empezó a contarle una historia inverosímil; su hija no fue capaz de interpretar si procedía de algún tipo de enajenación mental, de la maldad o del progresivo letargo en el que estaba cayendo.

Apenas habían pasado unos segundos desde que cerró los ojos cuando sintió en la lejanía el sonido de una ambulancia acercándose. Estuvo a punto de resbalar en un charco de sangre que teñía de rojo parte del suelo de la habitación. Entremezclados con él, multitud de añicos de porcelana esparcidos por el mármol revelaban que aquel había sido el lugar del impacto. No hacía falta pertenecer a la policía científica para suponer que su madre, arrebatada, había lanzado el bol contra la cara de su cuidadora. Así le destrozó la nariz, en aquel lugar concreto.

La propia Eva se había levantado para recibir a los sanitarios. Cuando Rosalía llegó hasta donde estaban, escuchó lo que le decían:

—Tiene fractura de nariz y cortes por el rostro. ¿Se encuentra mareada? La vamos a llevar al hospital para que la operen de urgencia. Antes, tenemos que curarle esas heridas.

Sus alargados dedos temblaban mientras accedía a la carpeta en la que tenía archivados sus recuerdos y sus fotografías. La había rebautizado: en vez de MIAMOR, ahora se titulaba BASTARDO. El contenido era el mismo, eso no había cambiado. Allí conservaba algunas de las fotografías que él le había enviado, así como otras que había sacado de sus perfiles en las aplicaciones y los canales sociales que le conocía. Eligió una de ellas, en la que Júnior Hernández aparecía en plano corto, sonriente, con un llamativo jersey de cuello alto, mirando a cámara con expresión seductora y pareciendo ser un tipo encantador, amable, en lugar del retorcido y tóxico estafador que era en realidad.

Entró a Google Imágenes y clicó en el icono de la cámara fotográfica multicolor de *Buscar imágenes*, tal y como le habían explicado en la asociación. A continuación, volcó el retrato preseleccionado y aguardó el desenlace de aquella búsqueda inversa. El resultado no fue satisfactorio, porque aparecieron fotografías de hombres posando con suéteres de punto parecidos, pero ninguno era él. Siguió intentándolo, la perseverancia no le costaba dinero, por lo que podía permitírsela. Tras varios intentos más con decepcionantes y desiguales frutos, ocurrió lo deseado con una imagen en la que aparecía en albornoz, con el cabello revuelto y una sonrisa de dentífrico dibujada en su cara. El sistema identificó dos sitios web donde estaba presente aquella imagen. Uno era el blog —ahora sabía que era falso— al que Júnior la remitió en su día cuando se presentó como K-IN. Hablaba en él de sus canciones, de sus éxitos internacionales y relataba una carrera meteórica que, verdaderamente, daba el pego. Era la web de un triunfador, no había duda. Pero en vez de como productor musical lo había alcanzado engañando a mujeres vulnerables como ella. Se le escapó a Almudena Prim un insulto de úlcera y, fruto de la rabia, estuvo a punto de posponer la tarea. Sin embargo, no tardó en reparar en la segunda fotografía idéntica, sobre la que pinchó. La condujo a un sitio web desconocido que incluía en su url el dominio .us, propio de Estados Unidos. Una de las fotos de la *home*, no obstante, era la misma. Conforme navegó por aquella *landing page* con tantas semejanzas con la de K-IN, empezó a ser algo más consciente de la dimensión del caso.

El hombre de la imagen clonada se llamaba Barry Davenport y se presentaba como un exmarine norteamericano. En un primer momento de estupidez, fruto de la incredulidad y el desconcierto, Almudena interpretó que Júnior le había robado la fotografía a aquel pobre infeliz y, posiblemente, se estaba apropiando de su identidad. Se corrigió de inmediato: «Qué boba eres», se dijo, inmisericorde. ¡Era el mismo rostro que veía en las videollamadas y los escasos encuentros que había compartido con Hernández!

Blanco y en botella, podría ser leche, horchata o yogur líquido, pero no calimocho. Barry Davenport y Júnior Hernández, alias K-IN y ahora Caín para ella, eran la misma persona. ¿Cómo era posible que un militar estadounidense retirado la hubiera engañado de aquel modo? ¿O acaso ese tal Davenport era otra identidad tan falsa como la del ciberinversor con talentos musicales?

Al menos, contaba ahora con otro hilo del que tirar. Y como ya no tenía nada que perder, porque nada le quedaba, se aferró a él como una leprosa a las pláticas inclusivas de Jesucristo.

# 25

Estaba tan inmóvil que parecía muerta. ¿Y si se había pasado con la dosis? Desterró la idea tras encontrarle el pulso y la dejó tal cual estaba, inerte y desvalida. Le resultaba lamentable e inhumano decirlo, pero lo sentía así. Aquella persona horrible ya no era su madre, sino alguien diferente a quien la desgracia no solo le había arrebatado la mayor parte de su movilidad, también la humanidad al completo. Rosalía Quevedo se sintió mala persona de nuevo, pero recordar lo sucedido con la enfermera la refrendaba en aquel abominable deseo: ojalá muriera. Eva Rubio había sido operada; en principio, la intervención de urgencia había resultado un éxito y se esperaba una recuperación satisfactoria. Había hablado con ella unos minutos tras su regreso a la habitación hospitalaria; se negó a que avisara a sus hijos y le contó que no tenía esposo ni pareja, por lo que se vio obligada a dejarla sola cuando calculó que su madre podría empezar a despertarse. Eva le pidió que no se sintiera culpable, que su mamá estaba trastornada y su trabajo implicaba enfrentar esos riesgos. También le prometió que no dejaría el empleo, aunque Rosalía sabía que pasarían varios días antes de que volviera a estar operativa. ¿Qué iba a hacer mientras tanto con su madre? ¿Y qué ocurriría cuando Eva volviera a atenderla: reaccionaría del mismo modo y la atacaría de nuevo?

Definitivamente, aquella mujer era un estorbo, una china en el zapato que nunca desaparecía y siempre le complicaba, y le amargaba, la existencia.

—¡Muérete, maldita seas! —gritó, presa de la histeria y como preludio de una nueva crisis de atracón. Corrió hacia la despensa, como un yonqui en busca de caballo, y se aprovisionó de cuantos alimentos menos saludables encontró. Rellenó la barra de pan con todo el fiambre que vio, sacó una caja de Campurrianas, dos tabletas de chocolate negro, un *pack* completo de yogures azucarados y un paquetón de cortezas industriales.

Comenzó a engullir de pie, lanzando grandes dentelladas al bocadillo y haciendo ruidos de ansiedad al masticar. Al menos, mientras ingería apartaba la sensación de derrota, vulnerabilidad y autodesprecio que la sometía.

Acababa de abrir la primera tableta de chocolate y estaba acercando dos pares de onzas hacia su boca llena de embutido cuando sonó el móvil. Era él, se quedó petrificada. Masticó velozmente y tragó con precipitación antes de responder. Con el dedo apoyado en el icono de la pantalla, todavía dudó entre contestar o darle otro tiento a la flauta de embutidos.

—Hola, Barry. ¿Cómo estás? —se decidió al fin.

Su interlocutor se dio cuenta enseguida de que algo le ocurría. Impostó una voz melosa y preocupada para mostrar interés por su estado, aunque sonreía para sí ante la situación de vulnerabilidad en la que se encontraba.

—¿Qué te ocurre, princesa? Te noto baja de ánimo.

—Estoy mal por culpa de… —en el último momento, sustituyó las palabras «mi madre» por «mis problemas»—. Estaba haciendo algo horrible —se sinceró al borde del sollozo—. Menos mal que has llamado. Es la primera vez que me telefoneas, ¿por qué lo has hecho?

—Sentí un impulso —improvisó—, como una sensación de que algo no iba bien, por eso me he decidido a llamarte.

—¿Y los terroristas palestinos? ¿Pueden encontrarte?

—Las videollamadas son más peligrosas. Tenemos algunos minutos para hablar antes de que comience el riesgo de geolocalización, mi vida. No te preocupes por mí, cuéntame qué te estaba pasando.

Davenport sabía escuchar y hacía buenas preguntas. Mostraba un interés y una empatía extraordinarios que la serenaban. Tal vez no fueran sinceros; pero se sentía querida. Valorada. Como si aquel desconocido fuera la persona indicada para ayudarla durante el resto de la vida.

No tuvo reparos en contarle lo ocurrido y, conforme lo hacía, la catarsis se activó y se liberó de algunas preocupaciones. Al menos, había apartado los comestibles, ya no los ingería.

—Cuánto lo siento, preciosa. La vida puede ser muy dura. No podemos cambiar las circunstancias, pero sí afrontarlas con el ánimo adecuado.

—Es fácil decirlo, Barry...

—En mi carrera militar me he enfrentado a diferentes situaciones críticas. Mi vida y la de mis cercanos han estado en juego varias veces, dependían de mí. En esas situaciones solo puedes confiar en ti y dejarte llevar como te fluye. Si estás preparado y tienes el destino de tu parte, sales adelante; si no, al menos lo has intentado y tu conciencia está tranquila. No hay más opciones.

—Barry, ¡estaba considerando la posibilidad de asesinar a mi madre con somníferos! No ha sido un *flash* fugaz, de esos que a veces vienen y se van. He concluido que sería liberador hacerlo, incluso me he visualizado preparando el veneno que la mataría. Me sentía liberada. Soy una persona horrible...

—Tranquilízate, Rosalía. Los humanos somos así de complejos. Yo he tenido que matar para sobrevivir. En semejantes situaciones, el instinto de conservación se activa y nos gobierna lo primitivo, lo visceral, lo menos racional de nuestro ser. Bajo una situación de estrés como la que estás viviendo, es humano sentir de esta manera. Tú eres *top*, mi vida. Cree en ti, no te infravalores. Confía. Estás preparada para salir adelante.

—Me gustaría verte —reaccionó Rosalía. ¿Era un acto de valentía o la consecuencia de un momento inesperado de debilidad?

—Voy a pensar algo para que podamos hacerlo. Pero ahora tengo que colgar. Ya sabes, prudencia frente a los ciberasesinos de Hamás. Volveré a llamarte. Honestamente, me encanta hablar contigo, me encantan tus valores y creo que me estoy enamorando de ti. Llámame iluso, o romántico, pero siempre he creído en los flechazos. Esto que estoy sintiendo contigo no me había pasado nunca. Te quiero...

—Me has ayudado mucho, Barry —le respondió Quevedo—. Me haces sentir tranquila y más segura.

Se despidieron tras el largo silencio que se prolongó entre ambos.

Nada más colgar, Rosalía miró a su alrededor y vio las migas, los trozos de comida en el suelo y cuantos alimentos la rodeaban. Se incorporó, cogió la mitad del bocadillo que descansaba sobre el pavimento y se aferró a él. Dudó. La tentación era fuerte, el desgarro interior no le había desaparecido. Con todo, un último arrebato la llevó a arrojarlo al cubo de la basura, sobre las mondas de las mandarinas. A continuación, devolvió a sus lugares de origen el chocolate negro, las galletas y los yogures.

Pensó en él. Cuando se cruzó en su mente de nuevo la hipótesis que la obsesionaba, sintió un deseo irrefrenable de recuperar el medio bocata desechado. «¿Por qué soy tan desafortunada en el amor? Solo busco a alguien sincero, normal, bien educado...». «Tengo que seguir investigando», se convenció. Pero en el último momento, cuando ya estaba en el pasillo camino de su habitación, se dio la vuelta y regresó a la cocina. Recuperó el emparedado de chorizo, salchichón y lomo abandonado en la basura y se lo llevó a su cuarto. Lo engulló con afán mientras revisaba los textos que había compilado de Germán Toloco y los comparaba con los del hombre con quien acababa de hablar. Salvo un ligero sabor a cítrico en uno de los bocados, la ingesta le resultó satisfactoria. Ciertamente, calmó su ansiedad más que la investigación que estaba haciendo.

¡Por fin tenían algo! La aportación *in extremis* del inspector Mingote estaba dando frutos y les había abierto una oportunidad de avanzar en la investigación. El análisis de las fibras de la toalla encontrada sobre la cabeza del hombre asesinado en Zaragoza correspondía a un tipo de algodón orgánico excelente, de calidad superior y presente en muy pocos artículos de baño. De hecho, solo un par de marcas comercializaban en España ese tejido en esa clase de productos. Gracias a ello, la subinspectora Abadía había podido reducir la búsqueda y, tras contactar con los responsables de esas compañías, elaborar un listado de los mayoristas que los distribuían. A través de ellos, había obtenido los nombres de sus minoristas, entre los que había una tienda que se encontraba en la capital aragonesa. Se llamaba La Perlada y estaba ubicada en su zona comercial más elitista. Así que no tardó en contactar con su gerente, una mujer tan encantadora en el trato como inflexible en los hechos. Se negó a facilitar la información requerida sobre sus clientes, alegando razones de privacidad y protección de datos:

—Como comprenderá —argumentó con impecables palabras— contamos con una cartera de clientes muy selecta. La confidencialidad es fundamental para que sigan confiando en nosotros.

La subinspectora trató de convencerla, contraargumentó que se trataba de un caso de homicidio y que obtener una orden judicial solo era cuestión de tiempo. Ese retraso, sin embargo, podía generar consecuencias fatales y hacer que un asesino continuara suelto en su ciudad.

Se negó en redondo.

Abadía no perdió el tiempo e informó a su superior de lo ocurrido. Mingote también fue diligente. Un par de días después, la jueza había recibido la solicitud perfectamente documentada. Por desgracia, tenía otros asuntos prioritarios y tardó algo más de lo esperado en estudiar el expediente y firmar la orden.

Sheila Abadía se centró, mientras tanto, en otros casos. No entendía por qué aquella vendedora de toallas con ínfulas de grandeza se había negado a revisar su contabilidad para encontrar algunos tiques, albaranes o facturas tan concretos. «¡Ni que vendiera diamantes robados o blanqueara dinero!», se dijo.

Ser policía nacional es a veces tan ingrato que resulta complicado mantener intacta la motivación, incluso cuando ejerces por vocación, como era el caso.

# 26

Bidasoa desayunaba cada mañana en la misma cafetería del Casco Viejo. Y eso que ahora estaba regentada por un matrimonio chino y sus dos hijos, por lo que los churros, el café con leche y la lectura diaria del periódico más emblemático de Aragón habían perdido el carácter autóctono de antaño. Era un hombre de costumbres, así le gustaba que fuera. El local mantenía en sus paredes las bufandas, los banderines y las fotografías históricas del Real Zaragoza, así como las vetustas mesas de siempre, de esas que solo puedes moverlas cuando has almorzado suficiente.

El diario cada vez se publicaba más delgado. Apenas incluía noticias de calado y muchas ya habían perdido actualidad porque los medios digitales las habían exprimido. Aun así, Benito Bidasoa necesitaba empezar el día con la serenidad que le proporcionaba ese ritual cotidiano. Agradecía la sonrisa amplia y siempre idéntica del camarero cantonés, el móvil silenciado, el aceitoso sabor de los tres churros con azúcar, los rostros de costumbre en el local y la sensación de controlar su vida, al menos, hasta que llegaba a la comisaría y lo ingobernable se desataba.

Tras apurar su taza humeante y limpiarse la boca con la servilleta de papel, encendió el móvil y se sorprendió al ver una perdida reciente. No era habitual que sucediera. Bermejo, su viejo amigo, solo lo telefoneaba si había sucedido algo o cuando lo necesitaba. Mientras devolvía la llamada, no supo decidirse sobre cuál de esas dos opciones prefería.

—Hola, Benito. ¿Cómo va todo?

Bidasoa despachó rápido el teatrillo social y le propuso ir al grano:

—¿Me vas a pedir algo, no? —Su desenfado inicial lo había convencido de que no había ocurrido nada, por lo que solo quedaba esa alternativa.

—Siempre tan perspicaz, cómo se nota que eres poli. Siempre me han unido unos lazos muy fuertes a la familia Diosdado, los del Grupo Diosdado. Evaristo y yo fuimos juntos al colegio y, después, me ayudó mucho. El caso es que me llamó ayer su hija Circe, que está empezando a dirigir el *holding* familiar. Tienen un problema muy gordo y he pensado en que podrías ayudarles.

—¿De qué se trata? —se impacientó el inspector jefe de Seguridad Ciudadana.

—Un buen amigo de la familia, Bartolomé Valmaseda, desapareció hace mes y medio y nada se ha sabido de él desde entonces. La viuda de Evaristo, Mona, denunció el asunto, pero no está habiendo ningún avance al respecto. Apenas tienen noticias. Nada se sabe de él, era un hombre acaudalado, un comerciante de diamantes. Me pregunto si…

—No es mi negociado, Jesús. Yo no investigo desapariciones. Mis compañeros estarán haciendo su trabajo. Si la cosa va lenta es porque la investigación lleva su curso y donde no hay mata no hay patata. Nada puedo hacer yo, mucho menos ahora que ya no tengo un puesto relevante en la institución.

—Lo sé —intentó aplacarlo Bermejo, el abogado que tanto lo apoyó durante su divorcio—. Pero no tienen noticias y están desesperados. Solo te pido que te reúnas con Circe, escuches cómo están y te pongas un poco al tanto del suceso. Seguro que tendrá un efecto liberador para la familia oír en boca de alguien como tú eso, que estas cosas van despacio, llevan su ritmo y son difíciles de desatascar. No te pido que hagas un milagro ni que empieces a investigar la desaparición. Tan solo un pequeño acto de humanidad: escuchar a una familia que está sufriendo mucho, dar un pequeño apoyo a partir de tu experiencia y estar al tanto de cómo va la cosa.

No podía negarse, aunque maldita la gracia que le hacía inmiscuirse en un asunto así. Sabía por experiencia que las desapariciones que no se resolvían rápido solían enquistarse, a veces para siempre. Y que el sentimiento provocado por la incertidumbre era mucho peor que el del duelo por la muerte de un cercano.

Finalmente, aceptó reunirse a tres bandas: Circe Diosdado, Jesús Bermejo y él para hablar sobre el tema. Fijaron la reunión dos días más tarde en un restaurante con estrella Michelin de la ciudad.

—Reserva mesa en el Cancook. Al menos así —bromeó Bidasoa— me invitas a comer en un sitio caro. ¿Cómo se llama el desaparecido?

—Bartolomé Valmaseda.

—Me informaré al respecto. Nos vemos el sábado. Iré con hambre. Me pediré un menú degustación, ve preparado.

El encuentro se produjo antes de lo que imaginaba. La misma persona con la que había hablado por teléfono en su primer contacto la llamó al móvil para citarla al día siguiente:

—Tienes que conocer a una persona, te va a venir muy bien —le dijo con un tono de voz muy convincente—. Se llama Victoria Sánchez y tenéis algo en común muy importante. Imagina el qué. Quiere hablar contigo. ¿Podrías pasarte por la asociación mañana a primera hora?

Aunque tuvo que cambiar algunas obligaciones de su agenda para organizarse, cerraron el encuentro de ese modo. Almudena pasó el resto del día nerviosa, su cabeza era incapaz de concentrarse y el corazón se le disparaba, al borde de la taquicardia, cada vez que lo pensaba. Apenas consiguió pegar ojo por la noche y sus manos temblaban cuando apretó el timbre de la puerta quince minutos antes de la hora señalada.

Una sensación ambivalente la bloqueaba: era ansiedad y temor al mismo tiempo. Estaba a punto de conocer a una mujer que también había sido estafada por K-IN.

Victoria Sánchez era una mujer reconstruida. El sufrimiento había hecho mella en las arrugas de su rostro y en la desconfianza que reflejaba su mirada, pero tenía facciones bonitas y era expresiva al hablar. Lucía gafas metálicas, melena castaña clara ondulada y una sudadera con capucha que le confería aspecto juvenil. Almudena Prim le calculó poco más de treinta años, aunque tenía más. Cuando la historiadora le tendió la mano, Victoria reaccionó dándole un abrazo intenso que le erizó el vello. En ese instante, comprendió que aquella desconocida se iba a convertir en alguien valioso en su vida.

—Lo conocí en Tinder y todo fue muy rápido —inició su historia en cuanto se sentaron en el sofá al que Amalia Quiroga, su contacto en la Asociación de Víctimas de Estafas Amorosas, las había conducido—. Yo acababa de sufrir una ruptura y estaba dolida. Con el tiempo he comprendido que era una mujer muy vulnerable. Quería pasar página pronto, me apunté a esa aplicación de citas para encontrar amores pasajeros; de verdad que no buscaba una pareja seria todavía. Pero me pareció tan perfecto que me enamoré como una tonta. Entonces estaba trabajando como administrativa en una conservera. Tenía un buen empleo, cobraba un sueldo medio, suficiente para mí, y me había quedado viviendo en la casa que había compartido con mi ex. Mi corazón estaba roto y, según creía, desconfiaba de los hombres. Sin embargo, él empezó a enviarme mensajes que me subían la autoestima. Cuanto más hablábamos, más sensación tenía de que nos conocíamos desde siempre. Era como si el destino me estuviera devolviendo lo que me había quitado. Me dijo que trabajaba como bróker, en un negocio propio de cibermonedas.

—A mí también —intervino Almudena, con voz meliflua—. Y que era productor musical.

—En mi caso, eso no. Después de unas semanas mensajeándonos, quedamos en persona. No era tan guapo ni tan alto como parecía en las fotografías, pero me inspiró aún más confianza al vernos. Teníamos tantas cosas en común... ¡Éramos almas gemelas! —Tragó saliva con dificultad, como si siguiera costándole asumir su historia—. Se vino a vivir conmigo. Estuvimos juntos año y medio. Cocinaba muy bien y la convivencia era sencilla, aunque desaparecía con frecuencia y no tenía noticias suyas durante varios días. Al principio me preocupaba, luego comencé a enfadarme. Al final, él siempre regresaba con algún detalle y encontraba las palabras perfectas para tranquilizarme. Yo le perdonaba y todo volvía a ser como al principio. Eso sí, era yo quien pagaba el alquiler del piso y casi todos los gastos cotidianos. De vez en cuando tenía algún detalle conmigo y me sorprendía con algo inesperado, aunque sus lamentos eran constantes. Problemas imprevisibles en el negocio, bloqueos de sus cuentas, demandas injustificadas de clientes malintencionados, chantajes, amenazas y deudas sobrevenidas se sucedían en el día a día.

—Cuánto me suena todo eso...

—Le ayudé económicamente, ¿cómo no iba a hacerlo? Estaba convencida de que era mi media naranja, el hombre de mi vida. Y me aseguraba que eran problemas pasajeros, que todo se arreglaría pronto y me devolvería cuanto le estaba prestando. Sabía ser encantador, y convincente, si se lo proponía. Te juro que no sospeché nunca nada malo de él mientras convivimos.

»Y, entonces, ocurrió —continuó Victoria—: quedé embarazada. Me sentí morir, al principio, porque no lo habíamos buscado. Ni siquiera habíamos hablado de ello. Su reacción me encantó, me animó muchísimo. Me dijo que era una magnífica noticia, que siempre había tenido la ilusión de ser papá y que no había una madre mejor que yo para sus hijos. Fíjate cómo reaccionó que me ilusionó tenerlo. Menos mal que lo hice, es lo único bueno que me ha dado. Se llama Bienvenida y tiene cuatro años. Es preciosa. Lo mejor de mi vida.

Almudena Prim seguía absorta aquel relato, devorando sus uñas y sus dedos mientras escuchaba. Tanto se identificaba que se humedecieron sus pupilas cuando imaginó que ella también podría haber quedado encinta.

—Durante el embarazo —prosiguió tras recolocarse las gafas metálicas sobre el puente— se mantuvo como siempre. Cuando estaba conmigo se mostraba encantador, me acompañaba al obstetra y me acariciaba el vientre, tratando de notar sus pataditas. De repente, se marchaba y no sabía apenas de él durante un tiempo. Me asustaba. Sus mensajes eran tranquilizadores y me aseguraba que estaba trabajando, pero para mí suponía una tortura.

»Durante el segundo mes de embarazo, a su regreso tras una de estas ausencias, le conté mis miedos y le dije que todavía estábamos a tiempo de abortar. Que no estaba segura de tenerlo y que, por favor, me dijera de verdad qué sentía él sobre su paternidad.

»Se enfadó muchísimo. Montó en cólera, me acusó de desconfiar de él. Me juró que nos amaba y que estaba muy feliz de ser el padre. Afirmó que todo se iba a arreglar pronto y ya no tendría que marcharse a trabajar. Me prometió que íbamos a formar una familia preciosa. Y que siempre estaría a nuestro lado. Yo lo creí de tal modo que mis inseguridades desaparecieron.

»A los ocho meses de gestación, se largó de nuevo. ¿Sabes qué? No he vuelto a tener noticias suyas, ni un miserable mensaje, desde entonces. Nada de nada. Me dejó con veinte mil euros menos, a punto de dar a luz y psicológicamente destrozada. Hasta hace poco, cada vez que sonaba mi móvil pensaba que era él, que regresaba. Ayer, cuando Amalia compartió algunas de sus fotos en el chat asociativo, todos mis recuerdos volvieron de golpe. ¡Era él! Y supe que tenía que hablar contigo cuanto antes. Aquí estoy. Tu Júnior Hernández alias K-IN es mi Germán Hernández Júnior. Las dos somos sus víctimas. Estamos conectadas por el mismo sinvergüenza.

# 27

La metodología de comparación de texto escrito aplicada por la lingüista forense había sido concluyente. Las medidas de tendencia central entre los contenidos de ambos autores refrendaban sus sensaciones iniciales. Sin duda, el análisis estadístico cuantitativo inferencial había determinado que la hipótesis nula era la correcta; es decir, que no había diferencias entre las muestras comparadas. Esto significaba que, cuantitativamente hablando, era muy probable que los contenidos asociados a Barry Davenport y Germán Toloco hubiesen sido escritos por la misma persona. Sus posteriores valoraciones cualitativas habían reforzado, asimismo, esa conclusión.

Rosalía Quevedo experimentó una reacción dual. Por una parte, se sentía orgullosa por haber descubierto el pastel y tenía ganas de redactar el informe esclarecedor que entregaría a la policía. Por otra, se sentía mal por un doble motivo. El primero, porque no tenía ni idea de cómo convencer a Mariam, su amiga ilusionada, de que su prometido era un estafador del amor, el mismo que también la estaba cortejando a ella. El segundo, aberrante en su opinión pero no menos intenso, porque se sentía bien hablando con aquel tipejo, y porque sus mensajes, sus elogios y sus parabienes la ayudaban a enfrentar mejor su vida en aquella época difícil. Le daba pena perderlos.

Eva Rubio había vuelto a trabajar tras su convalecencia, más breve de lo que Rosalía había imaginado. Todavía se apreciaban signos de su operación nasal, marcas en su rostro y se la veía más cansada, como si el dolor de su cartílago hubiera impregnado su ser y multiplicado las angustias que la marchitaban. Pese a todo, su actitud laboral era ejemplar y no se dejaba influir por las continuas provocaciones de su madre. El médico les había recetado nuevos fármacos tranquilizantes y les había propuesto incrementar las dosis si continuaba tan nerviosa. Mientras dormía o se encontraba sedada, la paz se instalaba en la casa. Cuando despertaba, resultaba imposible hacer otra cosa que no fuera oír sus gritos, desesperarse y lamentar su consciencia. Por fortuna, la debilidad física le estaba haciendo mella y cada vez tenía menos energía al protagonizar sus arrebatos. Quizás también, al ser consciente de que ya no tenían el mismo efecto manipulador de antaño, persistía menos.

En aquel momento, la madre de Quevedo dormía sin sedación tras una mala noche. La lingüista estaba revisando el muro de Germán Toloco, donde se presentaba como un agente FIFA nacido en Acapulco. Mientras miraba la seductora fotografía del sujeto y trataba de encontrar el mejor modo de alertar a su amiga, sintió la presencia de Eva Rubio en el umbral de su cuarto:

—Señorita Rosalía, le traje un zumo de naranja natural. Como me dijo que durmió poco, le vendrá bien para...

El cataclismo la sobresaltó como una explosión de gas en un edificio cercano. Se volvió inmediatamente, haciendo girar su sillón ergonómico. Se asustó al ver la expresión de pánico en su rostro. La bandeja, los cristales hechos añicos y el charco de zumo entre sus pies no parecían importar a la ecuatoriana. Mantenía un gesto de espanto con la vista clavada en el portátil de Quevedo y lo señalaba con el índice como si estuviera viendo la imagen del Maligno.

—Es él —balbució como si una sanguijuela se le hubiera adherido a la campanilla—. No le hable. Aléjese, por Dios. ¡No se lo crea!

Ante la mirada atónita de Rosalía, Eva salió corriendo en dirección contraria. La lingüista reaccionó al instante. La persiguió, esquivó el zumo caído, los cristales, y aprovechó su juventud y mejor estado de forma para alcanzarla.

—¿Qué te ocurre, Eva? —la sujetó con suavidad del brazo—. ¿Quién es ese hombre? ¿De qué lo conoces? ¿Por qué le tienes miedo?

—Ese demonio me destrozó la vida. Y hará igual con la suya. No le haga caso, da igual lo que le diga y lo que le prometa. Es un depredador, aléjese de él, corte de raíz cualquier comunicación. No vuelva a hablarle nunca, se lo suplico.

—Es un estafador del amor —la informó, provocando su silencio—, lo estoy investigando. ¿Quieres contarme tu historia?

La experiencia de Eva Rubio como estafada del amor no era tan distinta a las demás. En su caso, Júnior Hernández llenó su vida de ilusión, cariño y esperanza cuando sus hijos acababan de dejar su casa y se sentía sola en un país ajeno. Años antes, su esposo había muerto en un accidente laboral, poco después de haber conseguido reunir a toda su familia en España. Eva se aferró a la lucha y lo dio todo por sus hijos. Trabajó como limpiadora más horas de las que una madre debería, cambió la atención de su progenie por su manutención y pagó demasiado caro el sacrificio. Uno de los dos acabó en la cárcel, porque buscó en una banda latina el sustento emocional que le faltaba. El otro, del que tan orgullosa se sentía, se graduó en la universidad, se casó y se marchó a vivir a Londres. Hacía cinco años que ya no la llamaba; lo peor era ignorar las causas del distanciamiento. Se consolaba imaginándolo feliz en tierras británicas. Compensaciones de madre.

Su laboriosidad le permitió promocionar en la empresa de limpieza y terminó como supervisora, primero, y jefa de personal después. Llegó a ser la mano derecha de la propietaria, tanto que le ofreció quedarse con el negocio cuando se jubiló. Se hipotecó para aprovechar esa oportunidad y, pese a sus desgracias familiares, se sintió por vez primera en su vida una mujer realizada, *empoderada*, vital. Había hecho realidad el gran sueño español de su marido. ¡Era empresaria y el negocio funcionaba!

Fue poco después cuando Germán Toloco se cruzó en su vida. La investigó a fondo. Le dio lo que necesitaba. La sedujo. La engañó. La exprimió y, cuando ya no pudo sacar más, la abandonó como un cepillo de dientes gastado e inservible. Perdió la empresa, la dignidad y la autoestima. Desde entonces, había regresado a sus orígenes: malvivía como asalariada, yuxtaponiendo trabajos de limpieza y de atención geriátrica o sanitaria. Cuando no estaba trabajando, buscaba otras opciones para pluriemplearse o se desplazaba hasta la cárcel de Zuera para ver a su pequeño, pobrecito, tan tatuado y tan perdido. Se reprochaba no haber sabido quererlo y haber estado ocupada cuando más la necesitaba.

—No tengo mucho que contar —comenzó Eva Rubio—. Lo conocí en una aplicación de citas. Yo dirigía una pequeña empresa de limpieza y, por primera vez, la vida profesional me sonreía. Sin embargo, me sentía sola, triste, apenas tenía vida social y extrañaba tanto a mi difunto esposo que me dejé engañar. Fui una estúpida completa. Me convenció de que me amaba. Todo era mentira. Me quitó siete mil euros. Cuando le pedí que me los devolviera, comenzó a tratarme mal. No estaba dispuesta a ceder, así que insistí e insistí, hasta que se transformó en un ser odioso y comenzó a insultarme. Me llamaba «puta loca», perdóneme por la expresión, y me acusó de ser una maldita interesada. Me amenazó con hacer que me echaran del país. Y un buen día, adiós, dejó de contestarme. No recibí más mensajes ni he vuelto a saber de él. Aunque lo denuncié, no me sirvió de nada. Jamás recuperé mi dinero ni la policía me dio noticias suyas. Como todo había sido voluntario por mi parte, y se suponía que éramos pareja, me dijeron que no había delito. Que si lo había, era imposible probarlo. Me desplumó, el demonio. Y destruyó la poca ilusión de vivir que me quedaba. Yo he sufrido mucho, señorita Rosalía. Perdí a mi marido y mis hijos ya no están conmigo, por diferentes motivos. Mi mayor dolor es él, todavía sueño algunas noches que vuelve a engañarme, son pesadillas horribles que me hacen sentir una basura. ¿No habrá caído usted en sus redes?

—Yo no —la tranquilizó—. Pero una amiga mía está hasta el tuétano. Piensa que están prometidos y que han comprado juntos un piso de lujo a medias en Barcelona.

—Pobrecita mía…

—No sé cómo decirle que todo ha sido un fraude. La voy a destrozar. ¿Se te ocurre algún consejo?

Las videollamadas entre Victoria Sánchez y Almudena Prim fueron frecuentes desde que Amalia Quiroga las presentó en la sede de AVEA. Compartir timador las había unido tanto que, juntas, se sentían más fuertes. Victoria había sido capaz de rehacer su vida y ahora, gracias a su hija Bienvenida, se consideraba feliz y reconciliada con la existencia. Eso no evitaba sus reacciones de ira, pena, angustia y vergüenza cuando se refería a Germán Hernández Jr., ni el malestar que le causaba rememorar todas sus mentiras y maldades. Sin embargo, contárselas a su nueva amiga, sabiendo que ella estaba pasando algo parecido, tenía un cierto efecto terapéutico y sanador. Como si tuviera sentido al fin sufrir por él, porque aliviaba el pesar de su interlocutora. En cuanto a la historiadora, necesitaba exteriorizar sus recuerdos, tan horribles, para evitar que le anidaran en las entrañas. Pero después de haber constatado el dolor que ser sincera le había ocasionado a su madre enferma, ni quería ni podía abrirse a nadie más, para no causar más daño innecesario y por vergüenza. Con Victoria Sánchez era otra cosa. Una igual. La comprendía. La aliviaba. La completaba y la fortalecía en el duelo.

Solían comunicarse por la noche, cuando la lucha diaria parecía decaer y la soledad del hogar les otorgaba un remanso de tranquilidad para rearmarse. En cuanto Bienvenida se dormía, a eso de las diez, su madre mandaba la convocatoria de Meet, se conectaba y aguardaba la llegada de Almudena, que no solía tardar en acceder.

Aquella era, sin embargo, una sesión diferente: Amalia Quiroga también participaba. No se había conformado con autoinvitarse, también había adelantado la hora de la convocatoria a las ocho y media. En esta ocasión, Almudena Prim fue la primera en entrar.

—¿Cómo estás? ¿Qué tal lo llevas? —la saludó Amalia un par de minutos más tarde.

—Es duro. Pero estoy descubriendo la verdad y, al menos, tengo claro cuál es el camino. Estoy decidida a recorrerlo, cueste lo que cueste. Me ha arruinado las cuentas, pero no voy a permitir que ese sinvergüenza me arruine la existencia. No le voy a dar esa satisfacción.

—Esa es la actitud. —Se interrumpió enseguida—. Ya está aquí Victoria. —Tras los saludos de rigor, Amalia fue directamente al grano—. Os he convocado por dos motivos. En primer lugar, porque quería contaros en persona una noticia importante. En la asociación, hemos empezado a investigar a vuestro timador. Queremos tenerlo fichado y hacer un seguimiento de sus andanzas, como ya hemos hecho con otros estafadores del amor. La idea, si os parece bien, es publicar un sitio web donde alertemos a sus posibles víctimas de quién es y cómo actúa. Vamos a difundir qué hace y cómo lo hace. Y denunciaremos qué personalidades e imágenes suele utilizar. Ya sabes, Victoria, que lo habíamos hablado en su momento, pero hasta ahora no lo habíamos podido impulsar porque solo teníamos tu testimonio, y no era suficiente.

—Me dijiste, si no recuerdo mal, que eran necesarias al menos tres declaraciones para ponerlo en marcha. ¡Es una noticia estupenda! —Mientras lo decía, Victoria Sánchez entrecerró graciosamente sus ojos almendrados, tras las gafas de varilla metálica que le daban un aire de ejecutiva en activo, aunque ahora trabajaba como administrativa en una empresa de mensajería.

—¿Qué opinas tú, Almudena? ¿Te parece bien? —continuó Amalia.

—Está todo muy reciente. Creo que no estoy preparada aún para dar la cara.

—No te preocupes por eso —reaccionó la secretaria de la Asociación de Víctimas de Estafas Amorosas—, no es necesario. Te incluiremos como testimonio anónimo. Victoria no tiene problema en contarlo y exponerse... Y os voy a presentar a Adela Bergua, ella es el segundo motivo por el que os he convocado. Pertenece a nuestra asociación, pero sus circunstancias personales no le permiten mantenerse muy activa. Bueno, mejor será que os lo cuente ella misma. Está aquí, conmigo. Quiere hablar con vosotras.

La secretaria de AVEA alejó su portátil para ampliar el encuadre hasta que apareció a su lado una mujer joven, corporalmente encogida, cuyos dedos apenas se asomaban al terminar las mangas largas y algo deshilachadas de su suéter. Tenía la mirada enrojecida, salpicada de venitas, y ojeras oscuras debajo de sus ojos; llevaba el pelo corto, desarreglado, como si hubiera acudido a una peluquería buena a hacerse un *outfit* estiloso y después lo hubiera desatendido durante semanas. Les sonrió. Al menos, lo intentó.

De algún modo inexplicable, Almudena Prim se identificó con ella. Conectó. Le inspiró pesar y una profunda ternura. Mientras la saludaba con afecto y en términos sinceros, pensó que parecía una actriz guapísima de Hollywood caracterizada para un papel dramático. Poseía una belleza natural incuestionable, facciones de modelo con ojos claros y labios perfectamente perfilados, nariz pequeña, rostro ovalado. Tanta hermosura física parecía lanzar un grito, pidiendo libertad, bajo el deteriorado aspecto que la aprisionaba. La historiadora acertó al asociar su evidente decadencia a un problema personal más interno que externo.

—Me llamo Adela y Júnior me rompió la vida. —Se presentó sin cortapisas, luchando por encontrar las palabras y contener el llanto—. Lo conocí hace cinco años, en una aplicación de citas. Me hizo *match* y estuve a punto de no devolvérselo. Pero cometí el peor error; le abrí las puertas de mi perfil, de mi corazón, de mi casa y de mis cuentas corrientes.

Al ver que tenía problemas para continuar, Amalia Quiroga la ayudó:

—La historia de Adela no es diferente a la vuestra. Atravesaba una época difícil, era vulnerable, y ese depredador se aprovechó de ello.

—Mi exmarido me había engañado —se rehízo Adela—. No una ni dos veces. Siempre. Era un infiel crónico y yo una tonta perpetua. Sufrí mucho al separarnos, creía estar enamorada. Teníamos dos niños, pequeños, por los que intenté aguantar. Pero no tardó en encariñarse con otra y decidió largarme. Siempre ha sido un hombre poderoso, tiene dinero y buenos contactos. Reconozco que a veces perdí los papeles, me descontrolé, y se aprovechó de ello. En el procedimiento judicial, sus abogados me presentaron como una celosa perturbada. La situación me pudo. Me derrumbé, perdí los nervios. Caí en una depresión y los informes médicos establecieron que no era capaz de cuidar de mis pequeños.

Esta vez, sus lágrimas cayeron en cascada. Amalia la abrazó y le susurró algo al oído. Adela le aseguró que deseaba continuar. Necesitaba hacerlo.

—Me quedé sin nada. Sin familia. Sin marido. Sin mis niños. Sin salud mental. Y, finalmente, sin trabajo. Era la encargada de una *boutique* de moda, me encantaba serlo. Solo me quedó el dinero. Porque, eso sí, en eso la ley me favoreció y el juez ordenó compartir tras el divorcio los bienes gananciales. Llegué a tener más de cien mil euros. Pero ¿para qué los quería? Terminé ingresada. Entraba y salía del sanatorio a temporadas. Cuando estaba fuera, solo vivía para ver a mis hijos cada dos fines de semana. Pero su padre los ponía en mi contra, los manipulaba, y yo me desquiciaba, en ocasiones lo pagaba con ellos. Estaba mal, desequilibrada. Todo fue a peor, todavía estoy tocada.

»Porque entonces apareció Júnior, como un soplo de aire fresco en un entorno viciado. Me hizo sentir escuchada, querida, válida. Mujer de nuevo. Se desvivía en atenciones, me animaba siempre, y tenía una vida tan interesante…

—¿Cómo se presentó? —participó Victoria.

—Me dijo que era diplomático y procedía de una familia noble. En un momento dado, se inventó que trabajaba en un centro de inteligencia del Gobierno. Yo me lo creí, ¿por qué no iba a hacerlo? Tardamos meses en vernos, pero la primera cita fue maravillosa. De lujo. Me trató como a una reina y no reparó en gastos. Todo lo demás, lo pagué yo. Me dejó con tres mil euros en la cuenta. El resto se lo di. Me tragué que lo habían secuestrado y entregué cuarenta mil euros para liberarlo. Los di, no me importaba el dinero; Júnior me daba ilusión, compañía, equilibrio. No lo soltaron, me convenció de que exigían un segundo pago y que sería el último. Le transferí otros treinta mil euros.

»Y adiós. No he vuelto a verlo ni a saber nada de él. Ni siquiera me mandó un mensaje. Interpreté que estaba muerto. Estuve pasando el duelo hasta que la realidad me abrió los ojos.

—Fuisteis estafadas por el mismo hombre —retomó el protagonismo Quiroga—. La estrategia es siempre idéntica, aunque adapta el relato a cada víctima. Ciberbróker, productor musical, espía… Son las máscaras que usa, como sus identidades falsas, para ocultarse y atacar. Como todos estos timadores, es un parásito, un depredador que odia a las mujeres, nos cosifica y no los exprime hasta que no nos puede sacar más dinero. Comparte el perfil con sus iguales: es organizado, maquiavélico, implacable. Muy concienzudo y metódico. Suelen gestionar a la vez varias estafas. Durante la primera fase, la de captación, estos sujetos son encantadores y sibilinos. Durante el fraude propiamente dicho, manipuladores, insaciables y calculadores. Cuando comienzan las sospechas, las reclamaciones y el desenmascaramiento, se vuelven agresivos y muestran su verdadera cara. El mío, por ejemplo, amenazó con matarme cuando le exigí mi dinero. Quizás continuaría haciéndolo si no hubiera cambiado mi número de móvil.

Adela Bergua se estaba serenando. Mientras se tomaba una infusión, posiblemente tila, sus ojos se mostraban esquivos, huidizos y dolidos. Almudena Prim se mordía las uñas sin dejar de mirarla, como si fuera una advertencia de lo que no podía sucederle a ella. Tenía que hacer algo.

—Con las informaciones que nos disteis —continuó Quiroga—, nuestro informático trató de encontrar coincidencias en nuestra base de datos. Adela ya nos había hablado de Júnior Hernández cuando vino. El nombre era idéntico al que nos diste tú, Victoria, y el perfil encajaba. Así que contacté con ella y le pedí que me contara otra vez su historia. Fue muy amable, no le importó volver a rememorar sus lamentables recuerdos. Todo encaja, las tres habéis sufrido al mismo victimario. Así que vamos a por él. Es nuestro próximo objetivo, no vamos a descansar hasta que cualquier mujer de España esté a salvo de ese malnacido. ¡Vamos a difundir toda la información que podamos sobre quién es y lo que hace! Es un depredador y vamos a frenarlo. K-IN, Germán, Júnior, da igual cómo se llame en realidad. Son tres personas distintas y un solo estafador verdadero. Ha llegado su hora. ¿Estáis dispuestas a acabar con él? Cuando lo hagamos, ya no le hará daño a nadie.

# 28

—¡Lo han secuestrado! ¡Ayúdame, no sé dónde está! —La voz de Mariam Cosculluela era mucho más que suplicante. Sollozaba. María Magdalena a los pies del eccehomo no sonó tan plañidera.

—Cálmate, Mariam. ¿Qué ha ocurrido? Dime dónde estás y voy a buscarte.

—Aquí. En la casa.

—¿En tu casa?

—En la tuya. En la puerta. Tienes que ayudarme, no puedo soportarlo. Casi eres policía, ayúdame, se lo han llevado.

Aunque oyó en la lejanía los gritos de su madre reclamando su atención, bajó corriendo las escaleras hacia el vestíbulo. Por el camino se cruzó con Eva Rubio, que acudía con diligencia a la llamada de la enferma.

—¿Qué sucede, señorita? ¿A dónde va tan deprisa? No salga así, cogerá frío. Está helando y hace cierzo.

Nada más abrir la puerta, Rosalía sintió una bofetada tan gélida que, intuitivamente, se protegió tras el quicio. Cuando se asomó, encontró la conmovedora imagen de su amiga. Descompuesta, vencida y sumida en un ataque de ansiedad que le impedía expresarse con continuidad:

—Los narcotraficantes… —Sollozó—. Lo han cogido. A Germán. Sicarios de un cártel. Lo han secuestrado.

La mente científica de Quevedo analizó la situación y estableció prioridades a la velocidad del viento que la destemplaba. Avanzó hacia Mariam, la abrazó, la animó a entrar y cerró el portón en cuanto pudo. Se sentaron en el sofá del salón, abatidas por la sinergia del frío exterior de Zaragoza y el frío de vivir de la empresaria.

El interés se apoderó de Eva Rubio, que no subió a la habitación de la madre, pese a sus lamentos. Se presentó con la manta cálida y suave con la que Rosalía se acurrucaba por las noches para ver la tele. Las envolvió, medio enroscadas, con habilidad materna.

—Prepararé una tila para ella…

—Y un café americano largo de cafeína para mí.

Rosalía acariciaba el cabello revuelto de la recién llegada, cuyos hipidos habían mutado en una manifiesta dificultad respiratoria.

—Me ahogo —se quejó Cosculluela.

—Relájate. Concéntrate en respirar, no pienses en nada, solo en inspirar y expirar el aire. Yo te ayudo, fíjate cómo lo hago. —Como el acompañante de una parturienta en el paritorio, la lingüista produjo un progresivo efecto calmante en su amiga. Se serenó aún más al sentir la tila quemándole la lengua.

Permanecieron en silencio unos minutos, observándose con afección y pena contenida. Los gritos de mamá se oían a lo lejos, como si pertenecieran a un universo paralelo.

Fue Rosalía quien tomó la palabra:

—¿Estás mejor? ¿Puedes hablar? Dime qué ha pasado.

—Germán. Lo han secuestrado unos sicarios de México.

—¿Cómo ha sido?

—No sé nada, solo que piden un rescate de cincuenta mil euros… o lo matarán.

—¿Cómo lo has sabido?

—Por WhatsApp, desde su cuenta. Me envió mensajes: texto y audio. Tú entiendes de esto; léelos, está asustado. ¡Yo no podría vivir si me lo quitan! Dime que no van a matarlo, por favor. Prométeme que no voy a perderlo.

Mariam le tendió su teléfono móvil con manos temblorosas, sostenido por sendos dedos manchados por una suerte de chapapote doméstico formado por lágrimas y rímel corrido:

🗨 Hola amor

🗨 Perdóname. Me han secuestrado

🗨 Narcotraficantes mexicanos de un cártel

🗨 No me dejan escribirte más, solo enviarte este audio

—Envíenos cincuenta mil euros hoy mismo o lo mataremos. No avise a la policía o morirá. Ingrese el dinero en su cuenta para que él pueda transferirlo. Si se retrasa, recibirá su cabeza cortada.

Rosalía Quevedo tragó saliva. Demasiado bizarro, interpretó. Su instinto profesional había percibido algo artificial en la voz grave del audio, así como un matiz metálico en la grabación y una sensación de impostación en el acento. No le sonaba natural.

Dado que ya sabía que aquel hombre era un timador profesional, le resultaba lógico interpretar ese suceso como una nueva artimaña del sacacuartos. Pero ¿y si se estaba dejando condicionar por los prejuicios? ¿Y si era verdad y estaba equivocada? Por otra parte, si ya le resultaba complicado contarle a Mariam que el supuesto amor de su vida era en realidad un holograma, una falsificación diseñada a medida con el único objetivo de desplumarla, ¿cómo iba a hacerlo en aquellas circunstancias tan desesperadas? Optó por la decisión más racional. Ganar tiempo para que se calmara.

—Tienes que llamar a la policía. Ellos sabrán cómo actuar.

—¿Y si lo matan? No voy a hacerlo. Debo pagar, para salvarlo.

—Es mucho dinero, Mariam. No te precipites.

—¡Qué te pasa, Rosalía! ¿Te estás centrando en la pasta? Mi prometido está en manos de unos asesinos ¿y solo te preocupa el dinero? He de salvarlo, solo depende de mí.

La lingüista notó que su interlocutora se estaba disparando. Una de sus venas le apareció en el cuello, palpitante, como una canalización. Pese a ello, decidió decírselo. Con suavidad. Con mano izquierda y poco a poco, para evitarle el colapso. Solo tenía que encontrar las palabras adecuadas…

—Ese hombre le ha mentido —la oyó decir con su pronunciación característica, aunque más nasal que antes de su rotura de cartílago—. Es un estafador del amor, solo pretende robarle. Nunca la amó ni fue sincero con usted.

—¿Qué está diciendo esta loca?

—A mí también me lo hizo, lo conozco muy bien. Por eso sé que no me cree, pero cuando recapacite y lo empiece a analizar con frialdad, comenzará a entender que todo encaja —continuó Eva Rubio con serenidad, segura de sí misma—. Sus requiebros. Sus excusas. Sus negativas de última hora. Tantas veces que le dijo y luego no hizo. La incomprensión, y todo ese dinero que ya le ha quitado.

—¡Dile que se vaya! —Gritó la fundadora de Utópika, presa de la histeria. Insultó a la empleada de forma soez antes de volverse de nuevo hacia su amiga—. ¡Germán me quiere! No es eso que ha dicho, díselo, Rosalía, díselo a esta mamarracha.

Dicen que la cara es el espejo del alma; pero, en aquel momento, la de Quevedo expresaba una verdad incontestable. No tuvo que hablar para que Cosculluela la entendiera.

—¿Tú también? ¿Tú también lo piensas? ¡Qué os pasa! Acaban de secuestrarlo, ¡pueden matarlo! Vengo aquí para encontrar consuelo, comprensión, apoyo… ¿y me sales con esto?

—Lo siento mucho, Mariam. Te lo iba a decir yo, pero no sabía cómo. Germán Toloco es un profesional que te ha engañado.

—¡Judas! ¿Es por envidia, es eso? Quieres destrozarme la vida porque no puede ser tuya, ¿verdad?

Rosalía aguardó. La voz de su amiga perdía intensidad, seguridad y fuerza conforme seguía hablando. Todavía alargó la retahíla de incongruencias e improperios.

Justo antes de callarse, se cubrió el rostro con sus manos. Llevaba el anillo de preboda, que despertó el interés de su interlocutora. De un modo inconsciente, se tapó los ojos y luego los oídos —pese a la anotia—, como expresando que no quería ver, oír ni saber esa verdad. ¿Y si aquella mujer tenía razón? ¿Era posible?

—Mira tu anillo, Mariam, el que él te regaló. Los buenos diamantes nunca se dañan ni se rayan, pase lo que pase. —Se aproximó hacia ella lentamente, le tomó la mano y señaló la voluminosa joya que simbolizaba el compromiso—. Fíjate bien en él, lo he visto ahora: está roto. Tiene una muesca, quizás se la hiciste en La Ciclería, cuando le diste aquel golpe. Es falso.

—Eso es mentira —musitó. Pero volvió a mirar aquella raya que ya había observado en casa, cuyas dudas arrinconó porque era más sencillo seguir creyendo que todo era perfecto.

—He investigado su perfil, también es falso. Lo he relacionado, científicamente, con otra identidad. Y Eva lo reconoció en cuanto vio su foto. A ella le quitó siete mil euros; cuando lo descubrió, la amenazó de muerte.

—Perdóneme —participó la enfermera—. Sé cómo se siente. Como una estúpida incrédula que, en realidad, está empezando a comprender que lo sabía todo, pero lo disculpaba porque el sueño era tan perfecto que no podía ser mentira.

—No puede ser… —balbució la empresaria.

—Nadie lo ha secuestrado, se está quitando de en medio. Y, de verdad lo siento, no habrá comprado el piso ni habrá tenido nunca la intención real de estar contigo. Es un delincuente. Un depredador. Un psicópata que se gana la vida estafando a las mujeres.

—Porque las odia —apostilló Eva Rubio con un deje de ira y ansias de venganza.

Por unos segundos, Mariam Cosculluela volvió a esconder su rostro entre las manos. Como si deseara borrarse para siempre de este mundo. Desaparecer. O, mejor aún, no haber existido, como su oreja derecha.

De pronto, su rostro mutó de la infelicidad al odio. Ni Alecto, que castigaba los delitos morales; ni Megera, sancionadora de la infidelidad, ni Tisífone, que vengaba los asesinatos, mostraron jamás en la Antigua Grecia una expresión de furia tan elocuente y brutal:

—Más le vale que no tengáis razón —gritó Mariam Cosculluela—. Si Germán Toloco me ha engañado, juro que lo mato.

# 29

Era un hombre acostumbrado a disimular sus sentimientos, un maestro de la ocultación y un especialista en el teatro social, donde solía desenvolverse con un talento natural que lo situaba por encima del resto. Como contrapartida, era un provocador, un egocéntrico y un ser excesivamente dependiente de sus emociones, que no siempre controlaba. Aquella tarde había acudido a la sala Ámbito Cultural de El Corte Inglés de Zaragoza, donde un amigo de su club de golf presentaba un libro de autoayuda no demasiado bien escrito, pero respaldado por el amplio círculo profesional, social y familiar en el que se desenvolvía el autor. Como era su primera obra publicada y él un tipo conocido, el espacio estaba lleno; incluso se arremolinaban los presentes en los laterales y al fondo, de pie, expectantes para oír hablar al *coach* de nuevo cuño.

En realidad, Hugo Diosdado no tenía el menor interés en estar allí. Tan solo buscaba mantener su imagen de filántropo, hombre apegado a la cultura y asistente habitual a los eventos elitistas de la ciudad. Aburrido y desmotivado como estaba, no tardó en fijarse en una pareja. Ella era una mujer despampanante, quizás retocada en exceso, pero hermosa y con un cuerpo atlético y curvilíneo que no dudaba en exponer en un buen paño; en concreto un vestido ajustado estilo lencería de Louis Vuitton, una cazadora corta de cuero de Calvin Klein y unos tejanos elásticos de Armani que apretaban sus muslos tanto como al primogénito de los Diosdado le apetecía hacerlo. Su pareja, según supo después, era un estadounidense que había sido *defensive tackle* en un equipo profesional de la NFL. Seguía pesando más de ciento veinte kilos y rondaba los dos metros de altura. Trabajaba en la misma empresa de seguridad que dirigía el autor del libro. Hugo se las arregló para sentarse al lado de la chica. Era *instagramer* y asesoraba sobre cosméticos, *outfits* y trucos de salud que ni el mismísimo doctor Rosado habría avalado en los setenta. Tras mirarlo de soslayo, sonrió, y el recién llegado hizo lo propio. Diosdado no tardó en coquetear con ella. Estaba desencadenado, porque llevaba algunos días de bajón y había tomado polvo blanco para equilibrarse. Su consumo social estaba derivando, peligrosamente, en un principio de alarmante dependencia. Durante el turno de ruegos y preguntas, mientras el exjugador de fútbol americano luchaba con sus dificultades idiomáticas para formular una pregunta pertinente, Hugo aprovechó aquella desatención masculina para desplazar su pierna hasta rozar la de la joven. No la retiró. Así que ganó seguridad y se atrevió a deslizar su mano entre los asientos para acariciar con suavidad la cintura y parte del muslo derecho de su presa. Esta vez se apartó, nerviosa; por su expresión azorada, pero culpable, interpretó que era el miedo a ser pillada su motivación, no el rechazo a sus insinuaciones. Mientras su amigo el escritor se explayaba respondiendo al norteamericano, el hijo de Evaristo sacó de su billetera una tarjeta personal muy elegante y se la pasó furtivamente a su vecina de asiento. Disfrutó al ver cómo el rumor encarnaba sus mejillas y saboreó cómo la escondía velozmente en su bolso. Cuando los ojos inquisitorios del exdeportista se clavaron en los suyos, el pequeño pedazo de cartulina satinada ya estaba guardado. Algo debió de sospechar el otro porque, a partir de ese momento, estuvo mucho más pendiente del tipo trajeado con tupé que no dejaba de flirtear con su novia.

Terminó la charla. Aunque no tenía la menor intención de leer el libro, Diosdado consiguió un ejemplar y se colocó en la fila de las firmas. Se las arregló, pidiendo permiso con educación y mintiendo al decir que iba con ella, para colocarse junto a su objetivo. No perdió el tiempo al encontrarse cerca:

—Me gustas mucho. ¿Cómo te llamas?

—Luna. Ten cuidado, mi novio está mirando.

—Él y yo nos parecemos. ¡Somos un par de *lunáticos*! *In love a full* contigo, diosa.

La desconocida con nombre de satélite no consiguió disimular la satisfacción al recibir ese *roneo*. El armario ropero que la acompañaba tardó en llegar menos que el mejor *halfback* de su exequipo en ganar yardas cuando no lo defendían.

—Luna, ¿te está molestando? —le preguntó con un tono de voz suficientemente alto para que el impertinente lo oyera.

—No, amor. Me hablaba del libro.

—Déjala en paz, ¿*okey*?

—Le estaba diciendo que hacéis una pareja cojonuda —repuso Hugo—. Los dos sois muy guapos y sexis. Me ponéis cachondo. Me apetece mucho hacer un trío con vosotros.

—¿Te crees gracioso, imbécil? —El novio avanzó hacia él e invadió la zona íntima del *bon vivant* deslenguado.

—Lo digo en serio —aparentó no inmutarse.

—¡Lárgate, capullo, o te parto la cabeza!

—No te enfades, ladrón. Tu chica ha guardado en su bolso mi tarjeta. Ella estaría encantada. Si cambias de opinión, puedes llamarme. Te dejaré lamer mi ojete mientras me la tiro.

El rocoso puño del exdeportista describió una parábola ascendente hasta impactar con brutalidad en el estómago de Hugo, que se dobló ridículamente antes de caer arrodillado ante el coloso. Escupía babas como un niño de pecho mientras se apretaba la zona golpeada. El agresor se controló cuando su pareja se interpuso y los presentes centraron en él sus miradas. Los más diligentes acudieron a socorrer al agredido, desconcertados e incrédulos por tan inexplicable percance. Mientras el estadounidense era invitado a abandonar el lugar y se marchaba flanqueado por Luna, Diosdado empezó a recomponerse a fuerza de inhalar grandes bocanadas de oxígeno. Se levantó, alisó su traje de confección italiana en color azul cobalto y habló en cuanto se sintió con fuerzas:

—Qué vergüenza. Nadie está seguro cuando un celópata como él se encuentra cerca. Pobre chica. Disculpad el bochorno. Me voy, seguid con las firmas. No os preocupéis por mí, estoy bien, solo necesito tomar un poco el aire.

Rechazó ser acompañado, sus planes eran otros. Fuera de la sala cultural, localizó la voluminosa figura de su agresor en la zona comercial dedicada a la papelería. Su atractiva compañera braceaba en modo recriminatorio, todavía abochornada por lo que había pasado.

Hugo actuó rápido.

Descolgó un extintor, situado en la columna más cercana, bajo el puesto de la manguera. Redujo su silueta mientras se acercaba por la espalda, agazapado entre los lineales del establecimiento, con el pesado objeto sujeto con ambas manos. Aceleró en los últimos metros para tomar carrerilla. Lo golpeó por detrás en la cabeza con él, tan fuerte como pudo. La salpicadura de sangre le pareció excitante, aunque no tanto como el desplome brutal de aquella mole. Le recordó la demolición controlada de un edificio.

Obvió el alarido histérico de la novia mientras se arrodillaba para socorrerlo y pedía a voz en grito que alguien llamara, por favor, a un médico. Quién sabe si Luna llegó a oír su comentario:

—Espero tu llamada, guapa.

Después se quedó inmóvil, observándolo todo, como si disfrutara con la escena que había creado y con aquel protagonismo sobrevenido. Numerosos clientes y vendedores los rodeaban. Alertados por la algarabía, pronto llegaron varios asistentes de la presentación y el empleado de seguridad privada.

Diosdado no se inmutó cuando lo sintió hablar por teléfono.

La policía estaba de camino.

Almudena Prim tenía un leitmotiv, un estímulo que la animaba a luchar para sobreponerse. Ahora, cuando los problemas y los desafíos se le acumulaban, visualizaba a K-IN de otra manera y acababa experimentando un cierto sosiego. Ya no lo recordaba desnudo sobre la ropa de cama de su lecho. Ni haciéndole cosquillas en el sofá mientras veían una serie, ni susurrándole cosas preciosas al oído. Ahora veía su cabeza dentro de una diana. Ella sostenía una pistola enorme con la que comenzaba a dispararle, inmisericorde, mientras caminaba hacia el lugar desde el que Júnior le suplicaba clemencia. No era buena tiradora. Así que lo mataba, prácticamente, a quemarropa. Gracias a ello y por primera vez desde que descubrió la estafa, las pesadillas habían desaparecido de sus noches. En su lugar se repetía este sueño recurrente que le resultaba menos traumático y más estimulante.

La historiadora se preguntó si sería capaz de matarlo. Dudó. «Pensarlo es muy distinto a hacerlo». Con todo, le gustaría tanto tener la oportunidad de comprobarlo, porque esa secuencia onírica criminal se había convertido en su principal pensamiento antiansiedad.

Circe estaba avergonzada. Profundamente. Una vez más, el impresentable de su hermano se había metido en un lío y había acabado detenido. Las novedades eran que, esta vez, lo había hecho por la tarde, fuera de una discoteca y durante un evento cultural. El agravante era que había sucedido la víspera de comer con Benito Bidasoa,

194

el oficial de la policía nacional que estaba dispuesto a ayudarles. Evidentemente, no era la mejor tarjeta de presentación para conseguir avances en la búsqueda de Bartolomé Valmaseda.

Jesús Bermejo, el abogado, la esperaba en la puerta del restaurante Cancook. El inspector se retrasó; después les explicó que unos *menas* le habían robado el bolso a una anciana que había caído al intentar impedirlo. Se había roto la cadera y golpeado la cabeza contra el suelo. Mientras ella estaba en observación médica, esos chavales andaban sueltos, haciendo de las suyas como siempre:

—Sabemos quiénes son. He hablado con ellos y no me cabe duda. Pero tenemos que demostrar su implicación; total, ¿para qué?, si son inimputables...

Bidasoa se mostró condescendiente, en parte porque el suceso le había quitado algo de apetito: pidieron un Gran Menú de catorce pases para cada uno, en vez de los de dieciocho o veintiuno de las opciones más caras. La pantagruélica degustación de cocina geográfica aragonesa le pareció soberbia; casi tanto como la armonía de vinos que acompañó los platos. Con su ajustado sueldo policial, aquel festival de sensaciones gastronómicas le resultaba inalcanzable. No podría pagarlo sin poner en riesgo la liquidez de su economía doméstica. Sin embargo, ni Jesús Bermejo ni Circe Diosdado tenían el menor reparo ante semejante despilfarro: eran aburridamente ricos. Así que hacerles pagar doscientos euros por cabeza en una comilona le resultaba atractivo.

«Un día es un día», se autoconvenció mientras se relamía con el primer plato.

La conversación no tardó en derivar hacia el tema acordado. Fue Bermejo quien introdujo la cuestión y Circe la que resumió el asunto:

—Bartolomé Valmaseda es un amigo íntimo de Mona, mi madre. Es comerciante de diamantes y viaja

195

mucho, pero había quedado en venir a Zaragoza. Habían comprado entradas para un concierto de Ara Malikian en el Auditorio. La última vez que hablaron por teléfono, le dijo a mamá que ya estaba en camino y pronto llegaría a la ciudad. No hemos sabido nada más de él.

Circe siguió informando al inspector, que masticaba y escuchaba al mismo tiempo.

—Pusimos la denuncia de inmediato, pero tenemos la impresión de que no nos tomaron en serio. Es lo que dice mi hermano —se avergonzó y titubeó por haberlo mencionado, temiendo que el policía recordara, por asociación, su pelea de la víspera—. Nadie nos ha dicho nada al respecto. Solamente que no hay rastro de él, ni siquiera constancia de que llegara a España. Es lo que dicen. Y como los países africanos van a la suyo, pasan de nuestros desaparecidos y no hay acuerdos de colaboración firmados, la investigación se encuentra en punto muerto.

—Me pasaré por la comisaría donde denunciasteis y leeré el expediente —se comprometió Bidasoa, sin otra opción moral después de aquel convite—. Si todo es como parece, es un caso muy difícil. No hay nada para empezar a buscar. ¿Qué tipo de persona es?

De haber sido Hugo o Mona quienes lo describieran, el retrato habría sido muy distinto. Pero a Circe jamás le había gustado aquel hombre; nunca se sintió querida por él y estaba convencida de que se aprovechaba de su madre. Esa última información se la guardó por el momento:

—Un señor elegante. Seguro de sí mismo. Con don de gentes, capacidad de mando y, según decía, muchos ceros en sus cuentas. En mi opinión, peca de austero; es muy rácano. Y bastante impenetrable para sus asuntos. Físicamente, es un hombre corriente; ni guapo ni feo, alguien normal, educado, culto. No sé qué edad tiene, aunque le calculo quince años menos que mi madre.

—¿Qué sabe de su familia y de su círculo íntimo? A parte de ustedes, ¿quiénes son, dónde están, qué relaciones mantienen? ¿Conoce algún desencuentro o problema con los suyos? ¿Algún posible enemigo?

—Nunca nos contó nada sobre ellos. En realidad, y aunque no lo parece, es introvertido. Habla mucho, no se cansa de preguntarte cosas; pero, ahora que lo pienso, comparte poco de sí mismo.

Le sorprendió el desconocimiento que tenía aquella chica sobre la pareja de su madre. Interpretó que era un problema crónico generacional, porque los jóvenes de ahora carecían de curiosidad, sensibilidad e instinto. Con tantos videojuegos, canales sociales y vídeos en YouTube, se habían quedado *abotijados*. Se planteó que quizás sería mejor hablar con Mona. Ya lo pensaría, aunque maldita la gracia que le hacía meterse en algo así. Para las desapariciones como aquella solo se le ocurrían tres desenlaces probables. Que apareciera el cadáver en algún lugar del mundo y nadie lo identificara. Que no apareciera nunca. En ambos supuestos, sería un caso irresoluble. La tercera posibilidad es que se hubiera marchado por propia decisión; si era así, posiblemente tampoco lo sabrían nunca. En cualquier caso, al tal Valmaseda no le auguraba un buen final. Era uno de sus pálpitos.

—El *Heraldo* publicó una entrevista a mi madre —Circe, esta vez, obvió la referencia a su hermano—. Pensamos que la notoriedad ayudaría a dar visibilidad y agilizaría el caso. Pero sirvió de poco.

Bidasoa se zampó en tres segundos una deconstrucción gastronómica que exigía tres días de elaboración culinaria antes de emplatarla. Estaba todo dicho. Aunque ya había satisfecho su apetito, si no había calculado mal quedaban todavía otros ocho pases por delante. Tocaba disfrutar. Por la noche, cenaría solo fruta para compensar el exceso.

—¿Cree usted que aún es posible encontrarlo?

Entre la sinceridad y la empatía, se decantó por la segunda cualidad:

—Mantengan la esperanza. Hasta que no se demuestre lo contrario, Valmaseda puede estar en cualquier parte. Poco más puedo decirle, pero le prometo que estudiaré el expediente, hablaré con mis compañeros y me mantendré pendiente. Si hay alguna novedad, avisaré a Bermejo. —El abogado asintió con determinación.

»Esta esferificación es portentosa —trató de desviar la conversación hacia un tema ligero. Terminó de masticarla antes de explayarse—. La gelatina exterior se forma mezclando una solución rica en calcio con alginato sódico, un espesante natural que procede de las algas.

—¿En serio lleva algas? —se sorprendió el letrado—. Ni que fuéramos peces.

# 30

—Me encantaría verte. Sé que está creciendo algo especial entre nosotros. Me haces sentir única, segura; me haría feliz encontrarnos. ¿Podemos vernos? Iré donde me digas.

Barry Davenport impostó una voz sentida, doliente, aunque en realidad estaba celebrando con júbilo el inesperado avance de aquel proyecto recién iniciado. Había sido arriesgado contactar con alguien perteneciente al círculo de amistades de otra de sus víctimas y con su profesión, pero su experimentado instinto le había advertido, tras estudiar sus redes, de que respondía al prototipo de sus estafadas. Con todo, le había sorprendido tan rápido proceso.

—No puede ser, amor —continuó tejiendo su red desde el teléfono móvil—. Estamos en guerra técnica.

Ya sabes cuál es mi situación, los terroristas palestinos tratan de localizarme. Me muero por abrazarte, acariciar tu piel y cubrirte de besos. Pero es tan peligroso que podría acabar muerto de verdad. Y eso no es lo que más temo: correrías un peligro cierto si estuviéramos juntos. Nunca me perdonaría que pudiera ocurrirte algo por mi culpa. Lo siento. Cuando todo esto acabe, te compensaré mil veces. Confía en mí. Esto es amor de verdad, nos queda toda la vida por delante.

Rosalía Quevedo tardó en reaccionar. El estafador interpretó su silencio como un signo de debilidad y siguió trenzando su maraña de mentiras:

—Necesito que me ayudes, cielo. Estoy en una base secreta y no tengo acceso a mi cuenta bancaria. Soy un desastre, me despisté. Metí la clave mal tres veces y me han bloqueado el *password*. No puedo llamarles, por seguridad. ¿Puedes echarme una mano? Solo necesito que me ingreses ochocientos o mil euros en mi otra cuenta personal. Ahora dependo de ella, pero apenas queda saldo porque solo la empleaba para domiciliar algún recibo antiguo. Tengo que cerrar un *business y* debo hacer un pago urgente, aunque apenas me quedan unos dólares. ¿Me harás ese favor? Lo primero que haré al salir de aquí será devolverte el préstamo y mandarte un regalazo por ser tan fabulosa. ¿Me puedes ayudar?

Rosalía no puso reparos. Se limitó a seguir sus instrucciones, anotó el número bancario que le facilitó y continuó expresándole su admiración, su devoción y su cariño.

Al terminar, le envió un beso acústico.

Tras colgar, se recostó en el sillón ergonómico de trabajo y se desinfló, agotada por tanta tensión acumulada. No estaba acostumbrada a mentir, mucho menos a interpretar un papelón así ante un depredador de mujeres.

Había iniciado el fraude. Una víctima cualquiera, real e ilusionada, habría ordenado la transferencia en ese instante. A partir de ese momento, el descenso a los infiernos se habría sucedido hasta la ruina final. Visualizó su tramposa estrategia: la tarjeta continuaría bloqueada mucho más de lo esperado, *in aeternum*, y sus urgencias económicas se dispararían tras el primer envío dinerario a tanta velocidad como sus falacias y halagos. La deuda sería cada vez mayor hasta que la bola de nieve provocara un alud vital de proporciones catastróficas. Así les había pasado a Mariam y Eva. Precisamente ahora, en esa situación, entendía muchísimo mejor por qué habían caído. No eran bobas, cándidas ni candorosas. Tan solo, como la mayoría de las mujeres, vulnerables. Se dijo que quizás ella también habría tropezado en esa piedra de haber estado libre de sospechas. Sus conversaciones con Barry la hacían sentir bien, eso era cierto. Y tenía su aquel creerse amada por un exmarine tan objetivamente interesante como Davenport.

Tras vagar unos instantes por semejantes fantasías, regresó a la realidad: se había dado la vuelta a la tortilla. Tenía claro lo que debía hacer. Aplicaría una táctica dilatoria que, estaba segura, lo llevaría a perseguirla con apremiantes mensajes para que hiciera el ingreso. Ella se inventaría excusas y le daría largas. No iba a soltar ni un céntimo. Pero lo llevaría al límite, como él solía hacer con las demás mujeres.

Por otra parte, tenía un informe pericial finalizado y debía entregarlo a la policía. Además, acababa de conseguir un número de cuenta que, quién sabe, quizás permitiera localizarlo. Intuitivamente, sin ser consciente de haberlo decidido, localizó en su agenda el contacto de la subinspectora y aguardó su respuesta mientras se concentraba en los tonos de su móvil.

Por la mañana, había acompañado a Cosculluela a la comisaría Centro de Zaragoza. Entre las dos relataron al agente lo ocurrido, le mostraron varios mensajes de texto, algunos audios y el aviso de secuestro. Asimismo, lo pusieron al corriente de sus sospechas fundamentadas de estafa, mencionaron a Eva Rubio y el reconocimiento fotográfico y le enseñaron el diamante rayado como prueba irrefutable de la verdad. Quizás fue demasiada información para ese primer contacto con los hechos. Pero ya estaba hecho. En un momento dado, conforme se complicaba y complicaba la trama compartida, el agente se disculpó y salió a buscar a un superior. Lo puso al corriente en un minuto de lo que sucedía. A partir de ese momento, su auditorio se duplicó. Ese segundo policía se incorporó a la diligencia.

La subinspectora Abadía andaba superada por los acontecimientos, aunque en realidad era un estado crónico desde que había entrado en Homicidios. La realidad no era, con mucho, como imaginaba mientras se preparaba la oposición de acceso al Cuerpo. Le apasionaba ser policía nacional; pero cada vez más lo sentía en abstracto, en teoría, como concepto general y no casuística aplicable al día a día. En la práctica, se sentía esclava de un trabajo perpetuo que nunca aminoraba y en el que jamás descansaba. El sueldo era precario; las satisfacciones, escasas, se diluían de inmediato con los problemas de siempre y se seguía comiendo más marrones que un becario. Para colmo, Mingote era tan impresentable como excelente sabueso. Su destreza y su exigencia lo hacían todo todavía más difícil. En momentos así, se planteaba si no estaría mejor trabajando con su padre, como él siempre le aconsejó, en el lucrativo negocio de cerrajería urgente que tanto dinero daba.

Sonó su teléfono.

Rosalía Quevedo.

A causa del estrés, tardó en ubicar quién era. Mientras descolgaba y empezaba a responder, lo recordó. La lingüista forense la saludó en modo sintético, antes de ir al grano. Sabía que la subinspectora era una mujer ocupada y a ella, precisamente, tampoco le sobraba el tiempo. Mariam no respondía a sus llamadas, ni a sus mensajes; así que había decidido ir a su casa en cuanto terminara de hablar con Sheila, para evitar que pudiera hacer una locura.

—He preparado un informe lingüístico —le dijo—. Respalda mi hipótesis sobre la doble identidad de un estafador del amor. Está engañando a mi mejor amiga, a la que le acaba de decir que lo han secuestrado. Le está pidiendo cincuenta mil euros más para salvarse. Además, mi asistenta lo ha reconocido en una fotografía: también le arruinó la vida y le sacó siete mil euros. Yo estoy en contacto con él, trata de engañarme. Todavía no ha intentado nada, pero el primer timador y él son la misma persona. Lo confirma científicamente la comparativa lingüística que te pasaré.

Lo había resumido tanto que Abadía apenas había entendido la situación:

—¿A quién han secuestrado?

—A un tal Germán Toloco. Pero no es cierto. Es una estrategia para seguir quitándole el dinero a mi amiga. A mí me contactó como Barry Davenport, estoy segura de que son el mismo hombre.

La policía le explicó que estaba en el Grupo de Homicidios y, en principio, poco podría ayudarle. Le recomendó poner una denuncia en Zaragoza y seguir los trámites convencionales.

—De todas formas —le dijo al percibir el desánimo en su interlocutora—, mándame ese informe. Lo leeré y veré qué puedo hacer. ¿Dónde ha sido el presunto secuestro?

—Creemos que no ha habido —insistió—. Es otra estafa. Pero se supone que estaba en México cuando lo raptaron. Unos sicarios de un cártel, dijo.

—Necesito tiempo, voy a tope. Te llamaré. De momento, denunciad lo ocurrido cuanto antes y no habléis más con él. Podría ser peligroso. A menudo, estos delincuentes se vuelven agresivos; aunque no es habitual que pasen a la acción, solo amenazan, es mejor no jugar a la ruleta rusa con el diablo.

—Se me olvidaba, tengo algo más. Su número de cuenta. ¿Puede ser útil?

—Es un dato objetivo. Tal vez podamos rastrearla y averiguar a quién pertenece en realidad. Pásamela con tu informe.

Se despidieron.

Rosalía marchó directamente al piso de su amiga.

Sheila había recordado algo importante. Llamó al SE-CRIM y preguntó por algunos análisis de evidencias que se estaban retrasando. Su contacto le pidió disculpas y argumentó que andaban sobrecargados de trabajo. Con todo, lo convenció para que los convirtieran en encargos prioritarios. Cuando un caso está atascado, la ciencia es la llave maestra que puede transformar su enfoque.

Mariam la recibió con desdén. Estaba desmejorada, abatida y fría como un témpano. Un francotirador ucraniano demostraría más sentimiento mientras está diezmando las ametralladoras rusas en Bajmut. Quería aparentar invulnerabilidad, pero se apreciaba que había estado llorando. «Tenía mucho trabajo atrasado. He apagado el móvil para que me cundiera», justificó su falta de respuestas. Rosalía admiró su determinación. A fin de cuentas, seguía siendo la emprendedora tecnológica que había convertido Utópika en un referente mundial de la inteligencia artificial. Se esforzaba para desactivar a la mujer enamorada y engañada.

—He hablado con la subinspectora que te comenté. Ya le he enviado el informe —obvió el dato de la cuenta corriente; no le parecía buena idea avivar sus recuerdos diciéndole que había conversado con el supuesto secuestrado.

—¿Qué te ha dicho? —se interesó con el mismo tono con el que identificaba alucinaciones en las creaciones de IA menos afortunadas.

—Que denunciemos cuanto antes. Ella leerá mi estudio y lo moverá por otras vías —exageró Quevedo—. Ahora bien, es importante ir a una comisaría pronto para agilizar el tema. ¿Te va bien ahora?

—Tengo que pasar por la empresa para firmar unos contratos. No tardaré más de un cuarto de hora. Después, podemos ir a la comisaría de General Mayandía. Iré sola si tienes que hacer algo.

—Te acompaño —se ofreció, solidaria e interesada a la vez, porque ya estaba enredada en aquella maraña de fraudes amorosos—. Mi Barry Davenport es el Germán Hernández Júnior de mi asistenta y tu Germán Toloco. Si es posible, también voy a denunciarlo.

# 31

Mona Diosdado no era una mujer acostumbrada a esperar. Desde su casamiento con Evaristo, había tenido cuanto le apetecía al instante y, en consecuencia, se había olvidado de practicar la paciencia. El paso del tiempo, en aquella situación desesperada, lejos de proporcionarle sosiego le provocaba inestabilidad y malestar. Su vida se había convertido en una sucesión de altibajos bipolares. Lo mismo se pegaba dos días metida en su habitación llorando, maldiciendo su suerte e implorando que todo fuera como antes, que se liaba la manta a la cabeza y se organizaba una agenda tan cargada que llegaba tarde a la mayoría de los actos. No era sano, ni mentalmente aconsejable, vivir de aquella forma. Pero hasta que todo se arreglara o hubiera un desenlace, era la única manera que le permitía sobrellevar su desgracia.

Circe le había contado su encuentro con Bidasoa. Le pareció bien, aunque no le provocó ningún tipo de júbilo, optimismo o esperanza. Y no solo por las decepciones que los cuerpos policiales ya le habían provocado, también porque solía minimizar las iniciativas de su hija, todo lo contrario de lo que sucedía con Hugo, al que siempre idolatraba.

El lamentable suceso que había protagonizado en El Corte Inglés había derivado en una citación judicial por agresión que hubiera originado un juicio mediático de no ser por la acertada intervención de los letrados de la familia, liderados por Jesús Bermejo. Cuando los magistrados del norteamericano amenazaron con solicitar intento de homicidio, los de Diosdado elevaron su oferta económica hasta la categoría de irrechazable. La negociación dio resultado. Tras recibir lo pactado, el exdeportista de casi dos metros se tragó el orgullo y retiró la denuncia.

—Me provocó —le contó a su madre días después del percance—. Me golpeó a traición porque estaba hablando con su pareja. Es un machista celoso. Me obnubilaron la ira y la impotencia, ya sabes cómo soy, no pude evitarlo. Le aticé en la cabeza, es cierto, pero no fue para tanto. Lo ha exagerado para pedir más dinero. Así es la chusma, gentuza, muertos de hambre que venden sus principios al precio que haga falta.

Mientras le contaba eso a su progenitora, que lo escuchaba intranquila, ya había iniciado sus pesquisas para saber dónde vivía su pareja. Aquella mujer continuaba atrayéndolo, quizás todavía podría seducirla. Era un donjuán muy persistente y le estimulaban los retos más difíciles, las causas perdidas. Si había la más mínima posibilidad de conquistarla, quería experimentar el placer de intentarlo. La venganza se sirve fría y duelen más dos cuernos que cien golpes, se repetía.

Mona se preparó para ir a misa, se había vuelto devota. Como si la fe fuera un acuerdo mercantil de transac-

ciones, sus aportaciones al cepillo y sus donativos cre-
cían en paralelo a sus demandas desesperadas a nuestro
señor Jesucristo:

—Haz que esté bien, Dios mío. Permite que vuelva a
casa y todo sea como antes.

Tal y como había asegurado, Benito se las arregló
para visitar la comisaría en cuestión. No le costó convencer al agente de que le mostrara el expediente de la
desaparición de Valmaseda. Al ser consciente de cuánto
tardaba en encontrar la documentación, confirmó que
aquel caso estaba más frío que una cámara de congela-
ción profesional.

—No tenemos nada —le indicó, servicial, el policía
al cargo—. Ni siquiera hemos podido localizar quién es.
Su identidad es etérea. Podría ser un extranjero ilegal. La
familia no es que colabore mucho, llamamos al hijastro
para confirmar si era de fuera, pero aseguró desconocer-
lo. Bueno, primero dijo que era español, luego cambió
de idea, cuando le explicamos el bloqueo administrativo
que teníamos. No sé, es un tipo peculiar ese joven. Ima-
gino que cuando se tiene la vida resuelta desde crío, las
prioridades mutan.

—Interesante —musitó el inspector Bidasoa mientras leía las diligencias del expediente.

—¿Desapareció en España?

—Sigue siendo una incógnita. Mona Diosdado asegura que le dijo por teléfono que ya había llegado. Pero
pudo haber mentido y estar todavía en África, o en cualquier otro lugar del mundo, cuando la llamó. Además,
la denunciante ocultó su profesión al principio; dijo que
era agente de arte, pero en realidad compra diamantes.
Quizás, hasta trafica. Es una profesión de riesgo, tal vez
lo mataron en un robo o, simplemente, tuvo un accidente al desplazarse en coche por aquellas tierras inhóspi-
tas.

—¿Hay fotos del sujeto?

—Teníamos una. Nos la entregó Hugo Diosdado. ¿No está ahí, con el resto? Se habrá traspapelado. Cuando la encuentre se la haré llegar, no se preocupe. Ya sabe cómo es esto, siempre a destajo y sin tiempo para revisar lo hecho. Estará por ahí; la encontraré, descuide.

Bidasoa aparentó comprensión, no le convenía dinamitar los puentes con el responsable de aquel expediente. Con todo, no lo consideró un problema grave. Siempre podía recurrir a Bermejo para que le facilitara una imagen o, más sencillo todavía, buscar en Google algunas referencias visuales sobre Bartolomé Valmaseda, el comerciante de diamantes desaparecido en algún punto indeterminado del planeta.

Su móvil sonó. Un subordinado reclamaba su presencia en otro posible escenario de un crimen. Una explosión había hecho volar por los aires medio edificio en Casablanca. Una tragedia. Habían muerto el padre y sus dos hijos pequeños. La madre estaba trabajando. Todo apuntaba a un accidente doméstico con una bombona de butano, pero el destrozo vecinal había sido inmenso. Era necesario descartar la violencia vicaria como desencadenante del suceso.

En menos de media hora, Benito Bidasoa había cambiado el chip y recogía evidencias por aquel escenario explosionado por el infortunio o la maldad humana.

# 32

Almudena Prim llegó a casa de noche, arrastrando los pies y cansada como si hubiera participado en una maratón. La ruta turística que realizó como guía había durado tres horas y media. Tras montar su negocio artístico-cultural, pensó que nunca tendría que volver a hacerlo, pero ahora cualquier ingreso resultaba útil para afrontar sus deudas. Apenas dormía. En parte porque las preocupaciones le producían insomnio y se negaba a medicarse. También influía el trabajo adicional con el que apechugaba y el tiempo que dedicaba, de una manera obsesiva, a recopilar información y compartirla con sus compañeras de la asociación. Cuando terminaba de hablar con Victoria Sánchez, navegaba por internet y por las redes sociales en busca de nuevos indicios, revelaciones o datos sobre cualquiera de las identidades de Júnior Hernández, alias K-IN para ella. De manera compulsiva, casi como un toc, se preguntaba una y otra vez dónde demonios estaba. Dos eran las líneas de investigación que seguía. La primera tenía la intención de dar con su paradero; la segunda, era una cuestión más personal relacionada con lo que haría al descubrirlo. Solía dedicarse a ello hasta la madrugada, apenas dormía cuatro horas al día y sus dedos estaban tan mordisqueados y despellejados que parecía haber sido torturada cuando, en realidad, era ella misma quien se provocaba las heridas al morderse las uñas. Se centró en la línea de actuación que le habían sugerido en AVEA: estudiar las amistades que Barry Davenport, el alter ego de Caín, tenía en Facebook. Metódicamente, entraba en los muros de cada una de ellas y trataba de identificar rasgos comparables a los suyos; es decir, propios de una potencial víctima de sus estafas. Si bien es cierto que un buen número eran perfiles falsos, inadecuados o silenciosos, por lo que no le contestaban, se preocupaba de enviarles mensajes por privado que pudieran animar a esas personas a entablar una comunicación. No había obtenido ninguna respuesta desde que empezó, pero perseveraba. No arrojaría la toalla. Estaba decidida a terminar con él.

Cuando leyó su nombre experimentó una sensación diferente. Rosalía Quevedo. Se centró en su información personal y escrutó sus fotografías: naturales, agradables, diversas, nada ostentosas. Una mujer normal, sin grandes pretensiones. Compartían rango de edad y vivía en Zaragoza. Era una científica de la lengua, según interpretó, lo que la llevó a imaginar que podía llevar una vida aburrida, monótona y, por qué no, quizás estuviera abierta a alguna relación afectiva. Especificar «Sin pareja» en sus datos personales no era habitual y, supuso, podía entenderse como un indicador significativo. Analizó con tino que, semanas atrás, el estafador Davenport había iniciado una llamativa campaña de *me gustas* en las publicaciones de esta mujer. Hacía comentarios frecuentes; primero más ocasionales, luego constantes. En un momento dado, ella había comenzado a recomentarlos y se entreveía una complicidad recíproca. Ciertamente, al cabo de unos días se redujeron esas interrelaciones. «Una de dos», se dijo, «o les pasó algo o están hablando en privado». Concluyó que estaban, o habían estado, en contacto. Como lo vio más claro que en las anteriores indagaciones, le mandó un mensaje por privado:

«Hola, Rosalía. Me llamo Almudena y tengo información sobre Barry Davenport que te interesará. Me gustaría contártela. ¿Quieres saberla? Contéstame y te digo».

Se quedó esperanzada. ¿Y si fuese una de ellas? ¿Y si estuviera en plena fase de engaño y esas palabras permitieran desenmascararlo? Lo detestaba. Todo mal que le ocurriera era un bien para ella.

Animada, se dedicó a dar rienda suelta a su segunda obsesión informativa. Escribió en Google *cómo comprar una pistola en Madrid sin licencia de armas* y obtuvo más de doscientos mil resultados en cero coma treinta y cinco segundos. Aprendió que todas las armas de fuego en España necesitaban una licencia de armas, ya sea de tipo deportivo, de caza u otros. También supo que había modelos de categoría 4.1 y 4.2, de aire comprimido, que replicaban a las Glock, las HK USP y las Baretta 92 y disparaban perdigones de cuatro con cinco milímetros o bolas de acero. Los mayores de edad pueden comprarlas en las armerías presentando el DNI. A continuación, realizó otra búsqueda: *¿se puede matar con una pistola de aire comprimido con perdigones?* La respuesta fue contundente. Pueden ser mortales para los seres humanos, pero solo cuando son de gran potencia y se disparan en una zona vital, como el cuello, el corazón o el cerebro. Las de hasta veinte julios son capaces de perforar órganos vitales y causar lesiones cerebrales graves, leyó. No era su idea inicial, pero podría ser factible. Rumió la posibilidad y concluyó que, en realidad, causarle una lesión cerebral importante podría ser mejor, incluso, que matarlo. ¿Por qué no? Alargaría su sufrimiento. Seguidamente, realizó la tercera y última consulta: *quiero comprar una pistola de aire comprimido de 20 julios con perdigones*. Entró en primer lugar en Amazon. Había gran variedad de opciones, pero casi todas eran de potencia baja. No le servían. Siguió indagando y localizó en una armería *online* una PCP KRAL Puncher NP-01 de cuatro con cinco milímetros con veinte julios de potencia. Le pareció excelente, aunque excesivamente grande y pesada. Medía sesenta y tres centímetros con culata y pesaba un par de kilos. Cuando vio el precio, casi cuatrocientos euros, desestimó la compra. Lo que le faltaba, era demasiado cara y difícil de ocultar. Tras darle muchas vueltas y comparar múltiples opciones, se conformó con una Baikal Makarov MP-654K de tres con cinco julios, una pistola corta ultrapotente de alta gama con capacidad para catorce balas. Inspirada en la mítica Walther PP soviética que utilizaba el ejército ruso, solo medía diecisiete centímetros y pesaba setecientos cuarenta gramos. Parecía mucho más fácil de ocultar y manejar. Tampoco era barata, pero valía la mitad y considerando cuánto debía a todo el mundo y las muchas restricciones que ya estaba asumiendo, quería permitirse ese capricho. Desconocía si, llegado el caso, sería capaz o no de utilizarla.

Sabía que, de hacerlo, tendría que dispararle a la cabeza o al cuello a cañón tocante, para causarle el daño suficiente. Sin duda, se convenció, llevarla en su bolso la haría sentirse mejor. Era un símbolo de su recuperación.

Tramitó la transacción desde el carrito de compra, rellenó el formulario, escogió la opción de pago a plazos y ordenó el pedido. Según la información comercial del *e-commerce*, en cuarenta y ocho horas la recibiría en casa.

Miró el piano con nostalgia. Llevaba varias noches sin tocar, le faltaba el ánimo. Quizás cuando llegara la pistola, volvería a hacerlo.

Iba a apagar el equipo cuando vio el privado con el que Rosalía Quevedo le había respondido. Clicó para leerlo cuanto antes.

# 33

A Rosalía se le habían roto los esquemas, su estrategia dilatoria no había tenido el efecto esperado. Tras la solicitud de ochocientos o mil euros que Davenport le había formulado por teléfono, el tiempo transcurrido sin respuesta le resultaba inexplicable. Por lo que sabía del perfil habitual de estos delincuentes, tras haber invertido tanto tiempo en investigar, seleccionar y echar su red a una víctima no solían retirarse sin más al primer contratiempo. Perseveraban. Insistían. Es lo que esperaba. Por ello, dudaba sobre la conveniencia de mandarle algún nuevo mensaje, y en un primer momento descartó la posibilidad para no proyectar una imagen de desesperación incongruente o sospechosa. Sin embargo, conforme transcurrieron otro par de días sin haber sabido de él, decidió pasar a la acción y contactar. Incluso se preparó una coartada por si le volvía a reclamar el préstamo; igual que a él, le diría, también le habían bloqueado la cuenta. Lo importante era retomar el contacto ahora que sabía quién era y estaba en condiciones de desenmascararlo.

■ Te echo de menos.

■ ¿Estás bien? ¿No te habrá pasado nada?

No obtuvo respuesta. En realidad, ya no recibió ningún mensaje suyo. Cuando revisó de arriba a abajo su muro de Facebook, comprobó que no había ningún *post*, comentario o interacción nuevos. Su actividad se había detenido poco después de su última conversación telefónica. Se dedicó a esperar, aunque le molestaba haber perdido la iniciativa y tener que conformarse con mantenerse en la retaguardia. ¿Era posible que la hubiese descubierto?

No obstante, los canales sociales tienen estas cosas, cuando más decepcionada se sentía, un mensaje privado inesperado la llenó de interés, curiosidad y expectativas. Al leerlo, barajó dos interpretaciones. La primera, que fuera lo que aseguraba en el contenido: una conocida de Davenport con información inédita sobre él; la segunda, que el propio Barry se hubiera creado ese perfil femenino para fiscalizarla y controlarla. Ambas alternativas la sedujeron, eran oportunidades para recuperar la iniciativa.

*Ergo*, contestó al instante.

«Gracias, Almudena. Me gustaría ponerte cara antes de hablar contigo. ¿Agendamos una videollamada?». Y con muy poco más, se despidieron.

Cuando el cabello ensortijado y el rostro compungido de Almudena Prim llenaron la pantalla de su ordenador, Rosalía Quevedo se tranquilizó. Había pasado el día nerviosa, con ganas de que llegara el momento de conocerla y, a la vez, alterada por ignorar quién o cómo era. En su momento de máxima inquietud, había analizado científicamente sus mensajes de texto en busca de alguna semejanza con el estilo de Davenport o Toloco. No la encontró, aunque las muestras eran breves y, por ello, los resultados menos fiables. En el contacto inicial, descubrir como interlocutora a una mujer alicaída, desmejorada y frágil respondió a sus expectativas. Como su amiga Mariam Cosculluela, aquella chica había caído en las redes del estafador del amor que regalaba diamantes falsos.

La conversación fluyó.

Aunque eran dos desconocidas, tenían mucho que contarse. La historiadora fue prolija al relatar su suplicio con el indeseable. Rosalía sintetizó el relato de su amiga.

—Así que a las identidades de Barry Davenport y Germán Toloco que nosotras conocíamos, tenemos que añadir la que urdió para ti: Júnior… ¿Hernández, has dicho?

—Conocido también como K-IN en el negocio musical. ¿Sabes que me compuso una canción y me aseguró que Q-Pido iba a convertirla en un *hit* mundial? Y yo, pobre idiota, me lo tragué hasta el fondo. ¡Hasta me gustó! Hace falta ser pardilla…

—No te tortures. Eres una víctima, el único culpable es él. A mi amiga la convenció para comprar un piso a medias en Barcelona. ¡Vive en Zaragoza! Nunca le dio escrituras, papeles ni documentación notarial alguna. Pero ella le transfirió su parte dos veces. ¡Estaban preparando su boda! ¿Cómo iba a desconfiar de quien creía su amor?

—Se *revale* de ello. ¿Estaba a la vez con las dos...? —rabió entre los celos, la furia y la desesperación—. Todavía hay más. En la Asociación de Víctimas de Estafas Amorosas conocí a otra chica. Se llama Victoria, la dejó embarazada y la animó a tener a la niña. Siguió adelante… y la abandonó cuando le faltaban dos semanas para dar a luz.

Rosalía pronunció una descalificación malsonante, especialmente ofensiva para su madre, quien quiera que fuera.

—Ella lo conoció como Germán Hernández Júnior. Vivieron juntos durante un año y medio. Jamás sospechó que se la estaba jugando, ni siquiera cada vez que desaparecía por motivos de trabajo que nunca le aclaraba. Es una tía estupenda, lista, competente. No como yo, que estoy decidida a arruinarle la vida a ese cabrón.

—Fue automático, Almudena pensó en la pistola que esperaba recibir durante el día.

—También engañó a mi asistenta, una viuda ecuatoriana con dos hijos. La llevó a la ruina, hasta quebró su negocio.

—Es como Atila.

—No crece la hierba por donde pasa —completó la analogía la lingüista.

—Hace unos días me presentaron a otra de sus víctimas. Adela. Está fatal, lo perdió todo, hasta a sus hijos. No se ha recuperado, da mucha pena. No le voy a permitir que me suceda lo mismo. Por eso estoy tratando de contactar con otras afectadas. Me alegro de haberte encontrado y, créeme, de que aún no hayas caído en su estrategia.

—La unión nos hace fuertes.

—Te presentaré a Amalia Quiroga, la secretaria de AVEA. Si nos unimos, acabaremos con él. Aunque sea lo último que haga en mi vida.

En aquel contexto, Rosalía lo entendió como una frase hecha. Sin embargo, la madrileña hablaba completamente en serio. Cada vez faltaba menos para que su madre fuera expulsada de la residencia por falta de pago. Si eso sucedía, y parecía inevitable, podría llegar a matar.

Una de las ventajas de no afeitar su barba blanca era la posibilidad de acariciarla mientras reflexionaba. Le daba un aire intelectual interesante y, sobre todo, lo relajaba, lo que de alguna manera le permitía analizar con más tino la realidad y mejorar sus pesquisas. Benito Bidasoa estaba disgustado consigo mismo. Aunque tenía otros casos en proceso, incluso algún otro informe abierto en su mesa de trabajo, andaba obsesionado con la desaparición del vendedor de diamantes. Algo había hecho clic en su cabeza, pero no era capaz de saber qué. Lo tenía ahí, tan cerca, presente pero no en modo consciente. Sabía que en cualquier momento algo ocurriría y acabaría por desvelar aquel factor oculto. Lo que le molestaba era que, mientras tanto, no fuera capaz de concentrarse de pleno en los demás expedientes.

Meléndez apareció en el despacho con el ánimo jovial que lo caracterizaba.

—Inspector, he recogido esta mañana un sobre para usted. Lo mandan de otra comisaría. ¿Sabe de qué va?

—Hasta que no lo abra, no. No se me suele dar bien la telequinesis antes de la siesta —reaccionó, jocoso, tras la ocurrencia del otro.

El agente se desplazó hasta su escritorio, abrió el cajón y sacó un sobre de tamaño A5 con cierre autoadhesivo y membrete oficial del Cuerpo Nacional.

—Lo trajo en mano un policía uniformado. No lo conozco, no era de aquí. Me comentó que usted estaba al tanto.

Tres palabras caligrafiadas con mayúsculas identificaban al destinatario y el objeto de la comunicación:

INSPECTOR BIDASOA

FOTO

—Otra vez está ahí — interrumpió Meléndez sus cábalas.

—¿El qué?

—El brillo de la lucidez. Lo empiezo a conocer, inspector, y se le acaba de ocurrir algo importante.

Por una vez, le sorprendió gratamente aquel agente. Quizás había en él algo más que superficialidad, don de gentes y ganas de agradar. Animado por ello, decidió compartir una pequeña parte de sus reflexiones:

—Meléndez. Cuando alguien desaparece y sus cercanos quieren encontrarlo, ¿qué es lo primero que hacen?

—¿Denunciar?

—Sí, claro. Digo después, por su cuenta. Mientras están esperando resultados de la actuación policial.

—Llenan la ciudad y los medios de fotografías. Para que la gente reconozca al desaparecido si lo ven.

—En efecto. Sin embargo, en esta ocasión no lo han hecho.

Sin añadir nada más, abrió el sobre recibido y extrajo la fotografía de Bartolomé Valmaseda, el desaparecido.

—¡Por los clavos de Cristo! —bramó Benito Bidasoa con más energía que cuando celebraba los goles de su equipo—. Es él.

Hay nueces que son inconfundibles.

# DESENMASCARAMIENTO

## FASE TRES

# 34

No era nada fácil ser Bartolomé Valmaseda. Su vida era un carrusel de ilusiones, emociones, desplazamientos, novedades y cambios de escenario. La existencia de un comerciante de ilusiones como él era una sucesión de imprevistos, desafíos y exigencias. Aunque trataba de planificar cada paso que daba con precisión de relojero suizo, la improvisación se había convertido en su mayor cualidad. Resultaba imposible anticipar cuál iba a ser el devenir de los acontecimientos en su quehacer cotidiano, por lo que no le quedaba otro remedio que dejar fluir la realidad y reaccionar por instinto. Llevaba tantos años ejerciendo ese oficio inverosímil que un sexto sentido lo guiaba. Acababa de llegar a Zaragoza. Salió del aeropuerto con la intención de coger un taxi para desplazarse al centro. Acababa de telefonear a Mona, le había dicho que estaba rumbo a España. Efectivamente, tenía la intención de acompañarla a ese aburrido concierto del violinista libanés, aunque malditas las ganas que tenía. Era consciente, sin embargo, de que esas pequeñas concesiones de cara a la galería eran imprescindibles para mantener su estilo de vida. Convivía —si es que podía llamarse así a instalarse en su casa un par de veces cada varias semanas— con la viuda de Evaristo Diosdado y le convenía tenerla contenta cuando se veían.

Ahora bien, una cosa era congraciarse con ella y otra muy distinta ser sincero. Mentir resultaba imprescindible para mantener en el tiempo aquella relación. Así, no le había dicho que llegaba un día antes del concierto porque tenía asuntos propios que resolver y cero intenciones de verla hasta unas horas antes del evento.

Vestía en modo *sport*. Como iba de incógnito y no quería ser reconocido, había abandonado su habitual estilo británico, sofisticado e impecable. De hecho, parecía un veinteañero con aquel *outfit* informal y divertido. Llevaba puesta una gorra *duckbill* de cuero marrón cobrizo, tan encasquetada que conectaba visualmente con las grandes gafas negras de espejo que preservaban su anonimato. La cazadora deportiva de piel bien combinada, la camiseta básica y los pantalones tejanos con botines pajizos completaban su estética. Le gustaba más vestir así que con los chalecos, las corbatas, los pantalones plisados y los mocasines o los zapatos de salón que llevaba en su equipaje. Pero era necesario. Arrastraba la maleta con desdén; era grande, pesada, con anclajes. Había sido confeccionada en polipropileno de buena calidad y era tan resistente como su personalidad a los problemas.

Le sorprendió su presencia.

El coche estaba aparcado justo detrás de los taxis, en una zona prohibida para el estacionamiento de los particulares. Sus luces de emergencia parpadeaban incansables. Bartolomé reconoció el vehículo antes de que alguien bajara y lo saludara con una expresión indescifrable.

«Un taxi que me ahorro», concluyó mientras caminaba hacia allí.

—Tenemos que hablar —le dijo antes de plantarle un morreo inesperado.

Valmaseda miró a su alrededor, avergonzado, temiendo que alguien pudiera haberlos visto.

—¿Vamos al piso? —Hizo una pausa breve antes de volver al comentario inicial de su acompañante—. Por supuesto que hablaremos, por eso he venido antes. Me ha extrañado verte, ¿cómo has sabido que llegaba?

—Zaragoza es un pañuelo, y tengo amigas en el aeropuerto. No ha sido difícil.

Al ver aquel contacto en el móvil, sus ojos saltones se abrieron tanto que recordaron dos huevos duros flotando en agua hirviendo. Tragó saliva e hizo un gesto para que lo dejaran solo, porque preveía que aquella conversación podría adquirir tintes privados. En realidad, se equivocó:

—¡Cuánto tiempo, hombre! ¿Qué es de tu vida?

—Hola, Sebastián. Vamos tirando. Y tú, ¿qué tal lo llevas?

Aunque se conocían desde hacía más de veinte años, y habían sido buenos compañeros, jamás habían intimado más allá de la relación profesional. Se respetaban, se valoraban, se habían potenciado mutuamente cuando trabajaron juntos y habían formado un tándem invencible en ciertos casos. Pero la rivalidad, la competencia, anidaron en ellos desde que los presentaron.

Así que apenas alargaron el preámbulo. El inspector Bidasoa fue directamente al grano, sin darle al otro la oportunidad de responder a su pregunta retórica:

—Tengo información muy valiosa sobre el crimen del Camino de La Alfranca, en Zaragoza. Sé quién es la víctima.

Mingote reaccionó con interés. Como lo conocía bien, se atrevió a lanzarle la pregunta:

—¿Tienes pruebas o es una de tus intuiciones?

—De las evidencias os encargaréis vosotros. Pero estoy seguro. Te mando una foto por WhatsApp de cuando estaba vivo, para que os pongáis a trabajar cuanto antes.

—¿Cómo sabes que es él? —Le preguntó tras verla.

—Nunca olvido la cara de un cadáver, recuerda que fui yo quien os llamó. Iba maquillado como una mujer, y con peluca, pero es ese hombre. Lo he reconocido.

—¿Cómo obtuviste la foto?

—Trabajando en otro caso. Una desaparición. La familia estaba desesperada y contactó conmigo. En el expediente encontré esa imagen y supe dónde lo había visto antes. Es él.

—¿Lo tienes claro a pesar del maquillaje?

—Su nuez fue lo primero que me hizo pensar que no era una mujer. Si te fijas, es idéntica. Y siempre recuerdo las pruebas importantes del escenario de un crimen. En definitiva, que se llama Bartolomé Valmaseda y es un noble que comercia con diamantes, creo.

Nada más colgar, el inspector Mingote mandó llamar a su subinspectora favorita.

—¡Abadía! —le soltó en cuanto llegó, sin vaselina—. Creo saber quién es el muerto de Zaragoza. El no identificado. Se llama… —leyó la anotación de su bloc de notas—. Bartolomé Valmaseda. Dale prioridad. Busca enseguida quién es y reúne toda la información que puedas sobre él. Si lo que me han dicho es cierto, podríamos desatascar el caso de inmediato.

Los muertos hablan con los criminalistas. En especial, cuando estos descubren quiénes son.

Rosalía Quevedo intentó ser lo más delicada posible al compartir la nueva información que había obtenido sobre K-IN y el resto de sus identidades. Había dudado sobre contárselo a Mariam Cosculluela o no, pero acabó pensando que el apoyo de AVEA y de otras afectadas podría resultarle sanador. Su amiga había pasado la fase de la negación y se encontraba inmersa en el proceso de culpabilización; se minusvaloraba y era incapaz de perdonarse. «¿Cómo he podido ser tan estúpida?», se repetía.

La lingüista forense le habló de Almudena Prim y del supuesto productor musical ciberinversor que la había seducido. Después le detalló el caso de Victoria Sánchez, con quien el timador tuvo una hija a la que abandonó poco antes de nacer, a pesar de que fue él quien más insistió en tenerla. También se refirió a la historia de Adela Bergua, que seguía con problemas emocionales y mentales después de lo sufrido. Por último, la animó a contactar con Amalia Quiroga, la principal responsable de aquella asociación.

—Están dispuestas a acabar con él —le aseguró al finalizar su soliloquio.

—Me gustaría matarlo. Te lo juro. —Mariam estaba escandalizada y dolida a la vez por las andanzas protagonizadas por aquel al que su subconsciente seguía considerando su prometido.

—Hay que evitar que siga haciendo daño.

—Si me cruzase con Germán —insistió la empresaria— le arrancaría los ojos. Le cortaría la lengua. Lo castraría. Lo dejaría sufrir durante horas antes de pegarle un tiro.

—Se lo merece. Pero no hablas en serio, no lo harías.

—Qué poco me conoces. Soy pasional: doy todo cuando amo y quiero arrebatarlo todo cuando odio. —Intercaló un suspiro—. Aunque, tienes razón. Diseñaría el plan y le pediría a alguien que lo hiciera. ¿Tú me ayudarías?

# 35

—Tenemos otro problema con la víctima de Zaragoza.

Abadía se había colado en el despacho del inspector en cuanto supo que había llegado. Había buscado en la base de datos y, tras la sorpresa inicial, los resultados de sus siguientes gestiones y llamadas habían resultado igual de desconcertantes.

Sebastián Mingote levantó los ojos del informe judicial y le clavó una mirada de díptero, inquietante, mientras se acariciaba ambas manos en señal de impaciencia. Una vez más, su presencia recordaba a una mosca posada en un plato de sopa.

—¡No me jodas que Bidasoa ha patinado! —se adelantó el inspector.

—En realidad, no es eso. Las fotos del Anatómico Forense del cadáver desmaquillado y la que él nos aportó coinciden. De hecho, un fisonomista ha confirmado casi sin margen de error que son la misma persona.

—Entonces, ¿cuál es el escollo?

—Bartolomé Valmaseda no existe. Carece de DNI, no sale en la PERPOL ni en otros registros policiales. He contactado con compañeros de Documentación de la provincia de Zaragoza y tampoco han dado con él. Aunque hay algunos hombres que coinciden con ese nombre, no son nuestra víctima.

—¿Es extranjero?

—Podría ser, pero usted me dijo que poseía un título nobiliario. Casi me atrevo a pensar que podría ser un alias. Por su profesión de riesgo, podría haber creado una identidad falsa para protegerse.

—La madre que lo parió. Sin huellas dactilares ni tatuajes, indocumentado y fuera del sistema. —Reflexionó unos segundos—. Hay que hablar con la familia.

—He quedado con ellos mañana, en Zaragoza. Estoy segura de que conseguiremos más información si me presento en su casa. Por videoconferencia no es lo mismo.

—Vete, Abadía, organízalo todo. Por cierto: ¿seguimos sin noticias de la identificación dental?

—Nos llegó el informe. Pero al no tener con qué compararlo, se ha quedado en *stand by*. Quizás, ahora, la odontología forense nos permita dar con algún dato útil. Quizás tenga hijos…

—No creo. La denunciante de la desaparición fue su actual pareja, una viuda rica. Tendrás que comprobarlo. —Bufó de un modo inesperado—. ¿Sabes qué, Abadía? Me está cargando ese tipo. Solo nos causa problemas. Es un dolor de muelas.

—Pobre hombre, lo han matado. Se merece un respeto.

—Que sí, Abadía, no me seas tiquismiquis. Es una forma de hablar. —Mientras Sheila se alejaba en dirección a la salida, oyó a su espalda cómo seguía rezongando entre dientes.

La Tata acompañó a la recién llegada hasta el salón, donde la familia al completo la esperaba. Mona Diosdado había estado en la peluquería por la mañana —cualquier excusa era válida para ir al estilista— y tenía buen aspecto. Estaba guapa. Había combinado el tinte platino habitual con unos reflejos blancos, bien estudiados, que le conferían un luminoso efecto de elegancia innovadora. Llevaba un vestido blanco roto de encaje que le favorecía, evidentemente caro, y unos pendientes grandes, ostentosos, que colgaban como atrapasueños brillantes desde sus estirados lóbulos. Se había maquillado tanto que acomplejó a Sheila: ella no se arreglaría así ni para asistir a una boda. Se la veía una mujer acostumbrada a la cosmética, nada era casual en su apariencia. Sonrió al verla, como si tuviera algo que agradecerle por haber aparecido. En realidad, se puso muy contenta cuando recibió la llamada de aquella policía y su propuesta de agendar con urgencia ese encuentro familiar. Solo podía significar una cosa: había novedades sobre la desaparición de su amado.

Hugo estaba a su lado. No llegaba a ser el prototipo masculino de la subinspectora Abadía, a ella le gustaban más normales, ni tan emperifollados ni tan pijos. Sin embargo, advirtió un aire canalla en sus angulosas facciones, su seductora mirada y el halo de superioridad con el que se expresaba. Físicamente le gustaba. Tenía un revolcón, estaba claro. Aunque probablemente nunca se hubiera atrevido a tomar la iniciativa si hubieran coincidido en una discoteca, sin duda se habría comportado como una presa fácil si él le hubiese entrado. Le habría comido la boca a poco que hubiese sido ocurrente. Estar libre, sin compromiso, pareja estable ni tiempo para la seducción la convertía en una mujer decidida cuando le apetecía sexo y tenía la oportunidad de conseguirlo. Como era una profesional, desechó aquellos pensamientos irrelevantes y se centró en él, aunque la sonrisa que le dedicó la hubiese derretido en otras circunstancias.

Circe era una muchacha más discreta; en comparación con las personalidades carismáticas de los otros dos parecía quedar en un segundo plano. Sin embargo, según se había informado al preparar el encuentro, estaba llamada a dirigir el negocio familiar.

—¿Le apetece tomar algo? —le preguntó la Tata mientras se sentaba al lado de la viuda. Quería comenzar con ella.

—Un poco de agua fría es suficiente. Muchas gracias —respondió para prolongar el clima positivo, más que porque le apeteciera realmente.

—¿Han sabido algo sobre Bartolomé, no es cierto? —se aventuró Mona, incapaz de mantener la compostura por más tiempo.

Abadía se tensó, era importante no condicionarlos antes de comenzar a hablar con ellos. Y, desde luego, no era el momento de informarles de su probable muerte. Su ignorancia y sus dudas eran más útiles para su propósito.

—Estamos impulsando nuevas líneas de investigación —se puso formal al responder—. Necesito recopilar alguna información adicional sobre su... —dudó al elegir la palabra. Al pronunciarla, por la expresión de la anfitriona, supo que había acertado— amigo. Me gustaría empezar hablando a solas con usted, Ramona.

—Llámeme Mona. Todo el mundo lo hace. ¿No pueden estar mis hijos? Entre los tres recordaremos más cosas. Ha pasado el tiempo, hay datos que se me han borrado.

—Mejor por separado. Yo me encargaré después de unir todos los recuerdos y combinar las informaciones, no se preocupe.

Los hermanos se fueron a la sala del billar, mientras la Tata llegaba con el agua, un vaso de moscatel para la señora y refrescos para ellos.

—¿Cómo se llama su… amigo?

—Bartolomé Valmaseda, ya lo sabe.

—Cuál es su segundo apellido, quiero decir.

—Fernández. Hernández. González, o algo así, no lo recuerdo. Lo suelo llamar Bartolomé, o Barto, cuando estamos *intimando*.

—¿Qué puede decirme de su familia, y de sus orígenes? ¿Dónde nació? ¿Tiene parientes?

Conjunto vacío. La subinspectora Abadía no habría obtenido menos información útil haciendo una búsqueda en Google. Mona, claramente, era una mujer superficial. Sin embargo, aunque no cuadraba tal nivel de desconocimiento sobre aquel al que consideraba su pareja, no parecía mentir. Tenía la sensación de que ignoraba realmente aquella información.

—¿Cuándo lo vio por última vez?

—Hace meses. Su negocio le obliga a pasar largas temporadas en el extranjero. En África, sobre todo. Le gusta su oficio, le viene de familia.

—¿Eso sí lo sabe?

—En algún momento me comentó que había aprendido a trabajar con su padre. No recuerdo cuándo fue, pero lo dijo. Seguro.

—¿Y cuándo habló con él por última vez?

—Habíamos quedado para ir juntos al Auditorio. Teníamos entradas para un concierto de Malikian. Me llamó la víspera y me confirmó que venía, tenía muchas ganas de verme. Me contó que estaba de camino y llegaría a tiempo. También me aseguró que iba a quedarse con nosotros una semana completa.

—¿Sabe si estaba ya en España?

—No me lo dijo. Pero sí, estoy segura de que ya había llegado.

—¿En qué se basa?

—Esas cosas se saben. Soy una mujer sensible, sensitiva casi. Lo conozco. Sé que estaba en el país; es más, sentí que se encontraba más cerca de lo que me decía.

Hugo coqueteó con ella. No se cortó ni dio rodeos, aunque la subinspectora identificó su interés como más simbólico que personal. Interpretó que no le gustaba en exceso, pero le atraía saber que era policía y, por ende, un trofeo apetitoso para su colección de conquistas. La erótica del poder, vamos. Fantaseó con un *affaire* a dos tan solo unos instantes, enseguida cambió el chip y se centró en el trabajo:

—¿Qué cree que le ha ocurrido a Valmaseda?

—Trátame de tú. Somos jóvenes y guapos. ¿Cuál es tu nombre de pila? Y no me digas Duracell…

—Me llamo Sheila. Llámeme Subinspectora, si quiere. Y no se enfade, prefiero hacer yo las preguntas y mantener el tratamiento. Dígame, ¿cuál es su hipótesis respecto a la desaparición?

—Se supone que la sabuesa eres tú. —Se había picado al escucharla—. Pero, bueno, pienso que nunca llegó a España. Antes de tomar el vuelo allí, donde estuviera, le pasó algo malo. Su profesión era peligrosa, había muchos intereses en juego y se codeaba con tipos y organizaciones indeseables. Me temo que alguien intentó robarle, extorsionarlo o presionarlo. Él plantó cara… y lo pagó caro.

—¿Qué relación tenían hasta entonces? ¿Cómo se llevan? —continuó el interrogatorio sin dejar de tomar notas en su Moleskine de diseño naïf, con tapa acolchada y cierre elástico.

—Nos llevábamos bien. Yo no soy mi hermana, que no lo tragaba. Entre ellos siempre había roces. Circe nunca lo aceptó, porque sigue extrañando a mi padre; no es madura en eso, piensa que, si mamá se queda sola, papá regresará algún día. Pobre chavala, es así de simple. Con todo lo buena que dicen que es para los negocios y lo mucho que tiene que aprender aún sobre la vida.

Le había hecho un traje en un momento. Sin venir a cuento.

—¿Usted no se lleva bien con ella?

—Bueno, sí, es mi hermana pequeña. Ya sabes cómo es esto. La quiero, pero me gusta chincharla. ¿Tienes hermanos?

—¿Cuándo habló o vio a Valmaseda por última vez? —ignoró su pregunta.

—Buah, ni me acuerdo. La última vez que vino a Zaragoza yo estaba de viaje. No nos vimos, creo. Aunque, sinceramente, nunca recuerdo esos detalles; a fin de cuentas, era una especie de padrastro. ¡No retengo las fechas ni con mis amantes! —La risa que brotó de su garganta sonó grotesca y excesiva.

—¿Lo echa de menos?

—Sí… —se atribuló —. Entiéndame —titubeó—, por mi madre. Está mal sin él, lamento que no esté. Mi único interés es verla contenta.

Siguieron hablando, pero no le aportó ningún dato adicional significativo. Cuando le preguntó si Valmaseda era extranjero, le contestó con un inespecífico:

—Quién sabe. Se consideraba un ciudadano del mundo, podría haberse nacionalizado en cualquier sitio. Si lo necesitó por algo, supongo que lo hizo.

—¿Se llevan bien?

—Sí, ya te lo he dicho. Pero no, no me llevaba de la mano al parque ni a la piscina de bolas. Solo hacíamos las cosas normales: comer en familia, resolver algún recado, salir con mi madre y poco más. Lo normal en nuestros roles.

Hugo se relajó cuando le dijo que habían terminado. En realidad, pareció disfrutar con aquel último intercambio de palabras:

—Puedo enseñarte Zaragoza esta noche. Lo pasaremos muy bien juntos. Te lo aseguro.

Sonó como una promesa memorable de placeres carnales. «En otras circunstancias», pensó la subinspectora sin perder la seriedad.

—Seguro que sí, señor Diosdado. Pero estoy inmersa en una investigación oficial y no puedo beber alcohol ni tirarme a los testigos —lo excitó aún más con su descaro—. Sería poco profesional, ¿no le parece? Ande, vaya a avisar a su hermana y dígale que venga. Por favor. Le deseo que encuentre otra diversión para esta noche.

Circe era la menos locuaz de los tres. Le costaba más abrirse, aunque por eso mismo el flujo de información que le proporcionó fue más depurado. Iba al grano, lo que decía siempre parecía estar justificado. Por eso, le sorprendió en especial su respuesta a esta pregunta:

—¿Cómo se lleva con su padrastro?

—Él no lo ha sido ni lo será nunca. Es la pareja de mi madre, nada más. Si le soy sincera, nunca me ha gustado del todo. No me inspira confianza, lo noto esquivo y poco transparente. Siempre he pensado que no ama a mi madre, que está con ella por interés. Mamá lo paga todo. Él presume de tener mucho dinero, pero en realidad es ella quien lo gasta. Así que, bueno, aparento estar bien por respeto a mamá. Pero no conectamos. Nos soportamos sin más. No como mi hermano, ellos sí congenian.

—¿Tienen buena relación los dos?

—Estupenda. A veces parecen uña y carne. Han compartido planes. Hugo ha aprovechado estancias de Bartolomé en otros países para conocerlos. Han viajado juntos en algunas ocasiones y, conociendo a mi hermano, no han ido a ver museos ni a hacerse fotos en los monumentos. Eso no le pega.

—¿A qué se refiere?

—Hugo es el ojito derecho de mi madre, que se lo perdona todo. Sin embargo, la verdad es inmutable: es un irresponsable y un vicioso. No puedo decirlo de Bartolomé, porque no lo conozco lo suficiente. Pero mi hermano es más básico que un percebe. Se mueve por instintos. No pongo la mano en el fuego, aunque no me extrañaría que compartan algún vicio.

—¿Se refiere a la droga?

Circe recapacitó, recogió sedal y ya no soltó prenda.

Con todo, aquellas dos horas de trabajo le habían aportado información bastante diferente a la que había ido a buscar. De hecho, había traslucido una realidad familiar más borrascosa de lo que imaginaba. Circe había echado gasolina al fuego, aunque no era capaz de establecer con qué fin ni hasta qué punto era real o simples fabulaciones de jovencita frustrada y un tanto consentida. Respecto a Hugo, sospechaba que mentía. Mona, por su parte, vivía en un mundo paralelo, mucho más ajeno a la realidad de lo que parecía.

Abadía se concentró en el vaso de agua vacío hasta que comprendió cuál debía ser su siguiente movimiento.

Tenía que llamarla.

# 36

Ni la familia ni la propia Lourdes habían contemplado esa posibilidad. En respuesta a su solicitud, se sentó frente a la subinspectora con expresión contrita, nerviosa, mientras los Diosdado eran conminados a abandonar la estancia donde la curiosidad los había reunido. Cuando Circe les dijo que la subinspectora había pedido mantener una última conversación, los tres se fueron hacia allí a ver qué sucedía.

—¿Qué va a saber la Tata? —protestó Mona, no por falta de cariño hacia su asistenta, sino porque su gran virtud era permanecer en un segundo plano, no asumir el protagonismo.

Su hija estaba más preocupada. Era incapaz de comprender qué podía aportar sobre el amante de su madre que no hubieran dicho ellos. Mientras su hermano se fijaba en el rostro atribulado de aquella mujer a la que tanto querían, Circe cavilaba tratando de interpretar sus motivos.

Sheila los invitó a marcharse. En cuanto desaparecieron, inició su estrategia para que se abriera:

—Hábleme sobre Valmaseda, por favor. ¿Cómo es ese hombre?

—Educado. Amable. Me trata bien, siempre está pendiente de todo. Cocina de maravilla. Cuando anda por aquí, la señora está mucho más contenta.

—Pero viene poco…

—Cuando se lo permite su trabajo.

—Una o dos veces al mes, según me han dicho.

—A veces, más. Viene siempre que puede.

—¿La trata bien?

—¿A mí?

—A Mona. ¿La quiere?

—En asuntos de pareja nadie sabemos nada. Solo puedo decirle que nunca han discutido. Jamás he oído una mala contestación ni he visto ningún conato de enfado entre ambos. Su relación parece una balsa de aceite.

—¿Solo parece?

—Lo es. No sé, es una forma de hablar.

—Y con los hermanos, ¿qué relación tiene?

—Estupenda con ambos. Se aceptan, se respetan, se quieren. El roce hace el cariño.

—Me ha parecido entender que mantiene una relación especial con Hugo. —Como la otra se encogió de hombros sin hablar, fue más explícita—. ¿Suelen viajar juntos?

—No que yo sepa.

—Circe me lo ha dicho. ¿Me ha mentido?

—Quizás han podido hacer alguna escapada juntos, no siempre me cuentan cuáles son sus planes.

—No está siendo sincera. ¿A quién está protegiendo?

—Solo soy una empleada. No sé qué más decirle.

Abadía se había fijado en la complicidad que la Tata mantenía con los hermanos Diosdado, incluso le había parecido notar una cierta dependencia por parte de la señora. No era solo una empleada dócil y servicial. Había algo más. Era un pilar fundamental de aquella familia. Se dejó llevar por la corazonada:

—Bartolomé es un hombre atractivo, ¿verdad? Sofisticado. Elegante. Culto. Agradable de ver.

—Nunca he mirado al señor de esa manera —reaccionó, ruborizada.

—Tiene que ser un gran seductor, si ha sido capaz de robarle el corazón a alguien como Mona. ¿Se lo robó a usted también?

—Dios santo, ¿qué está insinuando?

—¿Está enamorada de él?

La Tata negó, débilmente, con la cabeza.

—No sea ridícula —respondió al fin, muerta de vergüenza.

—¿Coquetea con usted? ¿La corteja cuando viene? Dígame la verdad, podría ser esencial para encontrarlo —intentó derribar sus defensas—. A usted le gusta, no me cabe duda. No hay nada malo en ello. No somos de piedra. A mí, puestas a sincerarnos, me ha llamado la atención Hugo.

—Es muy guapo.

—Así es. Y, como usted, soy una profesional y cumplo con mi obligación. Pero la sensación sigue ahí, va por dentro. ¿Siente algo por él?

—Lo echo de menos. Le da alegría a esta casa, a la señora… y a mí.

—¿Mantienen un romance? ¿Se han liado?

—¿Por quién me toma? Jamás lo haría. Y para él, como mujer, soy invisible.

—Por fin me está hablando desde el corazón. Se lo agradezco. Dígame: ¿cómo se llevan Valmaseda y Hugo? Cuente la verdad, sea sincera.

—Congenian mucho. Más que con su padre. Evaristo era un hombre serio, solemne, cerrado. Hugo es puro fuego, le gusta disfrutar de cada instante. Eso también le pasa a Bartolomé, aunque la señora nunca ha querido saberlo. Ya me entiende.

—Está diciendo… ¿que la engaña?

—Tengo sospechas. Nunca lo he visto con otra, no es eso. Pero, a veces, cuando anda con el móvil o la *tablet*, esas cosas se notan. Le he sorprendido en conversaciones privadas que me han producido desconfianza.

—¿Podría haberse marchado con alguien?

—No sé qué decirle. Solo que no me parecería propio de él. Se habría despedido de la señora. Y de los chicos. —La postura corporal de Lourdes se encogió, entrelazó las manos con firmeza y miró hacia la derecha, como si buscara en su interior, o en algún lugar oculto de la sala, un refugio emocional—. Debo volver al trabajo. ¿Puedo hacerlo?

—Un par de preguntas más, si me permite. ¿Qué cree que le ha pasado?

—No sé. Ojalá no sea nada malo.

—Ya termino: ¿qué tal se llevan los hermanos? Parece que su relación no es buena.

—Se aman. Tienen algún rocecillo porque son muy diferentes, agua y aceite. Pero serían capaces de dar la vida el uno por el otro, no tenga duda.

La subinspectora se preguntó si también llegarían a matar si fuera necesario.

—Muchas gracias, no le robo más tiempo. —Abadía tenía información suficiente para reenfocar la investigación por el asesinato del hombre travestido. Es más, tenía una hipótesis inicial de quién lo había matado. El siguiente paso era reunir las evidencias necesarias para poder probarlo… y detenerlo.

La mente de Abadía divagaba entre estas reflexiones y sus vagos recuerdos de estadísticas criminológicas. Si no estaba equivocada, de los alrededor de trescientos homicidios anuales que se producían en España, entre el diez y el veinte por ciento eran cometidos por algún familiar.

Los tres Diosdado la sorprendieron, ausente, en tales cavilaciones. La Tata les había dicho que ya había terminado.

—Todavía estás a tiempo, Sheila —rompió su abstracción el joven y apuesto millonario—. Te invito a cenar en el mejor restaurante de Zaragoza. Y, luego, lo que surja. Puedes quedarte a dormir en mi piso de soltero si no tienes hotel.

La sonrisa bravucona y confiada de Hugo se expandió cuando la policía le rompió los esquemas con su contestación:

—De acuerdo. ¿A qué hora quedamos?

Decidió ocultar sus intenciones a Mingote. Tras ponerlo al tanto sobre las declaraciones de los familiares del desaparecido, dijo que había decidido quedarse en Zaragoza porque no se encontraba bien para conducir.

«Cosas de mujeres», se justificó, con la intención de incomodarlo y evitar que le pidiera más explicaciones. Los tipos de la vieja guardia como él, habituados al ambiente y los comentarios machistas de antaño, se volvían ahora condescendientes y evasivos al abordar esos temas:

—Recupérate y descansa —se despidió, convencido de que no ocurría nada raro, más allá del periodo, y seguro de que por la mañana la vería en la comisaría. Su instinto de sabueso, *in extremis*, le llevó a añadir un último apunte. Por si acaso—. Te mando el contacto del inspector Benito Bidasoa. Fue quien identificó el cadáver. Es un buen hombre y un gran policía. Habla con él cuando te recuperes, antes de volver.

Abadía detestaba engañar a un superior, hacerlo solía ocasionar problemas. Sin embargo, en esa ocasión era preciso. ¿O tal vez se equivocaba?

# 37

Se estaba arrepintiendo. Lamentaba ser tan impetuosa e irreflexiva a veces. Meterse en la boca del lobo podía estar justificado en ciertas ocasiones; pero ¿era aquella una de ellas? ¿Qué podía obtener a cambio de asumir ese peligro? A fin de cuentas, era un posible asesino. Tragó saliva. Tenía toda la tarde por delante para ordenar sus ideas y preparar aquella cita. Ni siquiera estaba bien vestida. Llevaba una camisa blanca y un bléiser elegante en color gris medio con pantalones de tela. Era un *look* apropiado para el trabajo policial, pero no para desenvolverse en un escenario de seducción con el objetivo de engatusar a un millonario acostumbrado a los placeres. Avanzó por la calle Alfonso hacia la plaza del Pilar. La imponente imagen de la Basílica la acompañó en aquel paseo que la llevó hasta la espaciosa y original área rectangular que albergaba el templo más famoso de la Hispanidad. Entre visitarlo y sentarse en una terraza a tomar algo, resolvió empezar por lo segundo. Se pidió una jarra de cerveza y disfrutó la suavidad de la espuma rozándole los labios durante el primer trago.

«¿Así será besarlo?», la traicionó su imaginación más calenturienta. Para alejar esas imágenes de su cabeza, decidió ocupar su mente en algo productivo. Había impreso aquel informe el día en que lo recibió, semanas atrás, y lo llevaba consigo desde entonces. Por fin tenía tiempo para leerlo.

Desde los primeros párrafos, le pareció interesante, revelador y llamativo. Rosalía Quevedo demostraba, aplicando su ciencia lingüística, que Germán Toloco y Barry Davenport eran la misma persona. Resultaba sencillo comprender y aceptar las argumentaciones de la filóloga forense. Las coincidencias parecían evidentes. La exposición de motivos del informe enumeraba sus engaños, en especial los que había dirigido a Mariam Cosculluela, con quien se había prometido tras convencerla para comprar un falso piso. Aquel tipo había desaparecido, supuestamente secuestrado, en cuanto dejó de recibir dinero. No parecía una casualidad que hubiera comenzado a seducir a Rosalía, con otra identidad, poco antes de cortar sus comunicaciones con la empresaria. Las coincidencias así no eran frecuentes, por lo que supuso con acierto que el tal Toloco, entonces reconvertido en Davenport, había encontrado su perfil a partir del de su víctima previa. Era un estudio convincente. Sin embargo, la perita era también parte integrante del caso, lo que restaba objetividad y credibilidad a su trabajo. Por otra parte, Abadía no tenía claro cómo podía facilitar que sirviera para encarcelar a aquel tipo. No era un caso de Homicidios. Se planteó cómo reaccionaría el inspector Mingote si le pasaba aquel documento. ¿Validaría ese trabajo pericial? ¿Se ocuparía de derivarlo al grupo idóneo?

Entonces, ocurrió.

Se topó con una realidad inesperada que lo cambió todo, de repente, al pasar de página.

—¡Valmaseda! ¿Qué está haciendo aquí? —exclamó para sí entre asombrada, conmocionada e incrédula. El nuevo apartado del análisis recogía una decena de fotos de las identidades del estafador. Salvo en un par de ellas, Barry Davenport aparecía de lejos, en planos largos y con el rostro apenas identificable. Podía ser cualquiera. Tenía el cuerpo atlético, musculoso, atractivo. Su estilismo y su escenografía atraían por la belleza paisajística y el vestuario castrense. Germán Toloco, autodefinido como representante de futbolistas, era indudablemente Bartolomé Valmaseda. El mismo hombre cuyo cadáver habían encontrado en el Camino de La Alfranca, maquillado y travestido, a solo unos minutos andando de donde estaba ella entonces. Un par de fotos de Davenport coincidían con las de Toloco. Y, por extensión, también era el tal Toloco.

La deducción era evidente: aquel supuesto comerciante de diamantes con estirpe nobiliaria, asesinado de forma inverosímil, era un estafador de mujeres en activo. Por algo su identidad no aparecía en el sistema: era falsa. Una tapadera más de aquel individuo sin escrúpulos. Un depredador de féminas que, como Circe había anticipado, también podría haber estado aprovechándose económicamente de la viuda de Diosdado.

En consecuencia, todas las mujeres estafadas y sus familiares tenían un móvil para matarlo. No solo eso; en ese contexto, la escenografía del crimen, con aquella presencia femenina tan grotesca, adquiría una interpretación simbólica elocuente.

Buscar a Bartolomé Valmaseda carecía de sentido. La víctima tenía cualquier otro nombre. La cuestión ahora era averiguar cómo se llamaba realmente y, después, investigar a todas las personas a las que había engañado.

Quizás había prejuzgado a Hugo Diosdado. O quizás no, a fin de cuentas, era un familiar directo de una de las engañadas. Su hábito de referirse al desaparecido en pasado era un error habitual en los asesinos poco preparados. Aquel joven lo hacía todo el tiempo. Abadía se dio cuenta desde el primer momento, no solía ser una casualidad.

¿Debía de hablar con Mingote y transmitirle sus hallazgos? Ello implicaría destapar su mentira y perder su confianza; además, quizás tendría que olvidarse de su cita con Diosdado. ¡Era importante seducirlo para soltarle la lengua, y no en el sentido sexual que él pretendía!

Tampoco era prudente acudir al encuentro sin compartir aquella información que podía dar un vuelco decisivo a la investigación. Miró su reloj. De tener toda la tarde libre por delante pasó a ser consciente de que urgía actuar con rapidez. Lo primero que hizo fue mandar a su equipo el número de cuenta que Rosalía Quevedo le había proporcionado: les pidió priorizar la identificación de su titular, aunque no explicó por qué motivo. Después, tomó dos decisiones. Tiró de agenda de contactos en su móvil y llamó a un par de zaragozanos a los que no conocía demasiado y, sin embargo, podían ser decisivos para culminar con éxito su estrategia.

# 38

Semanas antes, el mismo día en que Mona Diosdado compró en el Auditorio sus dos entradas para el concierto de Ara Malikian, Almudena Prim recibió en su casa un paquete perfectamente embalado. Salvo por el remite, donde figuraba el nombre de la armería *online* donde lo había comprado, nada indicaba que contenía una pistola de aire comprimido con la que podía matar a una persona. Excitada, rompió el empaquetado hasta descubrir lo que quería.

—Si supiera dónde estás, maldito hijo de perra... Te encontraré, tendré paciencia.

Desde que Mariam Cosculluela había aceptado comunicarse con la Asociación de Víctimas de Estafas Amorosas, en poco tiempo había creado relaciones intensas con algunas de sus miembros. La experiencia, la comprensión y los conocimientos de Amalia Quiroga, Almudena Prim y Victoria Sánchez le hacían mucho bien. Quizás por la proximidad de sus estafas, en ambos casos muy recientes, desarrolló una complicidad especial con la historiadora. Solían seguir hablando hasta muy tarde cuando Victoria Sánchez las dejaba solas. Las unía el dolor de saber que habían estado casi a la vez en manos de aquel desalmado. En cierto modo, formaban parte de un todo.

—Quiero matarlo —le confesó la madrileña en un alarde de sinceridad noctívaga la noche en que había recibido la pistola—. Me da igual lo que me pase después; cuando acabe con él, descansaré tranquila. La justicia no nos defiende: si el sistema no hace nada por nosotras, tenemos derecho a impartirla por nuestra cuenta.

—Ojalá tuviera tu determinación —se sinceró Mariam—, pero creo que no podría hacerlo. Quizás pagaría a un sicario. Desde luego, brindaré cuando se muera.

—Si pudiera dar con él... No sé cómo lograrlo.

—¿En serio estás decidida a hacerlo? ¿Serías capaz?

—Te lo juro. Hasta he comprado un arma.

Se extendió un silencio profundo, inquietante y cómplice entre ambas. Se despidieron. Al cabo de unos días, Cosculluela retomó aquel tema:

—Quizás pueda ayudarte —aplicó su mente estratega de empresaria de nuevos negocios—. ¿Y si le tendemos una trampa? Se mueve por dinero, es lo único que le importa. Se me está ocurriendo algo. El cebo. No perdemos nada por intentarlo… si de verdad te ves capaz de hacerlo. Piénsatelo bien, con todo lo que implica.

💬 Hola amor mío 🖤 🖤 🖤

💬 Perdóname. Estoy arrepentida

💬 Acabo de hacer un ingreso de 1000 € en tu cuenta. Quiero pedirte perdón. Siento mucho lo ocurrido

💬 Sé que no te han secuestrado. No importa. Necesitas mi ayuda y no he sabido dártela. Te amo. Eres mi vida. Te quiero como eres

💬 Tengo dinero y quiero dártelo. Lo único que me importa es estar contigo

💬 ¿Puedes venir a buscarlo a mi casa? Mi vida sin ti es un infierno. Solo quiero estar juntos. El resto me da igual

💬 Ven a Zaragoza. Tengo 20 000 € preparados. Por favor, contáctame. Te extraño. Te amo. Soy tuya

La carnaza estaba echada. Las dos artífices se movían entre la esperanza y la duda. Por una parte, sabían cómo era: un fanático del dinero al que, ante un botín tan jugoso, le resultaría difícil ignorarlo. Por otra, un hombre listo que, quizás, podría imaginar que aquello era una trampa.

Esperaron.

Menos de lo que imaginaban.

💬 Hola, Mariam

💬 Sigo secuestrado. Tienes que hacer el ingreso en mi cuenta

💬 Así me soltarán

Mariam apenas podía teclear por el temblor de sus dedos. La precipitación se apoderó de ella. Incluso incluyó alguna errata en su respuesta:

💬 No es cierto. No me mientas, no tienes que hacerlo

💬 Te daré el dinero en mano

🗩 Para que soluxiones tuus problemas

🗩 Quiero forma parte de tu vida

🗩 Te amo. Soy tuya

En Germán Toloco, o como se quiera llamar, la ambición era mayor que la prudencia. También era un profesional del fraude. Optó por una fórmula intermedia:

🗩 Ingrésame ahora 10000€ y recogeré el resto la próxima semana

🗩 Ya te he dado 1000

🗩 Confía en mí

🗩 Te los daré cuando vengas a buscarlos

El estafador no respondió. Necesitaba pensarlo.

Mariam se impacientó. Estuvo a punto de precipitarse y proponerle el ingreso de la mitad solicitada. En aquel momento, considerando su excelente situación económica, su deseo de vengarse no tenía precio. Cinco mil euros no supondrían un obstáculo.

🗩 Mariam

🗩 Yo también te quiero. Te perdono

🗩 Iré a Zaragoza pronto. Te avisaré

🗩 Lo he pasado muy mal sin verte. Te quiero, amor

🗩 In love contigo. Juntos para siempre

El corazón le palpitaba tan rápido que parecía un motor fueraborda. Telefoneó de inmediato a su nueva amiga.

Almudena Prim, al ver quién era, interrumpió la ruta turística que guiaba y se apartó del grupo para hablar con ella. Supuso que se trataba de algo importante.

Cuando colgó, experimentó un carrusel de emociones desbocadas que desconcertó a su público. Con todo, terminó el recorrido con profesionalidad y, de regreso a su oficina, iba visualizando una y otra vez la misma escena. Imaginaba su mano disparando a quemarropa a aquel fulano infame. En la sien. En un ojo. Sobre el corazón. En los testículos. Y en la nuca. Se preguntó cuál sería la mejor manera para ocasionarle el mayor daño posible.

# 39

De nuevo en el presente, la subinspectora Abadía contactó con Rosalía Quevedo. Le contó que había leído su informe, sumamente revelador, y que necesitaba su apoyo. Quedaron en su casa un par de horas después. Le facilitó su dirección y Sheila le agradeció su buena predisposición a cooperar. Más peliaguda le parecía, de antemano, la conversación con Bidasoa. Tardó un par de llamadas en responder. Cuando lo hizo y hablaron, la invitó a pasarse por su comisaría.

El hombre de suave barba blanca y mirada inteligente la escuchó con atención. Conocía a Mingote y, en cierto modo, empatizaba con la voluntad de la subinspectora de mantenerlo al margen de aquella iniciativa. Por otra parte, que Hugo Diosdado —de quien él también sospechaba— pudiera haber asesinado a su padrastro no implicaba que hubiera un peligro cierto si aquella chica quedaba a cenar con él en un restaurante concurrido. El perfil de la víctima y el de la policía que estaba en su despacho no coincidían. Con todo, intuyó que debía acompañarla.

—¿Cuál es su plan? —le preguntó tras su exposición inicial.

—Hablar en un contexto diferente. Alimentar ciertas expectativas sensuales para que quiera impresionarme y se le suelte la lengua. Jugar un poco con él al «tal vez seré tuya», llevarlo a un cierto límite y luego largarme con la información obtenida para orientar la investigación del mejor modo.

—No le va a confesar que mató a ese hombre solo porque lo ponga caliente. Discúlpeme la grosería, nunca se me ha dado bien ser políticamente correcto.

—Lo sé —obvió la impertinencia—. Pero estoy segura de que puede decirme algo valioso. Es un tipo narcisista, necesita gustar, presumir, sentirse admirado.

Creo que podré llevar la conversación en la dirección correcta.

—¿Qué necesita de mí?

—Tan solo que conozca mis avances, y mi idea, por si ocurriera algo inesperado.

—No voy a dejarla sola. Le daré apoyo y un cierto seguimiento.

—No quiero molestarle ni tiene obligación alguna.

—Lo sé. No la conozco de nada y esta investigación ya no entra dentro de mis competencias. Pero es usted una colega, una buena policía, y necesita respaldo. Fui uno de los primeros en inspeccionar ese cadáver y, en cierto modo —se justificó—, le prometí a la familia que investigaría la desaparición de Valmaseda. Si ambos sucesos están relacionados, ahora que ambos sabemos quién es ese cadáver, cuente conmigo.

Hablaron sobre aplicaciones de telefonía móvil. Acordaron utilizar una aplicación sencilla pero eficaz, para asegurar el seguimiento. Consideraron que LiVe360 era la mejor alternativa.

—Debo marcharme, tengo otra reunión. —Le dijo finalmente la subinspectora, tras compartir toda la información necesaria—. Hasta la cena, contactaremos por mensajería de texto o notas de voz; después, mantendré activado el sistema de localización y alertas. En caso de peligro, usaré el botón del pánico.

—Estaré cerca. Seré su ángel custodio, cuente con ello.

Antes de despedirse, el *smartphone* de Abadía emitió dos pitidos cortos y fugaces. Sheila consultó el mensaje y sonrió antes de decirle:

—Creo que sabemos, al fin, quién es la víctima. Su nombre real. La cuenta corriente de la estafa está a nombre de Germán Hernández Bartolomé. Podría ser su enésima identidad falsa, pero algo me dice que es el nombre verdadero del difunto.

Se estrecharon las manos poco después que el cerco.

Viéndola marchar con su presencia agradable y su actitud decidida, el inspector Bidasoa se enterneció y pensó que, de haberla tenido, así podría haber sido su hija. Injustificadamente, se sintió responsable de ella como si lo fuera.

Rosalía Quevedo la estaba esperando cuando pulsó el intercomunicador de su puerta, que se abrió al instante. Se saludaron con cordialidad. Eva Rubio había preparado una limonada natural con hielo y azúcar antes de administrar un sedante a la madre y curarle las laceraciones producidas por pasar tanto tiempo acostada. En cuanto estuvieron solas, la policía informó confidencialmente a la lingüista de que, posiblemente, el estafador de mujeres había sido asesinado. Le explicó que estaba participando en la investigación del homicidio y que, como ambas tenían una constitución física parecida, ella le podía ayudar. Tras contestar que lo haría, Rosalía le habló de AVEA y de todas las víctimas de aquel tipo a las que había conocido a través de esa asociación. Sin duda, era un buen punto de partida para conocer a las mujeres que habían sido perjudicadas por sus actividades fraudulentas.

«Mariam Cosculluela, Almudena Prim, Victoria Sánchez, Eva Rubio, Adela Bergua...», intentó memorizar esos nombres porque, sin duda, eran testigos y sospechosas si el crimen acababa siendo una venganza. También repasaron las distintas identidades del sujeto y Quevedo confirmó que Germán Hernández era su auténtico nombre: «Así lo llamó Adela Bergua. Es la afectada más antigua de cuantas he conocido». A Abadía le agradó la coincidencia con la identidad asociada a la cuenta bancaria. De hecho, mandó otro mensaje de WhatsApp para pedir a su equipo que localizaran en el sistema aquellos datos. Si nada se torcía, la identificación del cadáver habría concluido.

Solo quedaba una hora y media para su cita. La noche se estaba echando encima. Había llegado el momento de concretar con Rosalía la clase de ayuda logística que precisaba. Se mostró extremadamente colaborativa, lo que a la postre resultó un factor adicional para desestabilizar a Hugo Diosdado.

El Chalet no es el restaurante más lujoso de Zaragoza, pero sí uno de los más carismáticos, románticos y recomendables. Situado en el estratégico entorno de la plaza de San Francisco, asegura un ambiente de intimidad y privacidad atractivo, así como un menú degustación con manjares tan ricos como los buñuelos de perdiz, las pastas trufadas con borrajas, la pasta rellena de pollo de corral, el solomillo de ternera, el sorbete de limón al ron con menta o la crema de vainilla. Ofrece a sus clientes varios salones independientes. Diosdado no escatimó en gastos: reservó completo el salón Cristalera, con capacidad para hasta catorce personas y acceso directo a la terraza. Era un bonito y cómodo espacio acristalado, envolvente, adecuado para impresionar a una mujer, por mucha subinspectora de la policía nacional que fuera.

Después de hacer esta gestión, realizó una segunda llamada igual de importante para preparar la velada que deseaba:

—Trapo, ¿cómo estás? Tengo planazo esta noche. He quedado e iré al piso, necesito material del bueno. Si todo sale bien, nos echaremos unos tiros; si no, igual acabo haciendo una bella durmiente de esas que te gustan. Prepáramelo todo, en un rato paso a recogerlo.

El indeseable festejó con gozo la noticia, aunque deseó que la cita se torciera y el plan b terminara imponiéndose. Quizás podría arreglárselas para unirse si ocurría. Por si acaso, allí estaría.

# 40

La víspera del concierto de Malakian, cuando Valmaseda fue recogido en el aeropuerto de Zaragoza por una persona inesperada, poco podía imaginar lo que estaba a punto de desencadenarse. Era un hombre seguro de sí mismo, se consideraba indestructible, por lo que se adentró en el peligro por voluntad propia. Estaba animado. Sus encuentros con Mona Diosdado no le resultaban complicados; mantenía con ella una prolongada relación y era una mujer que se dejaba engañar fácilmente. Como de costumbre, pasaría unos días a cuerpo de rey, cargando a su cuenta los caprichos y los gastos mutuos. Estaba lo suficientemente acostumbrado a ella como para no estar tenso ni cometer errores graves mientras convivían. Aunque era una señora insustancial, superficial y materialista, era un trabajo cómodo. Además, como no era sexualmente muy activa, una o dos pastillas azules serían suficientes para cumplir y convencerla de que la deseaba. Por otra parte, recuperar el contacto con Mariam Cosculluela había sido un inesperado regalo del cielo. Hasta ese momento, tenía cero confianza en que siguiera aportando dinero a su negocio, bastante le había sacado ya hasta entonces. Lo del secuestro no había cuajado y, cuando pasaba, la ruptura solía ser la única salida. Sin embargo, aquella reaparición había sido prodigiosa. No solo le había ingresado un extra de mil euros, también le estaba ofreciendo un premio gordo de otros veinte mil. Aguardaba con expectación el momento de verla, habían quedado en su casa y estaba deseando que llegara la hora para coger el dinero. ¿Cabía la posibilidad de que volviera a convertirse en una de sus mecenas preferentes? Asimismo, por la experiencia atesorada, no descartaba la posibilidad de que fuera una estratagema para verlo y montarle una escena visceral de celos y reproches. Lo que no podía imaginar, en esas últimas horas de su vida, es que se hubiera aliado con Almudena Prim —otra de sus víctimas más recientes— para tenderle una trampa homicida.

Mientras pensaba en todo ello, la mano ajena se deslizó desde el cambio de marchas hasta su entrepierna. Le resultó excitante, aunque la retiró, alargando la caricia antes de devolverla al punto de partida.

—Te voy a comer todo.

—Cuánta fogosidad, eso me gusta. No puedo ir a tu casa, tu madre no me espera hasta mañana. Esta tarde tengo una reunión de trabajo. Pero podemos ir al piso, ¿no? Si quieres, dormiremos juntos esta noche.

—Te he echado de menos. Cada vez tardas más en venir y me haces menos caso.

—Estoy absorbido por el trabajo; lo intento, pero no encuentro la ocasión. Además, Mona es muy absorbente, ya la conoces.

—Y lo nuestro, ¿no significo nada para ti?

—No es eso, vida. Eres mi prioridad y lo sabes. Me liberas. Pero las circunstancias mandan, tenemos que ir despacio.

—Me prometiste que la dejarías. ¿Cuándo vas a hacerlo? Me canso de esperar.

—¿En serio quieres hacer oficial lo nuestro? ¿Contarás cómo ha sido? No me lo creo, con todo lo que tienes que perder. ¿De verdad es lo que quieres?

—¡Claro que no! Pero me molesta compartirte con ella. ¡Es mi madre! Detesto oírla hablar de ti, contar la gran pareja que eres, cómo la besas, cuánto la quieres y todas sus tontunas.

—No le hagas caso. Sabes de sobras a qué Diosdado amo. —El estafador tenía claro que no iba a renunciar a una de sus gallinas de los huevos de oro porque otra se lo pidiera.

Llegaron al picadero. Si hablara ese edificio, los podría avergonzar a ambos de por vida. Allí se solazaban a escondidas, furtivamente, aislados del mundo, las miradas y los reproches ajenos. En aquel microuniverso, particular y secreto, habían compartido escenas indescriptibles de sexo desencadenado y oscuro. Según se susurraban, era la válvula de escape que los alejaba de las falsas apariencias que los hacían infelices. Allí, al menos, eran ellos mismos. Ni Valmaseda ni Diosdado. Ni el estafador ni el descendiente de una gran familia acaudalada. Cuando se desnudaban, solo eran dos personas libres viviendo un romance impetuoso, secreto, que brotaba desde las entrañas.

—Con el dinero que tienes —se quejó Valmaseda—, podrías haber elegido un nido de amor más glamuroso. Cómo te gusta lo básico. Al salir del garaje, he visto una rata atravesando la calle. Cualquier día se nos meterá una en la cama.

—Haremos un trío. ¿No te daría morbo que te royera el nardo? Con lo vicioso que eres, seguro que sabríamos cómo incluirla en nuestros juegos.

—A veces me das miedo. Detrás de esa fachada aniñada hay una mente obtusa y salvaje. Y luego esta vivienda. Tan mundana. En uno de los peores barrios en los que he dormido, entre chusma e inmundicia. ¿Qué placer le encuentras a venir?

—Tiene sus ventajas. Aquí nadie nos conoce. La gente va a lo suyo y es fácil comprar sus voluntades. Sale barato. Además, en las pocilgas la mierda no se nota. Y, ahora, entra en la habitación y espérame desnudo. Te voy a dar una sorpresa.

Sobraba tiempo. Faltaban varias horas antes de su cita con Mariam Cosculluela. Allí, en aquella zona marginal de la Zaragoza profunda, estaba más protegido que en el hotel donde había reservado habitación a nombre de Germán Toloco. Nadie lo vería ni se acordaría de él si estaba allí. Era cierto: la porquería se oculta mejor en una porqueriza. Por otra parte, le apetecía tener sexo con la persona que acababa de entrar al dormitorio vestida con un corpiño rojo y unos zapatos altos de tacón, provocativos, que apenas dominaba. Aunque su avance era cualquier cosa menos controlado o sexy, el estafador se despojó del calzoncillo y mostró un miembro viril que empezaba a crecer al ver aquella imagen.

—Hazme *tuya*, mi amor —le bisbiseó al oído mientras se dejaba acariciar por las manos suaves, firmes y experimentadas del depredador de mujeres.

Almudena Prim estaba atacada. Su carácter la había convertido en un manojo de nervios, un estado que aumentaba conforme avanzaban las manecillas del reloj y faltaba menos para que Caín llegase a aquella casa. Como mujer de negocios, Mariam Cosculluela estaba más acostumbrada a la presión; aunque compartía idéntico afán por impartir justicia, se sentía más calmada.

Volvieron a repasar el plan.

Mariam lo recibiría con actitud solícita. Había prometido que le daría un beso apasionado a su llegada, por mucho asco y rabia que le produjera. Llevaría puesta una blusa negra con transparencias sobre un sujetador de encaje también negro; era una combinación seductora que sugería el volumen de su pecho sin mostrarlo. Les pareció un reclamo sexual sutil y atractivo, una estrategia concebida para relajar sus defensas y hacerle creer desde el principio que lo tenía todo controlado. Los tejanos elásticos, estrechos y ceñidos, y unos zapatos cerrados de tacón —ambos sabían cuánto le gustaba el calzado femenino alto— completaron el atuendo.

Lo invitaría a una copa. Mariam había preparado un maletín con el dinero, la idea era enseñárselo para desactivar sus dudas y hacerle sentir cómodo. Estaba en el cajón de la estantería, debajo de la tele, oculto y a mano al mismo tiempo. Almudena esperaría en el dormitorio de invitados. Desde allí podría escuchar parte de la conversación y permanecer oculta sin riesgo de ser sorprendida. Tendría la pistola en la mano todo el tiempo. Él no iba a entrar, pero si ocurriera todo se precipitaría. Le dispararía en el ojo en cuanto apareciera, y luego volvería a hacerlo cuando estuviera en el suelo.

Ese era el plan alternativo. El principal era drogarlo. Todo sería mucho más sencillo, cómodo y satisfactorio de ese modo. Mariam había robado el Rohypnol en casa de Rosalía Quevedo. En su última visita al domicilio de su amiga, había ido al baño para apropiarse de un par de blísteres con las pastillas que la lingüista administraba a su madre. Lo había leído en internet, era la droga de la violación. Había triturado varias pastillas y tenía el resultado preparado en el fondo de un vaso. Mariam vertería allí la bebida de Toloco y alargaría la conversación el tiempo necesario hasta que la droga hiciera efecto. Según había leído en internet, media hora por lo menos. «Me acostaré con él si es preciso», se mostró tajante Mariam, pese a la repugnancia que le provocaba imaginarlo.

Una vez vencido, pensaban inmovilizarlo con una cuerda resistente que habían comprado en la ferretería; después, lo matarían. Quizás esperarían a que despertara y jugarían con él antes de dispararle. Quizás no, según se sintieran de ánimo. Eso no lo habían decidido. Mariam insistía en que no podría ejecutarlo, mientras que Almudena aseguraba que estaba deseando descerrajarle ese tiro en su repugnante cara.

Habían diseñado también un plan para deshacerse del cadáver. Esperarían a la madrugada para sacarlo de casa. Con todo, lo principal era matarlo. Lo habían discutido. Ambas estaban dispuestas a asumir las consecuencias si al final eran cazadas.

Media hora antes de la cita, Cosculluela estaba preparada. Impecablemente vestida, permanecía en silencio dándole vueltas a todo lo que había vivido con el hombre que estaba a punto de llegar. Almudena se aferraba al hierro, como diría un soldado. Callada también, visualizaba una y mil veces la escena imaginaria en la que disparaba a K-IN y terminaba con su vida. Como lo había soñado. Así lo recreaba.

Diez minutos antes de la hora, sonó el portero automático. Ambas se sobresaltaron.

Un silencio sepulcral, solo roto por sus tacones enérgicos, se hizo en la casa mientras la propietaria de Utópika caminaba en dirección al aparato.

# 41

En la penumbra de la habitación, Valmaseda acarició el cuerpo desnudo que se le ofrecía. Su silueta se dibujaba entre las líneas de luz de la persiana, dotándole de un aire fantasmal muy excitante. Se había puesto una peluca negra *vintage*, de tipo charlestón, suave y bien peinada. Al acercarse para besar sus labios los percibió brillantes y muy rojos, lascivos, esponjosos, suaves como el algodón de azúcar que tomaba de pequeño. Atornillaron sus bocas. El corpiño le quedaba bien, estaba sexy. La erección de Valmaseda se había disparado y su pareja se encontraba igualmente excitada.

Acarició su mejilla con barba de tres días, lo empujó sobre la cama y lo inmovilizó con furia contenida. Bartolomé odiaba a las mujeres. Las detestaba, quería destruirlas. Jamás había dado rienda suelta físicamente a esas pulsiones; pero, en aquel momento, aquella tórrida escena agigantó sus demonios y despertó sus más bajos instintos. Boca abajo, sorprendido y más bien desconcertado, Hugo se empequeñeció, quizás por primera vez en su vida, y se dejó hacer mientras sentía la fuerza bruta del otro arrancándole, junto a la lencería, su dignidad. Al principio, le resultó excitante. Era el juego de la dominación, del sometimiento, con aquellas manos sin alma desgarrándole la ropa entre arañazos, laceraciones y golpes entremezclados con prohibidos placeres. Empezó a sentirlo dentro. No estaba preparado para aquel dolor intenso, jamás se lo había permitido a nadie. En sus orgías siempre había mantenido un rol activo con ambos géneros y, salvo pañuelos de seda, algún que otro juguete sexual de escaso tamaño, ciertas lenguas juguetonas o dedos de uñas largas y esmaltadas, nada había penetrado nunca en su esfínter. Protestó, primero. Se quejó después. Gritó, suplicó que lo dejara. Recibió un impacto en la nuca mientras el frenesí desbocado de su pareja aceleraba, desenfrenado, hasta alcanzar un brusco orgasmo, intenso y jadeante como jamás había vivido. El estafador del amor permaneció postrado sobre él un periodo de tiempo incalculable. A Diosdado le pareció eterno. Le resultó asfixiante. Agobiante. Aún más humillante.

¿Por qué había ocurrido? ¿Por qué lo había tratado con desprecio, con rabia, con ira y egoísmo? No le había hecho el amor, solo se había desfogado y volcado en él su furia, su brutalidad y sus fantasmas. Por fin se retiró. El pene de Diosdado estaba flácido, tan encogido como su autoestima. Le dolía el ano y se sentía mal, irremediablemente mal, tras lo ocurrido.

—Ha sido épico. —Le dijo Valmaseda al darse cuenta de que el hijo de una de sus novias se levantaba del lecho y caminaba en dirección al baño—. Me has puesto muy cachondo. Ven conmigo, te voy a dar cariños: ahora te toca a ti correrte.

Hugo Diosdado lo ignoró, se estaba mirando en el espejo. La peluca torcida, revuelta, le confería un aire ridículo, lo mismo que el maquillaje corrido sobre el rostro, que le daba aspecto de buscona triste. Le dolía el culo. Muchísimo. No tanto como el alma.

Aquel hijo de puta no lo amaba. Nunca lo había hecho, pese a sus afirmaciones y promesas. Era uno más de sus títeres. Lo mismo que su madre.

¿En qué lo había convertido aquel acto sexual no deseado?

Ante él vio una travestida ridícula y sufriente.

El rostro grotesco que reflejaba el espejo desató su cólera.

Y el furor creció en él como si fuera un tsunami.

Allí estaba aquel hombre. La miró en silencio, teatral, alzando la barbilla para aparentar seguridad y vestido con un traje oscuro que parecía nuevo. Llevaba la corbata excesivamente apretada al cuello sobre una camisa blanca envejecida. Se había apretado tanto el nudo que parecía estar ahogándose. El rubor intenso de su piel, de natural sonrosada, alimentaba aún más la sensación de asfixia.

Mariam Cosculluela lo observó, petrificada, incapaz de reaccionar ante aquella presencia inesperada. En un instante, el plan había quedado en *stand by*.

¿Quién demonios era?

¿Germán había enviado un intermediario para recoger el dinero? ¿Por qué no lo había imaginado, si era capaz de todo?

Percibió su voz grave y medio susurrante, la de alguien que no desea molestar y, al mismo tiempo, considera valioso el mensaje que comparte. Cuando reaccionó al fin y lo escuchó, el tipo del rellano ya llevaba un rato hablando:

—La vida no es fácil —le decía—. Pero hay un motor llamado amor, un seguro llamado fe y un conductor llamado…

—¿Quién es usted y qué desea? —Le interrumpió al fin, justo a la vez que él terminaba la frase diciendo: «Jehová».

254

—¿Está viviendo en la fe? ¿Se siente a gusto con ella? Me gustaría mostrarle un camino de desarrollo y satisfacción espiritual.

—¿Ha dicho Jehová? ¿Me está tomando el pelo?

—Así es. Y en absoluto. Soy testigo de Jehová, me gustaría enseñarle el camino del amor y la fortaleza de Dios.

—Márchese de aquí.

—¿Sabe usted que las hermanas Williams, las tenistas Venus y Serena, fueron criadas como testigos de Jehová? ¿No le gustaría conocer nuestras creencias y dar un nuevo sentido a su existencia, como hicieron ellas?

—Escúcheme bien, señor impertinente. Estoy a punto de hacerlo. Voy armada y no me queda tiempo ni paciencia para oír gilipolleces. Lárguese de mi puerta, y del rellano, ahora mismo. De lo contrario, será el último mensaje apostólico que salga por su pecadora boca. ¿Me ha entendido?

El aludido se giró y huyó como si le hubiera hablado el propio Satanás. Si ya le costaba ir de puerta en puerta tratando de evangelizar, en realidad sin conseguirlo, a partir de ese momento cogió tal aversión que ya nunca se atrevió a volver a hacerlo solo.

—¿No era él? —Salió Almudena del aseo, con la pistola temblándole en la mano, en cuanto Mariam anunció la falsa alarma.

—Era un testigo —sintetizó la empresaria.

—¿Del crimen?

—¡De Jehová! Un maldito testigo de Jehová hablándome de Dios. Cuando le he dicho que iba armada, ha echado a correr como un demonio.

Rieron, histéricas, antes de reanudar la espera. Pocos minutos después, eran conscientes de que el estafador del amor no iba a ser puntual.

—¿Y si no viene?

—Vendrá, estoy segura —se equivocó con él, de nuevo, Mariam Cosculluela.

# 42

Apenas fue consciente de las decisiones que tomaba. Todo se sucedió de modo progresivo, como si cada determinación le llevara de modo inexorable a la siguiente, sin pensarlo. Lo primero que hizo fue quitarse la peluca y desmaquillarse por completo, para recuperar su aspecto masculino. Lo necesitaba, después de lo ocurrido. Ganó seguridad.

—Te estoy esperando, amor. —Le oyó decir desde la cama—. ¿Qué estás haciendo?

—Necesito unos minutos…

Bartolomé Valmaseda, desnudo, caminó hacia el baño y lo abrazó por detrás. Hugo notó su miembro pendulón rozándole las nalgas. Se le erizó el vello. De asco. ¿No había tenido suficiente? Disimuló la arcada y se giró para besarlo, por desviar su atención.

—Me has hecho daño —le recordó lo evidente—. Necesito un rato para recuperarme. Espérame en la cama, volveré pronto.

Recorrió el pasillo hacia la habitación del fondo, donde Trapo se instalaba cuando participaba en las orgías. Allí era donde drogaba a sus víctimas antes de someterlas a sus antojos. En el armario de la habitación, en un doble fondo que ambos habían preparado, guardaba una pequeña caja fuerte a la que llamaban botiquín químico. Tras introducir la contraseña de tres cifras en el candado, levantó la tapa, retiró la viagra y lo que supuso que sería el fentanilo. Se fue directo al Rohypnol y cogió un puñado de pastillas. Sobre la marcha, aprovechó las papelinas de cocaína disponibles para meterse una raya exprés. No estaba dispuesto a arrepentirse. Para ejecutar su venganza, necesitaba el plus de seguridad y dinamismo que le otorgaría.

A continuación, cerró la caja de metal, la devolvió a su sitio y se acuclilló junto a la cama para escrutarla desde abajo. Siempre había discutido con Trapo sobre aquello; él insistía en que podía ser útil. Aseguraba que, con la gentuza que llevaban a esa casa y los excesos que protagonizaban, era mejor estar armados. La Glock estaba sujeta a la parte inferior del somier con cinta aislante. La retiró, se apoderó de la pistola y constató que estaba cargada, lista para disparar, como el otro le había explicado en su momento. El silenciador estaba puesto. «Estas cosas es mejor hacerlas en silencio», le había dicho para justificar ese accesorio.

Hugo iba desnudo, por lo que tenía que ocultarla para regresar al dormitorio. Volvió al armario y cogió una de las toallas de manos de las que se había apropiado en casa de su madre. Era verde, grisácea, de rizo americano y con un tacto esponjoso. La extendió sobre la cama, puso en el centro la pistola y la envolvió con ella. Con las pastillas de flunitrazepam en una mano y el arma cubierta en la otra, se dirigió a la cocina. Sacó de la nevera una lata de Coca-Cola y unos cubitos de hielo, localizó la botella medio llena de buen ron dominicano y un vaso de tubo. Con cuidado de no ser sorprendido, trituró las pastillas con el mango de un cuchillo grande, deslizó el polvo generado hasta el canto de la encimera y lo arrastró para dejarlo caer sobre el recipiente de vidrio. A continuación, echó cuatro dedos de ron y el refresco de cola. Lo revolvió con el cuchillo y, cuando lo consideró disuelto, añadió un par de cubitos. Devolvió la botella a su lugar de origen y dejó a su lado las pastillas sobrantes. Cerró el armario. Cargado con el cubata en la derecha y con la Glock dentro de la toalla en la izquierda, volvió decidido hacia la habitación. Quizás era todavía un efecto placebo, pero el polvo blanco que había esnifado le estaba dando fuerzas. Su determinación iba en aumento.

—¡Estás en todo! Después del coito, el *roncola* es lo propio —bromeó Bartolomé al verlo llegar.

—Es dominicano. Échale un tiento. Yo lo haré luego, me he metido una raya.

—Tendrías que dejarlo.

—Y tú a mi madre. No discutamos hoy, ¿vale?

—¿Qué escondes ahí detrás?

—Otra sorpresa. Acábate el cubata, te va a hacer falta. Quiero hacer realidad contigo una de mis fantasías.

—¿En qué estás pensando, bribonzuelo?

—Te quiero travestido.

—No pensarás en… Ya sabes que soy activo, no voy a dejar que me…

Hugo se esforzó para aplacar la furia que volvía.

—No soy como tú —se traslució la rabia en sus palabras—. Solo quiero imaginarte una mujer mientras disfruto. Te he visto pasártelo tan bien que me apetece probarlo. Con una felación tendré bastante.

De este modo tan fútil, el estafador del amor adquirió su última y postrera identidad. Se maquilló con los cosméticos que el propio Hugo había utilizado antes, se puso la peluca y se enfundó el abrigo negro de Zara que una prostituta dejó olvidado en la casa tras una noche de excesos. Como era una eslava portentosa, alta como una *top model*, y Valmaseda era de complexión mediana, le sentaba bien. Hugo le animó a completar el *look* con las deportivas, su camiseta y los vaqueros con los que había venido. Los efectos de la química estaban iniciando sus efluvios. Bromeaba. ¿Cómo iba a imaginar que todo formaba parte de un plan improvisado, vengativo, de aquel que lo observaba?

—Fuertecito ese ron dominicano. Estoy como flotando, jijiji.

Llegó el momento. Lo vio suficientemente grogui para someter su voluntad y todavía ligero para moverse por su cuenta. Hugo había aprendido muchos secretos de Trapo. Aquel camello hijo de perra aficionado a la somnofilia le había explicado que un pequeño comprimido de aquel fármaco llegaba a producir efectos de entre ocho y doce horas de duración. Tenía tiempo. Se cobró la mamada, solo por regalarse la sensación final de humillarlo. Lo dejó tumbado. Se vistió, fue a la cocina y se aprovisionó de más Rohypnol. Después volvió a por él y lo llevó abrazado hasta la calle, sin responder a sus preguntas absurdas. Llegaron al local de al lado, levantó la persiana metálica, entraron, la bajó, encendió la luz de la bombilla y abrió el maletero de su coche. Lo obligó a meterse, antes de sacar del bolsillo de su cazadora otro flunitrazepam e introducírselo en la boca bruscamente:

—Trágatelo. —Se aseguró de que había obedecido separando sus labios como si fuera un caballo y, después, dobló sus piernas antes de cerrar la puerta trasera—. Duerme un rato. Luego te llevaré a dar una vuelta.

—Tengo que ir… Se llama Mariam. Veinte mil euros. Los recoges… ¿tú?

—Eso es. Duérmete, que yo me encargo.

Hugo cerró el portón de su automóvil.

Mientras el otro se sumergía en un letargo inevitable y confinado, se fumó un cigarro.

Pensó en Trapo. Cierta noche, pasados de cannabis y de birras, le contó su fantasía: drogar a una desconocida y abusar de ella en un espacio público.

—Conozco un sitio idóneo en Zaragoza para llevarla y disfrutar de su quietud.

Si era bueno para eso, también serviría para matar a un hombre y abandonar su cadáver.


# 43


Mientras el estafador del amor vegetaba cautivo en el maletero de su coche, incapaz de entender la realidad ni de actuar más allá de acomodarse en una postura soportable, Hugo Diosdado se enfrentaba a una larga espera, hasta la madrugada, para completar su plan. No se estaba arrepintiendo de lo hecho, pero el sentido común le lanzaba alertas sobre la conveniencia de seguir adelante con aquello. ¿Merecía la pena arriesgarlo todo? ¿Tanto deseaba cobrarse su venganza? «Nunca volveré a estar bien si no lo hago», se repetía mientras la inacción empezaba a diluir su iniciativa. Para contrarrestarlo, se dijo que cada vez que viera a Valmaseda volvería a revivir aquella escena humillante y brutal de sodomía. Por otra parte, se preguntaba qué se sentiría al matar. Y le excitaba imaginarlo.

La *tablet* de Bartolomé no dejaba de sonar, los wasaps se sucedían. El aburrimiento es un gran estímulo para la curiosidad. El dispositivo estaba bloqueado, desconocía la contraseña, pero sentía la pulsión de saber qué sucedía. Como tenía tiempo libre, decidió entretenerse leyendo esos mensajes. Consideró que le ayudaría a alejar los fantasmas pusilánimes que lo invadían. Bajó al garaje. Ni siquiera abrió el portón del maletero, golpeó la chapa y le exigió al retenido, a gritos, la clave de su equipo. Valmaseda, cuya voluntad estaba abotargada, no era capaz de entender lo que ocurría, ni recordaba nada de su pasado más reciente. Lentamente, le fue dando los números. En cuanto accedió al sistema, Hugo se fue directo a los wasaps. Su madre estaba tan pesada como siempre: cuarenta y seis mensajes y más de diez notas de voz. Podía imaginar qué le decía. Y había una tal Mariam C. que también le estaba enviando gran cantidad de comunicaciones. ¿Quién era esa tía? Recordó vagamente que Bartolomé la había nombrado mientras lo estaba metiendo en el maletero, así que ignoró los de su madre y se centró en sus mensajes:

- 💬 Te estoy esperando, amor
- 💬 ¿Te ha pasado algo o es solo un retraso?
- 💬 Tengo el dinero. ¿Vas a venir a por él?

💬 Solo te daré los 20 000 € si vienes hoy

Hugo se interesó por esa mujer y sus mensajes anteriores. Fue como introducirse en un largometraje dominical de la televisión comercial: lamentable y, a la vez, adictivo. Se acomodó, hasta la madrugada no pensaba ir a ningún sitio. Le enfureció sobremanera descubrir que se había prometido con ella y comprado un piso a medias para vivir juntos en Barcelona. Alucinó cuando leyó que había sido secuestrado y necesitaba dinero. Cuando acabó de conocer aquella información, dudaba si era amor o estafa lo que los había unido. Ninguna de las dos posibilidades le resultaba aceptable.

Eligió otro chat. El de Almudena Prim, una historiadora no muy agraciada a la que también prometía amor eterno a distancia mientras le quitaba su dinero. Al final, la tensión era palpable en sus comunicaciones. Parecía evidente que la había engañado y ella se sentía furiosa.

Había más. Muchas más mujeres. Y también un hombre al que proclamaba un enamoramiento extraordinario mientras aplicaba tácticas idénticas para apropiarse de miles de sus euros.

Ni siquiera había sido el primero, ni el único, como él siempre le juró. Sumergido en aquella realidad desesperante, siguió buceando en semejante caudal de información. Comprobó también que había simultaneado algunas de sus conversaciones amorosas con las de las petardas a las que estafaba. Y que mientras estuvieron juntos en sus escapadas viajeras, los intercambios de mensajes de texto y audio con ellas no cesaron. Lo había engañado siempre. Trasteó entre sus archivos y sus aplicaciones hasta encontrar una hoja de cálculo titulada *Memas*. Al abrir el documento, encontró una contabilidad privada. No tardó en identificar que la primera columna, llena de anotaciones, eran ingresos y, la segunda, mucho más vacía, los gastos. Cada pestaña tenía un nombre propio. Había más de treinta. Eligió la de Mona y pudo comprobar todo lo que su madre le había sufragado y el dinero que Valmaseda había retirado con su tarjeta. Los gastos eran prácticamente inexistentes. Siguió comprobando datos. Almudena Prim, Mariam Cosculluela, Adela Bergua, Victoria Sánchez, Eva Rubio, Rosalía Quevedo, Jennifer Andrés, Tamara Simón… Estaban todas, la lista era interminable. En una suma rápida y parcial, calculó que había reunido más de trescientos mil euros. Después, localizó su nombre: Hugo Diosdado. Accedió a su hoja y comprobó que había consignado como gastos el viaje al que lo había invitado. La columna de ingresos apenas contenía cinco o seis anotaciones. Recordó que le había prestado alguna cantidad pequeña en ocasiones y cayó en la cuenta, además, de que había echado en falta ciertas cantidades de su monedero en determinadas situaciones que habían compartido. Se los había quitado, estaba claro. Un total de mil quinientos treinta y siete euros, según las cifras anotadas en la celda sumatorio de la columna de ingresos. No era tanto, en comparación con el fraude a las otras desgraciadas. Recuperó el furor colérico. Los hechos eran evidentes: nunca había significado nada para él, más allá de otro negocio. Regresó la rabia. Tenía delante las pruebas en contra del único hombre al que había amado.

Se sintió estafado.

Dolido.

Humillado.

Enajenado.

¿Qué se sentirá al matar?

Estaba decidido. Continuaría su plan.

Como Almudena Prim, prefería llevárselo por delante. La opresión le ahogaba el pecho y su cabeza parecía estar a punto de estallar.

Eran las tres y treinta y tres de la madrugada. La hora del diablo.

Se metió otra raya. Le ayudaría.

Volvió al garaje con lo necesario: la Glock con el silenciador envuelta en la toalla de rizo, los fármacos, unos guantes finos, la llave del automóvil y la determinación de cruzar una línea de la que no había vuelta atrás.

Lo abrazó por un doble motivo: para ayudarle a avanzar, porque arrastraba las piernas como un tullido, y para proyectar la imagen de un par de amantes en busca de un lugar aislado donde refocilar. Con la peluca, el abrigo negro y la oscuridad ambiental, Valmaseda parecía una mujer desgarbada. Con su gorra de béisbol, los guantes y la pistola guardada en el bolsillo del gabán, Hugo le iba hablando para que no perdiera del todo la consciencia. Dejaron atrás el aparcamiento y se internaron hacia la zona del merendero de la que Trapo le había hablado. En paralelo al río, con más dificultades de las imaginadas, llegaron hasta las mesas. Fue casualidad que eligiera, justamente, aquel lugar tan próximo al árbol que tenía una cara dibujada en el tronco. Lo ayudó a arrodillarse delante de la acequia. Su víctima apenas se sostenía, por lo que tuvo que hacer algunos equilibrios para evitar que se cayera mientras sacaba la Glock. Al tiempo que con la mano izquierda le sujetaba por el hombro, aproximó la derecha con el hierro hasta su nuca.

Se lo merecía.

Maldito maricón frustrado.

Apretó el gatillo.

Sonó la detonación amortiguada, como el furor que le invadió al verlo caer, chatarra humana, dentro de la zanja.

Devolvió el arma al bolsillo.

Antes de marcharse, al dirigirle la última mirada, vio su cara en la penumbra e imaginó sus ojos abiertos, inquisitivos, clavados en su imagen. Sintió una necesidad irrefrenable, no estaba bien dejarlo así. Así que perdió algunos minutos en bajar y colocar el cuerpo a su gusto, como si fuera un cadáver en la viñeta de un cómic. En el último momento, impulsivamente, sacó la toalla del bolsillo y la extendió con cuidado para tapar su cabeza.

—Siempre has escondido tu identidad. También ahora.

Así estaba mejor.

Hugo se marchó deprisa, pero no tanto como para levantar sospechas. Se sentía bien. En paz consigo mismo. Había sido emocionante. Jamás había experimentado semejante sensación de poderío.

Conforme sacaba el coche del *parking* y regresaba al barrio de San Pablo, revivía en su cabeza la explosión sorda y aquel instante único, minúsculo, en el que sus dedos apoyados sobre el hombro izquierdo del estafador notaron la laxitud de sus músculos, la manifestación de la muerte, antes de que cayera inerte en la oquedad.

Una vez en su piso, solo y relajado, reunió todos los enseres de Valmaseda y los metió en el armario. La maleta era enorme. Ya tendría tiempo de deshacerse de ellos, o tal vez le pidiera a Trapo que lo hiciera. Se duchó, se miró al espejo con aire renovado y se acostó en la misma cama donde Bartolomé, Germán, Júnior, K-IN y todas sus identidades firmaron su sentencia de muerte.

El mayor de los Diosdado, por su parte, había descubierto al fin algo que se le daba bien y le gustaba hacer.

Nunca se había sentido tan vivo como desde que había matado.

Quizás volviera a hacerlo.

# 44

Volviendo al presente, Rosalía ejerció de *personal shopper* con la subinspectora de la policía nacional. Ahora bien, en vez de recorrer tiendas, *boutiques* y centros comerciales, se centraron en su armario ropero y en el vestidor que compartía con su madre. Hasta Eva Rubio hizo algunas sugerencias, aunque ninguna de las dos le habían explicado con quién, ni por qué, se había citado. Seleccionaron un vestido escotado y sugerente, muy favorecedor, que la lingüista había llevado en su paso de Ecuador en la carrera. Ya no le valía, lo guardaba por sentimentalismo. Como en aquella época estaba más delgada, a Sheila Abadía le sentaba mucho mejor que el resto. Estaba muy guapa con ese tono carmín intenso que contrastaba con su cabello negro. Le prestó también una cazadora de cuero, estilo motero, que restaba carácter ceremonial al conjunto elegido. Un poco de algodón bien repartido le permitió calzarse unos *peep toes* que le otorgaron altura, sensualidad y sofisticación.

—¡Menudo pibón! —le dijo la filóloga con entusiasmo sincero.

—Está usted muy linda —reconoció la empleada ecuatoriana.

—Necesito un bolso.

—¿Para los cosméticos y el móvil?

—También. En realidad, estaba pensando en mi pistola.

Cogió un taxi, aunque iba sobrada de tiempo. Quería llegar con la suficiente antelación para inspeccionar la zona y contextualizar el lugar. De hecho, dio algunas vueltas por el entorno para identificar vías de fuga. Antes de entrar al restaurante El Chalet, media hora antes de la acordada, habló con Bidasoa:

—Ya estoy aquí. Voy a entrar. ¿Me tiene localizada en la aplicación?

—Afirmativo —le respondió el inspector—. Estoy llegando. Me mantendré cerca. Sea prudente, no se fíe. Si le entra cualquier duda, active la alerta y acudiré enseguida.

Le agradeció su apoyo, se despidió y leyó el mensaje que Diosdado acababa de enviarle:

🔈 Tic tac. Estás a punto de pasar la mejor noche de tu vida

«Si tú supieras», se dijo mientras tecleaba su respuesta:

🔈 Menos lobos, Caperucita. A ver si me sorprendes

Decidida, entró en el restaurante, improvisó una excusa para justificar su tempranera llegada y pidió permiso para ir al baño, lo cual aprovechó para recorrer el establecimiento e imaginar cómo escapar si la situación lo requería. Con todo, estaba más preocupada por enfocar bien la conversación y formular las preguntas adecuadas que asustada por la situación. No temía nada en especial aquella noche.

Hugo también llegó puntual. Cuando le dijeron que su acompañante lo esperaba en el salón Cristalera, se dirigió hacia allí con la certeza de que iba a pasar una velada inolvidable.

No se equivocaba.

—Antes de que te tomes el postre me habrás besado. Ves este buñuelo… ¡Ñam! Así de rico te sabrá.

—Estás muy subidito, ¿no? —le respondió Sheila—. ¿Te da resultado ir de gallito, o estás improvisando para impresionarme?

—Suelo adaptar mis estrategias. —Sonrió—. Prueba el buñuelo, está de vicio. Se nota el aromático sabor de la perdiz, está buenísimo.

El aspecto de la subinspectora lo había sorprendido positivamente. Liberada del estilismo andrógino que le confería el cabello recogido, el traje chaqueta y la actitud inquisitoria de los interrogatorios, se había convertido, como Cenicienta, en un pibón engalanado. El rojo pasión de su vestido realzaba el pasional carmín de su boca, sobre la que Hugo Diosdado no tenía ninguna duda de que acabaría lamiendo. Le ponía mucho, la subinspectora. Es cierto que había estado con mujeres más hermosas, más exuberantes y con cuerpos esculturales conseguidos con dieta estricta, gimnasio y operaciones estéticas. Sin embargo, las prefería sencillas. Normales. Chicas de la calle bonitas y convencionales, de esas que podrían haber sido sus vecinas si en vez de vivir en la zona más lujosa de Zaragoza lo hiciera en San Pablo o en cualquier otro barrio obrero. Sheila sumaba, además, la erótica del poder, el *sex appeal* de la autoridad que le confería su trabajo. ¿Llevaría en el bolso su placa? Se dijo que lo comprobaría después, cuando desnuda y sometida estuviera abandonada a sus caprichos. Tenía los pechos más grandes y compactos de lo que había previsto, y una silueta con curvas que le excitaban muchísimo. El canalillo de su escote era como una hucha gigantesca en la que en vez de dinero metería su...

Llegó el camarero y lo sacó de sus ensoñaciones. Traía un par de platos de pasta trufada con borraja. Su pinta era tan buena como la de aquellos dos guapos tan distintos como la leche y el vino.

Físicamente, Hugo Diosdado tenía todo lo que Abadía le pedía a un amante. Era alto, atlético, bien parecido y con un par de ojazos de color aguamarina que serían aún más bellos si transmitieran confianza. Por el contrario, combinados con el frío dominador y descarado que irradiaban, eran señales de peligro que cualquier mujer con experiencia advertía y, a la vez, se sentía tentada a explorar aun a riesgo de perderlo todo. Vestía de Scalpers. Camisa *denim* de cuello italiano en tono crema, pantalón cargo crudo y chaqueta informal con efecto lavado en un favorecedor color maquillaje. Parecía salido de una pasarela de alta costura y, sin embargo, le sonreía con hieratismo, sin alma. Como una Mona Lisa de Da Vinci congelada en una cámara frigorífica. Cuando probó la pasta y percibió de refilón cómo miraba su boca, sintió un escalofrío. Se sobrepuso. Estaba allí por un caso. Tenía que hacer bien su papel para soltarle la lengua.

—¿Brindamos?

—¿No estarás intentando emborracharme? —reaccionó, perspicaz.

—Ahora no estás de servicio. ¿O sí?

Sheila dudó. ¿Estaba bromeando o sospechaba algo? Tenía que fluir, ser natural, o no le transmitiría la confianza suficiente para abrirse. Improvisó.

—Soy una chica dura. Aguanto más que tú.

—En la mesa, quizás. En la cama, lo dudo —le vaciló con más descaro que gracia.

—¿Qué estás buscando en mí?

—Divertirme. Vivir una experiencia. Y lo que surja.

—Estás acostumbrado a que se derritan a tu lado. Yo soy distinta, estoy cansada de ver tíos guapos y mazados, muchos de mis compañeros lo son —exageró.

—Entonces, ¿por qué has venido? —la retó corporalmente.

—También quiero divertirme. Vivir una experiencia. Y lo que surja.

Sheila Abadía supo que le había gustado su respuesta. Él no lo reconoció, prefería mantener cierta posición de superioridad con las mujeres.

—¿Cómo te definirías sexualmente: eres activa o pasiva?

Se atragantó al oírlo. Bebió agua para ganar tiempo. Su acompañante aguardó, paciente, la respuesta.

—Me gusta llevar la iniciativa. Pero según cómo y con quién no me importa relajarme y dejarme hacer. Ahora bien, el susodicho tiene que ganárselo. No me regalo a nadie, mucho menos una sumisión sin condiciones.

—Interesante. ¿Cuál es tu fantasía inconfesable?

La policía se decidió a atacar.

—Me excitan los hombres travestidos. ¿Te vestirías de mujer para mí, si yo te lo pido? —De un modo apreciable, el joven se tensó. Apretó la mandíbula, sutilmente. Sin entender por qué, la subinspectora asoció el gesto a un cocodrilo aplastando un pajarillo entre sus dientes—. ¿Lo has hecho alguna vez? ¡Lo has hecho alguna vez! —lo avergonzó al exclamarlo. Y, para rebajar la tensión y no enfadarlo, a fin de cuentas, quería hacerlo hablar, aflojó el sedal—. Si es así, tú y yo podríamos hacer buena pareja.

Llegó la pasta rellena de pollo de corral mientras su móvil vibró sobre la mesa. Desconfiado, Hugo desvió su atención hacia el *smartphone* de su acompañante; Sheila lamentó no haberlo silenciado.

—¿Por qué no lo guardas? Temo que encuentren un cadáver, te localicen y me dejes tirado.

—No estoy de servicio.

—Mete el móvil en el bolso, entonces. ¿Para qué te lo has traído? Me gustaría ver qué llevas ahí, dice mucho sobre la personalidad de una mujer.

—¡Quieto parado, dedos veloces! Prefiero sorprenderte. No me gusta que los hombres me conozcan antes de tiempo. Así es más divertido.

Retiró el bolso de la mesa y lo colgó en el respaldo de su silla. Por el momento, no parecía necesario tener el arma a mano. Con todo, estaba preocupada. Había reconocido la señal acústica: sabía que el mensaje procedía de la comisaría. Debía de ser algo relevante.

—Tengo que ir al baño. No te marches sin pagar la cuenta. —Bromeó, guiñándole un ojo al galán.

Se alejó con el *clutch* entre las manos.

Diosdado aborrecía esperar. Consultó el reloj, aún era pronto. Trapo le había proporcionado un frasquito con escopolamina que llevaba en el bolsillo exterior izquierdo de su chaqueta. Le había explicado que sus efectos más intensos y divertidos solían producirse durante las tres primeras horas de la ingesta. En consecuencia, prefería aguardar, disfrutarla consciente un poco más, hasta que fuera estrictamente necesario reducirla. Aunque aquella era una oportunidad inmejorable, ya vería el modo de verter la dosis en su copa tras la cena.

En el aseo, Sheila Abadía revisó su móvil. Encontró varias notas de voz de Mingote:

—¿Estás mejor, subinspectora?

»Tenemos confirmación total sobre la identidad del cadáver de Zaragoza. Se llama Germán Hernández Bartolomé. Un dentista de la ciudad atendió a alguien con ese nombre y ha reconocido algunos de los empastes y rasgos distintivos de la dentadura del muerto. ¡El trabajo bien hecho acaba dando fruto! Tú encontraste el hilo. La cuenta bancaria y el nombre que facilitaste han servido para localizar su historial odontológico en una clínica dental. Los resultados coinciden con las pruebas forenses.

»Ahora que sabemos quién ha muerto, el siguiente paso está muy claro: descubrir al asesino.

»Estupendo trabajo, subinspectora. Recupérate, mañana será un día importante.

Le respondió al WhatsApp con el emoji del dedo pulgar levantado. Sin más explicaciones. ¿Cómo reaccionaría si le dijera que estaba cenando con el principal sospechoso? Tenía que volver con él. Los criminales, cuando se impacientan, son más peligrosos y menos previsibles.

Guardó el teléfono en el bolso, se retocó el carmín, se arregló un poco el peinado y salió decidida hacia el salón Cristalera. Conforme llegaba, Hugo le dirigió una mirada profunda y descarada que la acompañó hasta que volvió a estar sentada.

La conversación, hasta los postres, resultó animada, tirando a canalla. En realidad, Sheila se estaba divirtiendo; en otras circunstancias, estaría disfrutando de aquella cita. Cuando les sirvieron la tarta de queso con mermelada de arándanos, mencionó a Bartolomé.

—Tengo un par de dudas sobre Valmaseda. ¿Te importaría aclarármelas? —No le dio tiempo a responder para evitar que se negara. Le planteó la primera—. ¿En qué consistía su trabajo? En la denuncia, tu madre lo calificó como un agente de arte; después lo describiste como un comerciante de diamantes. ¿Estaba metido en algún lío, hacía contrabando?

—¿A eso has venido? ¿A interrogarme de nuevo?

—Solo necesito unas aclaraciones muy concretas. Si no me contestas ahora, me tocará madrugar mañana e ir a preguntártelo a tu casa. Y claro, si es así, tendré que marcharme en cuanto me acabe la tarta, para dormir lo suficiente y hacerlo descansada. Tú decides: ¿ahora o mañana a primera hora?

—Está bien. Pero, a cambio, me tienes que prometer que nos tomaremos una copa en el piso de un amigo cuando terminemos.

—Ve más despacio, vaquero. Aún no te lo has ganado. Te concederé esa copa en un garito. Luego, ya veremos.

—Trato hecho. —Le tendió la mano para estrechársela en señal de acuerdo. Después de hacerlo y apretarla, la sujetó con firmeza, la giró y le dio un largo beso en ella, más lascivo que educado.

Al responder a sus preguntas incisivas, Diosdado se defendió como gato panza arriba. Apenas incrementó sus sospechas, pero en absoluto las redujo. Era un sospechoso válido.

El millonario insistió en pagar la cuenta. Se marcharon juntos a un local cercano, en la zona de la Universidad. Él se pidió un ron con Coca-Cola, Sheila un *gin tonic*.

Poco después, la joven perdió el control y comenzó a besarse con aquel individuo indeseable.

# 45

Refrescaba afuera. La pareja avanza desacompasadamente. Van abrazados. Él es un hombre alto, elegante; ella una mujer perjudicada que se abraza al cuerpo masculino para no caerse. Sus pupilas están muy dilatadas, aunque la pobre no lo sabe. Empieza a ver borroso. Su corazón late acelerado y nota la boca tan seca como si estuviera atravesando el Sáhara descalza. ¿Qué le está pasando? ¿A quién está abrazando? Apenas recuerda nada próximo, ni siquiera que ha estado cenando o quién es su acompañante. Este va tranquilo, la mira de vez en cuando con expresión amable. Le va diciendo algo, quizás sería útil escucharlo y, si tiene fuerzas, preguntarle abiertamente qué sucede. Se siente vulnerable, la calle se mueve y no es capaz de imaginarse andando sin un apoyo corporal como el que le proporciona su pareja. Nota a través de su ropa la complexión atlética, sus músculos trabajados a conciencia y, entre la nebulosa que la envuelve, le parece guapo. Podría ser su prototipo, pero ¿quién es y qué están haciendo juntos?

Descienden al aparcamiento de la plaza de San Francisco, bajan unas escaleras que le parecen una trampa y avanzan hacia un SUV cuyos focos parpadean, como si ese objeto inanimado estuviera celebrando su llegada. «No estoy para conducir», se repite absurdamente mientras nota una mano masculina acariciando su pecho. Lo siente como si no fuera el suyo; pero lo es, lo está viendo. ¿Qué le pasa? Tal vez sería mejor huir, echar a correr tan deprisa como sus torpes piernas le dejaran.

—Entra al coche —le dice el individuo.

No lo duda. Se apoya en la carrocería para no caerse y se introduce a duras penas en el habitáculo del automóvil. El cuero de los asientos le refresca, se relaja al apoyar su cuerpo en el mullido asiento. Necesita dormir, así que se acomoda. Alguien le da un beso en la boca, fuerte, inesperado, asfixiante; le falta el oxígeno conforme se alarga y nota cómo una lengua ajena explora su interior igual que una espeleóloga húmeda. La suya, acartonada, repugna la invasión; le entran arcadas. La mujer solo quiere que termine para poder dormir, necesita descansar, pero obedece solícita cuando el sujeto le dice que cierre la puerta. Hace un escorzo y lo consigue, después de un par de intentos.

Antes de bajar los párpados, nota algo en los riñones, entre su espalda y el respaldo en el que se está apoyando. Lo palpa con la mano, como puede, e identifica un bolso que no reconoce. Podría ser el suyo, aunque es incapaz de imaginar por qué ha salido de fiesta con un complemento como ese.

El SUV se para en un semáforo; la casualidad hace que se detenga a su lado una patrulla de la policía local. El conductor mira hacia la izquierda, sonríe y saluda a los agentes uniformados a través de la ventanilla abierta. El copiloto mira hacia la chica y la ve adormilada, con aire de borracha.

—La llevo a casa. No suele beber, no está acostumbrada. —Los convence con la explicación y, sobre todo, con la tranquilidad con la que la pronuncia.

Arrancan a la vez y se separan en la bifurcación. El conductor ha preferido desviarse para poner distancia con los agentes; en cuanto puede, vuelve a la avenida principal y enfila hacia el piso de San Pablo.

Sheila Abadía sigue vencida por la somnolencia.

Sin solución de continuidad, se ve saliendo de un extraño aparcamiento y entrando a una vivienda que tampoco reconoce.

—Te lo dije: a una mujer se la conoce por el bolso —le oyó hablar en la distancia, aunque al abrir los ojos y enfocarlo constató que tenía el rostro a solo unos cen-

273

tímetros del suyo. Había volcado sobre la cama su interior—. Has venido armada, llevabas la pistola. ¿De qué te ha servido? Eres mi presa, Sheila. La cazadora que ha sido cazada. No te preocupes, te voy a hacer gozar, lo haremos juntos. —Retiró del lecho el *clutch*, el móvil y el pequeño neceser con los cosméticos, y se centró en el arma—. Abra la boca, señora subinspectora.

No estaba dispuesta a hacerlo, pero obedeció al instante. Hugo le introdujo el cañón hasta la antesala de su campanilla.

—¡Pum! —gritó, sobresaltándola—. Desnúdate. Quiero ver tu cuerpo. Me han hablado muy bien de las fuerzas y cuerpos de seguridad del Estado. —Rio como un tarado, reiterada e inquietantemente.

Abadía se quitó el vestido rojo. Al lanzarlo hacia un lado, cayó sobre el teléfono móvil mientras mostraba su apetitosa piel morena. Diosdado la acarició con deseo; ella no opuso resistencia cuando la cubrió de besos, la burundanga, y el que hablaba, gobernaban su voluntad.

—Desnúdame.

En sujetador y tanga, Sheila procedió a quitarle la chaqueta, la desabotonó como pudo, y le aflojó el pantalón. El tipo la manoseaba con sus manos calientes mientras ella se dejaba hacer, no reaccionaba, como si su cuerpo perteneciera en realidad a otra persona. Cuando ya estaba en calzoncillos, le arrancó el sostén con brusquedad, haciéndole daño, y disfrutó manoseando sus pechos generosos.

Fue una experiencia horrible.

Por fortuna, la subinspectora Abadía no fue totalmente consciente de lo que sucedía. La sumisión química que la había llevado a aquella situación le evitó también el horror de darse cuenta.

Tras eyacular sobre su cuerpo, Diosdado se tomó un descanso. Se marchó hacia la cocina a prepararse una copa. Sheila seguía adormilada, aparentemente inerte.

«¿Cuánto tiempo estará grogui?», se preguntó Hugo mientras destapaba el ron y lo mezclaba con cola. Recordó lo que le había dicho Trapo: al menos tres horas. Habían transcurrido más de dos desde que vertió la escopolamina en su *gin-tonic*. Debería darle más, para alargar la diversión. ¿O tal vez pondría en peligro su salud? Mientras paladeaba el sabor dulzón del primer trago del destilado, concluyó que qué más daba. Puestos a matarla, si fallecía intoxicada se ahorraría una bala y limpiar la sangre.

Se fue a la habitación del fondo, la de Trapo. Aunque no esperaba verlo, lo encontró tumbado, fumando marihuana y completamente solo, como si estuviera aguardando su momento.

—¿Qué haces aquí?

—Nunca me pierdo una fiesta. ¿Cómo la llevas? —respondió el camello—. ¿Venías a robarme?

—Necesito burundanga, ¿tienes otra dosis?

—Quieres alargar la noche… Eso está bien. —Se levantó, trasteó en el armario y le tendió otro frasco—. Te invito si me dejas disfrutar contigo. Si quieres, lo mío es tuyo y lo tuyo es mío hoy —se animó el buscavidas.

Hugo Diosdado reflexionó, callado.

—De acuerdo —dijo al fin—. Te avisaré cuando me canse. Pero tendrás que ayudarme, después, a deshacernos de ella.

—No se acordará de nada, podemos dejarla en cualquier sitio. —Al ver su expresión contrita, abyecta, reaccionó confuso—. ¿Estás pensando en matarla?

Diosdado asintió. Chocaron las manos en señal de acuerdo. Habían hecho un trueque «gano-ganas». Trapo aguardó su aviso, excitado. Hasta entonces Hugo no había pensado inmiscuirlo en aquello, pero tenía tanto que callar como él y resultaría útil tenerlo como cómplice.

En el otro dormitorio, el de los horrores, Sheila Abadía veía el techo menos borroso y empezaba a ser consciente de lo que sucedía. Al menos, sabía que se encontraba en peligro. Aquello no era bueno, sus sensaciones físicas y mentales la asustaban. Tenía que hacer algo. Tiró del vestido y, al destaparlo, vio su *smartphone* junto a los cosméticos y el bolso. Se incorporó, se apoyó en el colchón y alcanzó el dispositivo. Marcó la contraseña. Accedió al sistema. Iba directa a WhatsApp cuando vio el icono de LiVe360 y supo que debía entrar ahí. Era una buena policía, estaba preparada; su subconsciente, aun débil y apagado, trataba de guiarla en la dirección correcta. Una vez dentro de la aplicación, vio el botón del pánico y lo activó. De inmediato, todos los miembros de su círculo recibirían el aviso de emergencia junto a sus coordenadas GPS.

En realidad, ese «todos» era un único contacto.

Ahora bien, algunos hombres solos son capaces de cambiar la historia.

Previamente, Benito Bidasoa los había acechado entre las sombras mientras se alejaban de El Chalet, primero, y del local de copas luego. Había aparcado su moto cerca del restaurante, por lo que esperó su salida del aparcamiento, protegido por la noche, y los siguió a distancia. Temía ser descubierto si se aproximaba. Cuando llegaron al barrio de San Pablo, el trazado de sus calles le dificultó aún más el seguimiento. Además, todo sea dicho, ya no era joven ni estaba acostumbrado a la acción. Cuando los perdió de vista por El Gancho, sintió impotencia y se aferró a confiar en la aplicación telefónica que habían activado. Abadía era una buena policía; si se sentía en apuros, contactaría con LiVe360. Consultó su móvil, no había novedad. Decidió ocultarse en un portal, frente a la cancha vallada de fútbol sala, y aguardar, paciente, mientras se fumaba un cigarrillo tras otro. Fue una larga, desapacible y nada saludable espera.

Más de una hora después, llegó la alerta.

Sheila estaba en peligro y él era la única persona que lo sabía. Nadie excepto aquel policía veterano estaba en condiciones de ayudarla.

Reaccionó al instante. Siguió las indicaciones del GPS y dejó atrás un par de manzanas para acercarse. Llegó al fatídico portal.

Era el momento de entrar. No había tiempo que perder.

# 46

Bidasoa era un hombre de recursos y la experiencia, en su caso, en vez de un grado era un máster. La inspiración le llegó trabajando, como Pablo Picasso proclamaba que ocurría. Miró a su alrededor y aprovechó la papelera más cercana para aprovisionarse de cuantos papeles, cartones y plásticos encontró dentro. Aprovechó una bolsa grande de supermercado para meterlo todo y transportarlo mejor. Y agradeció que aquel barrio, al menos esa manzana, no pareciera especialmente sensibilizado con el reciclado. Después, a la manera de un profesional del buzoneo, pulsó todos los botones del portero automático, un total de dos viviendas por cada uno de los cuatro pisos del bloque.

—Cartero comercial —respondió cuando se empezó a formar el guirigay de voces respondiendo. Si la gente fuera más consciente de la importancia que tiene autoprotegerse, no actuaría de ese modo. Por fortuna, en aquella ocasión, habían reaccionado como la mayoría de los ciudadanos. Varios de ellos le abrieron el paso. Nunca supo quién lo hizo, ni pudo agradecérselo, pero su colaboración anónima con la institución policial resultó determinante. Consultó el GPS y descubrió que ya no le servía; lo había guiado hasta allí, pero ahora tenía que desenvolverse solo. Subió el primer tramo de escaleras sigilosamente, con el asa de la bolsa de plástico llena de basura colgando desde su muñeca izquierda, la pistola preparada para disparar y su mano sujetándola en el interior del bolsillo derecho exterior de su abrigo. El plan consistía en confiar en su preparación e ir improvisando con acierto mientras se sucedían los hechos. Aunque la suerte había que buscarla, en aquel momento los hados estuvieron de su lado. Una anciana desaliñada entreabrió la puerta de su vivienda a su paso y se asomó por la rendija del umbral que le permitía abrir la cadena de seguridad instalada. Lo miraba con una mezcla de curiosidad y recelo.

El inspector se dio cuenta. Reaccionó con eficacia.

Tenía casi un noventa por ciento de posibilidades de no errar. La estadística estaba de su parte, aunque no garantizaba nada. Con todo, no parecía probable que en la vivienda donde se estaba cometiendo un delito una anciana se asomara a ver quién subía. Si estaba espiando su llegada, cabía la posibilidad de que tuviera esa costumbre y, por ello, conocería a los vecinos. Dadas las circunstancias, pensó que no podría encontrar una confidente más fiable. Se la jugó, no había alternativa.

—Buenas noches, señora. Discúlpeme si le hago una pregunta. —Se mantuvo inmóvil, donde estaba y a distancia, para evitar asustarla. Al mismo tiempo, le habló despacio y con musicalidad amable, para inclinar su voluntad hacia el diálogo—. Estoy tratando de encontrar a un hombre joven, de unos veintitantos años, con barba, muy elegante. Es alto, musculoso y atractivo. Un tipo educado, muy majo. Soy de Glovo, tengo que entregarle este material —alzó y bajó la bolsa comercial con rapidez— y acabo de olvidar qué piso me han dicho. Soy un desastre, tengo principio de alzhéimer y no me hago con este trabajo. Pero no puedo perderlo. Si vuelvo a llamar a la central se enfadarán conmigo, no podré justificar por qué no me acuerdo de nada y me arriesgaré al despido. ¿Podría usted ayudarme? ¿Sabe en qué piso vive?

—Suba al cuarto, se han hecho un dúplex. Yo lo llamo el Millonario, ha llegado hace un par de horas con una borrachuza. Traen muchas mujeres. No es trigo limpio. Y su compañero de piso, menos. Vende drogas. —Empezó a cerrar la puerta. Se arrepintió y volvió a entreabrir—. Yo no le he dicho nada. No vaya a ser que se enfaden.

—Muchísimas gracias, señora. ¿Dice que no vive solo? ¿Sabe si está el otro?

—Llegó sobre las ocho. No sé si se habrá ido después, no estoy mirando la mirilla todo el día. Pero, vamos, yo no lo he oído salir.

—Es usted un ángel. —Su descripción no podía haber sido más acertada. El portazo le hizo dudar sobre si había oído o no ese comentario.

No vio venir el bofetón. El guantazo le dejó marcados cuatro dedos masculinos entre la mejilla y el pómulo. Ante la potencia y lo inesperado del impacto, Sheila Abadía no solo cayó hacia atrás, también soltó el móvil, que salió volando hasta chocar con el suelo. La caída de la joven, sin embargo, fue amortiguada por la cama, sobre la que rebotó su cuerpo antes de acurrucarse y apretar con su palma la zona del sopapo para aplacar el dolor.

La insultó.

La amenazó de muerte.

Sin llegar a darse cuenta de dónde la había sacado, se vio apuntada por su pistola de la dotación y, por primera vez aquella noche, sintió pánico. Supo que podía morir. En un proceso mental descontrolado, se reprochó haber sido tan estúpida, imprudente y soberbia para haberse arriesgado de aquel modo con un posible asesino. Acababa de entender, en carne propia, que un sujeto que le pega así a una chica no duda en matar si le hace falta.

Al menos, quiso pensar en positivo, estaba lúcida y era capaz de tomar algunas decisiones.

Trapo fue el primero en darse cuenta de que algo sucedía en la escalera. Olía a quemado. Salió de la cocina, donde se estaba preparando un sándwich, y siguiendo el rastro olfativo concluyó que el incidente procedía del rellano. Iba a emplear la mirilla cuando sonó el timbre. Se sucedieron tres largos y desagradables sonidos, como bramidos de morsa, que lo sobresaltaron.

—¡Fuego! ¡¡¡Fuego!!! —oyó gritar a alguien tras la puerta. Miró por el visor. No había llamas, pero sí una humareda espesa que parecía subir desde la zona de las escaleras. Efectivamente, allí había montado Bidasoa una pequeña hoguera con todos los desechos recogidos en la papelera. En cierto modo, los estaba reciclando.

De pronto, lo vio. Un barbudo canoso de aspecto intrascendente timbró de nuevo. A través del ojo mágico desde el que lo contemplaba, parecía nervioso, exaltado incluso; braceaba mucho y había empezado a aporrear la madera exterior con los puños, aunque sonaba como si usara un ariete.

Trapo era un hombre sibilino y abyecto, pero carecía de una mente rápida o brillante. Mordió el anzuelo; lo que le llevó a abrir fue una mezcla de temor, curiosidad y cabreo. ¿Quién era aquel viejo para molestarlo?

En cuanto se asomó y basculó hacia las escaleras, buscando el fuego o al hombre, Bidasoa apareció desde la zona ciega de la mirilla encañonándolo con su pistola USP Compact del fabricante alemán Heckler Koch. Cuando vio el cañón del arma entre sus ojos, el camello quedó paralizado.

—Esto no va contigo. Busco a Hugo Diosdado, ¿está ahí dentro?

Le respondió con un gesto afirmativo.

—Muy bien. Soy policía, no va a pasarte nada si obedeces. —Le tendió sus grilletes—. Ponte uno en la muñeca y engancha el otro a un barrote de la barandilla. No tardaré mucho. ¡Obedece!

Actuó como le dijo. Siguiendo las instrucciones del inspector, se sentó en un escalón, de espaldas a la puerta de su piso, y se encadenó. Lo sintió avanzar hasta su posición. Tras verificar que estaba bien sujeto, sin posibilidad de escapar, Bidasoa masculló «Buen chico» y se adentró en la vivienda sin saber qué le aguardaba.

—Bébetelo o te meto un tiro. —La voz de Diosdado había sonado autoritaria, pero también asustada. Pese a su frialdad, no era un hombre especialmente resolutivo cuando las cosas no salían como deseaba. Estaba enfadado, furioso. La subinspectora Abadía, todavía en lencería, se había levantado de la cama; aunque se sabía preparada, estaba en inferioridad porque él llevaba el arma.

En su vertiginoso análisis de la situación, concluyó que ingerir aquella droga no era una opción. Su única posibilidad para sobrevivir era mantenerse lúcida. Así que trató de ganar tiempo, con la esperanza de que cometiera algún error si conseguía presionarlo. Con todo, se sentía lenta, limitada, todavía había restos de escopolamina en su organismo. Ser consciente de las muchas posibilidades que tenía de acabar con un proyectil de nueve milímetros en su cuerpo tampoco la ayudaba a serenarse.

—¿Por qué haces esto, Hugo? Me gustas. Podemos divertirnos juntos, esta noche y otras. Quiero darte placer y que me lo des tú a mí. Baja la pistola, por favor, no te hace falta.

—Genial, entonces. —Siguió apuntándola con ella—. Bébete la burundanga.

—Lo pasaremos mejor si estoy despierta —se desesperó Abadía.

—Te quiero inerte, sumisa, dependiente. Tómate la droga y no pasará nada. Un poco de resaca por la mañana, ni siquiera te acordarás de lo ocurrido. Si tú quieres, podremos seguir viéndonos durante una temporada.

Mentía como un presidente de gobierno justificando una amnistía. Sheila lo sabía, cualquiera lo haría. Bajo ningún concepto se iba a beber ese mejunje. Tenía más opciones de sobrevivir si recibía un disparo.

Desenroscó el tapón del frasco muy despacio. Levantó el recipiente. Entrecerró los labios como si fuese a beberlo.

Y entonces… sonaron los timbrazos. Largos y desagradables como los graznidos de una pardela balear.

Ambos se sobresaltaron. Abadía aprovechó el instante de vacilación del agresor, que giró lateralmente su cabeza hacia el origen del ruido, para volcar el frasco y verter su contenido en el suelo, justo tras ella. Retrocedió para tapar el charco pisándolo, pero se apreciaba parcialmente entre sus pies descalzos. Cuando Diosdado la miró de nuevo, la sorprendió moviéndose de forma sospechosa.

—¿Qué estás haciendo? —completó la frase con dos palabras malsonantes, una referente al órgano sexual femenino y otra a la mujer que cobra dinero por mantener sexo.

—Lo que querías. Me lo he bebido.

—¿Te crees que soy imbécil? Estás muerta. ¡Lo has tirado al suelo!

Sonaron más timbrazos.

Tras arengarla y lamentar que hubiera optado por obligarla a matarla, el asesino de Bartolomé Valmaseda insistió en lo estúpida que había sido y acortó distancias para asegurar el tiro. Apuntaba al rostro.

Sheila rezó.

Solo un milagro podía impedir lo inevitable.

Un milagro con nombre, apellido y una Heckler Koch.

# 47

—¡Policía! ¡Tira el arma o disparo! —No sonó apabullante y convincente como en las películas de género negro norteamericanas, pero a Sheila le pareció ver a un héroe del Olimpo griego cuando la barbada figura de Bidasoa se recortó en el umbral del dormitorio, a las espaldas de Hugo. Lo principal es que iba a armado.

—¡Tírala tú o la mato! —reaccionó el criminal con bravuconería.

—No quieres morir.

—No quieres matarme. Se te caerá el pelo si lo haces. Por la espalda, la sociedad no es comprensiva con los maderos violentos. Tira el arma y acércate despacio hasta donde yo pueda verte.

—Ni hablar. Tírala tú. —Pero tenía razón. No quería dispararle. No tanto porque podría significar el final de su carrera, o al menos demasiados meses de problemas, dificultades y reproches. La razón principal era que temía herir o matar a su compañera, situada justo detrás de él, en la trayectoria del tiro. Estaba dispuesto a asumir un muerto en su expediente; pero no dos, mucho menos por fuego amigo. Si se movía, por otra parte, podía darle una ventaja al otro que no estaba dispuesto a concederle. Además, sacrificar su actual invisibilidad no era inteligente.

Como en una película de Quentin Tarantino, los tres permanecieron inmóviles en igualdad. Dos encañonando y dos encañonados. La tensión era mayor que en una central eléctrica.

Diosdado era el más inexperto de los tres. Perteneciente a una generación criada en lo inmediato, acostumbrado a cambiar de web si no se había descargado la *home* en dos segundos, se impacientó en la espera y decidió girarse para observar a su rival, al que nunca había visto.

Aquel movimiento innecesario dinamitó el equilibrio.

La subinspectora comprendió que era el error esperado. Había llegado el momento. Se lanzó a la vez hacia abajo y hacia delante. Al sentir su movimiento, Hugo se giró y disparó, pero sin advertir hasta que ya era tarde que Abadía estaba a ras de suelo. El proyectil, pretendidamente dirigido hacia su cara, atravesó el cristal de doble vidrio de la ventana y se incrustó en la persiana de aluminio.

La desesperación volvió a Diosdado torpe y previsible; la oportunidad, en rápido y certero a su oponente. Bidasoa disparó tres veces contra la espalda masculina. Primero cayó el arma. Después, vencido y asustado, el susodicho. Hasta ese instante en el que contempló con claridad el rostro de la muerte, se había creído inmortal. Una bala se alojó en la cara posterior de su hombro izquierdo; le dañó el húmero y algunos vasos sanguíneos. Otra le penetró por la parte inferior derecha de su espalda. La que lo mató entró por la zona central; le destrozó la aorta, el vaso sanguíneo más importante del cuerpo.

Tras alejar de una patada la pistola, fuera de su área de alcance, y constatar que estaba muerto, Bidasoa miró a su compañera. Se encontraba bien, al menos eso parecía. Sheila se levantó y se lanzó en sus brazos, movida por el agradecimiento, la adrenalina y la emoción lo apretó con gran intensidad. Benito Bidasoa no era un superhombre, solo un buen poli. Hacía tanto tiempo que no sentía el cuerpo y la piel de una mujer guapa y semidesnuda junto al suyo que se retiró de pronto, con cierta brusquedad, cuando reconoció los primeros signos de una excitación improcedente.

—Muchísimas gracias —le dijo ella, todavía en su zona íntima y, por tanto, incomodándolo—. Por salvarme, se ha metido en un lío.

—Un indeseable menos. Hoy es un buen día para la sociedad. Era él o usted, los de la Unidad de Régimen

Disciplinario lo tendrán claro. —Ambos sabían que el purgatorio que aguardaba al inspector sería complicado—. Póngase el vestido. Tengo esposado fuera a otro tipejo, me han dicho que trafica. Igual hemos matado dos pájaros de un tiro. —Evidentemente, Bidasoa no era el hombre más políticamente correcto del mundo. Ni deseaba serlo.

# POST MORTEM
## EPÍLOGO

—¿Estás segura, Abadía? Eres una subinspectora excelente, va a ser una gran pérdida para el Cuerpo. Es lógico que, después de lo ocurrido, te sientas estresada y necesites un descanso, pero tienes madera de sabuesa y los malos salen ganando si no estás.

—No creo que vuelva. De momento, voy a hacer caso a mi padre. La cerrajería da dinero y muchos menos sinsabores. A fin de cuentas, seguiré dedicándome a la seguridad, solo que de otra manera.

—Piénsatelo bien. Te vas a arrepentir —insistió Mingote, inusualmente afectado por su pérdida.

—Es una excedencia. Si algo voy a tener, precisamente, es tiempo para hacerlo.

—Volverás.

—No creo. Necesito vivir de otra manera. Hacer lo que me gusta, conocer a alguien, enamorarme si toca y montar una familia sin el miedo a dejar huérfanos haciendo mi trabajo. En fin, quiero ser ciudadana, simplemente, en vez de una esclava del servicio público y la protección ajena.

—Si es por la investigación interna, te precipitaste al ir sola a esa cena. Pero el expediente terminará pronto y, bueno, tampoco pasa nada. Todos echamos borrones, aprendemos con ellos. Habéis quitado de la circulación a un asesino y ayudado a todas estas mujeres estafadas. Sin ti no habríamos resuelto el caso. Eso es lo importante; lo demás son tecnicismos pasajeros.

—Por mi imprudencia, un excelente policía está apartado de sus funciones mientras investigan y aclaran su actuación. No es justo.

—Será temporal, no te preocupes. Bidasoa es perro viejo, se habrá cogido una baja por estrés mientras dura el proceso. Los de Régimen Interior comprenderán que actuó en tu defensa. Todo se aclarará y volverá a ejercer. De todas formas, su carrera es como la mía, está acabando. Tú lo tienes todo por delante. Policías como tú sois nuestro relevo. Piénsatelo bien y sigue —argumentó Mingote, más implicado que nunca. Viendo su expresión de hartazgo, se centró en lo profesional—. ¿Has terminado el informe para las diligencias?

—Así es, llevo dos semanas trabajando en ello. Todo ha quedado perfectamente atado. El alquiler del piso de San Pablo estaba a nombre del tal Trapo, pero los apuntes bancarios demuestran que era Hugo Diosdado quien ingresaba los importes en la cuenta del otro. Al registrar la vivienda, encontramos en la habitación de Diosdado las pertenencias del asesinado, incluidos su móvil y la documentación. Estaban tan seguros de su impunidad que no pusieron cuidado en deshacerse de ellas. La víctima, como sabíamos, era Germán Hernández Bartolomé. Además, en la habitación de su compañero, adherida con cinta a la parte inferior de su jergón, hallamos el arma del crimen. Una Glock procedente del mercado negro. La Comisaría General de Policía Científica ha confirmado que es la pistola homicida. También encontramos huellas dactilares de Diosdado en su empuñadura. Las había asimismo de su compañero de piso, conocido como Trapo, pero tiene coartada para las horas en que calculamos que se produjo el crimen. Varios testigos aseguran que estuvieron con él aquella noche. En verdad no son fiables: proxenetas, prostitutas y traficantes de poca monta. Pero sus versiones coinciden.

—¿Se irá de rositas?

—No del todo. En un doble fondo de su armario localizamos drogas que, según dijo, eran para consumir en las fiestas blancas que organizaban en la vivienda. Además de cocaína, tenía flunitrazepam, fentanilo y escopolamina. El laboratorio ha confirmado las coincidencias con las muestras de la burundanga que Hugo Diosdado me dio. Las recogieron del suelo. Así que todo apunta a que suministró el material con el que me drogaron y, posiblemente, el Rohypnol hallado en el cuerpo del muerto. Aunque no está claro que podamos acusarlo de colaboración necesaria en ambos crímenes, la suerte no le ha sonreído. En el local anexo que empleaban como aparcamiento encontramos un alijo de esos mismos tóxicos. Era un minorista, no un consumidor. Se está avanzando en la investigación y, probablemente, pasará entre rejas una buena temporada por narcotráfico. Quizás caiga una banda importante junto a él.

—Eso está bien.

—Bidasoa asegura que está en el ajo de las sumisiones químicas.

—Pues tiene un sexto sentido. Si está implicado, acabará pagándolo.

De hecho, meses después, antes de que fuera acusado de un delito de daños a la salud pública, Trapo fue detenido por los abusos sexuales cometidos a una joven a la que drogó junto a un compinche. Nunca pudieron demostrar el intento de violación de la estudiante de Erasmus, aquel suceso que propició, precisamente, su descubrimiento del cuerpo de Hernández en el Camino de La Alfranca. Se deshicieron del móvil y la documentación que la chica olvidó en su coche y ella nunca denunció los hechos. Sin embargo, acumuló sendas condenas —una por violación y otra por tráfico de drogas— y se pasó en la cárcel unos cuantos años, aunque menos de los que merecía.

—Volvamos a Diosdado, ¿por qué mató a la víctima?

—Es la parte más débil del expediente. No lo tenemos cerrado. Lo que está claro es que Hernández Bartolomé era un estafador consumado. Se aprovechaba de mujeres y, según tengo entendido, también de algunos hombres. Era un especialista: parecía ser la media naranja de cada interlocutora y sabía cómo manejarlas para sacarles dinero. Hemos hablado con la Asociación de Víctimas de Estafas Amorosas y tienen identificados once casos de víctimas afectadas por este individuo. Rosalía Quevedo, la lingüista forense de la que te hablé, nos puso en contacto con ellas, nos están aportando mucha información valiosa. Quevedo ha sido fundamental en la investigación; su trabajo nos permitió saber que Barry Davenport y Bartolomé Valmaseda eran la misma persona. Fue clave para centrar la investigación en la familia Diosdado. Al entrevistarme con sus miembros, sospeché que Hugo podía estar implicado y, bueno, como sabes, quedé a cenar con él. Rosalía me ayudó prestándome su ropa y algunos enseres para acudir a la cita. El estilismo era importante para mi objetivo. Su trabajo pericial, en este y otros casos que hemos compartido, es excelente. Si me lo permites, estamos en deuda con ella. Espero que en el futuro sigas contando con sus servicios. Se lo merece y supone un gran refuerzo para muchas investigaciones. He incluido sus datos, y sus aportaciones, en el informe.

—Muy bien, la tendré en cuenta.

—Por otra parte, hemos comprobado las facturas de La Perlada. La gerente de la tienda nos proporcionó la información tras el mandato judicial. Efectivamente, Mona Diosdado compró varios juegos de toallas como la que había en el cadáver, las pagó con su tarjeta de crédito. Por si no fuera bastante, al registrar el piso de San Pablo encontramos otro par idénticas en la habitación de Hugo. Su madre las compró y él se las llevó a su picadero.

—¿Y en cuanto al móvil?

—Mona estaba siendo estafada por el difunto. En la *tablet* del falso *lover* encontramos una hoja de cálculo con la contabilidad de sus fraudes. Las anotaciones reflejan más de cien mil euros sisados, malgastados o apropiados de la cuenta de esta viuda. ¡Incluso tenía una tarjeta a su nombre para disponer de su dinero! Es un motivo razonable para asesinar a alguien, sobre todo si eres uno de los herederos y tu madre no entra en razón porque prefiere no darse cuenta del problema y seguir incondicionalmente al timador.

»Barajamos otra hipótesis, menos avanzada y no tan firme. El nombre de Hugo también aparecía en esa contabilidad del fraude de Hernández Bartolomé. Son cifras muy pequeñas respecto a las demás, pero viajaron juntos y, el mismo Trapo lo ha reconocido, se vieron en el piso de San Pablo algunas veces. Quizás tenían algo. Algo sexual, me refiero. Así que pudo ser un crimen pasional. Es más difícil de demostrar a estas alturas, cuando los dos están muertos, pero sería posible.

—Pero ¿no era un *latin lover*? ¿También se lo montaba con tíos?

—Los tiempos han cambiado. Trapo ha reconocido que, durante sus orgías, Hugo Diosdado se acostaba con hombres. ¿Por qué no podría hacerlo también Germán Hernández? Había otro varón entre sus conquistas, así que no sería descabellado. Estamos intentando encontrarlo, para preguntarle cómo fue su relación, pero aún no lo hemos hecho. Como la primera opción es más sólida y demostrable, será posiblemente la que prevalezca.

—En un caso así, donde todo lo demás está tan claro, lo de menos son esos matices. Es más importante lo que parece verdad que lo que lo es realmente. Es preferible cerrar el expediente cuanto antes, Diosdado y el otro ya están muertos, y en cierto modo juzgados. Con tantas pruebas y evidencias en su contra, ha quedado demostrado quién fue el asesino y ya está fuera de combate. Tenemos otros muchos casos por resolver, ¿no te parece? Ya no es importante por qué mató a su padrastro. Hay otras prioridades.

—Así es, inspector. Los técnicos siguen trabajando en la geolocalización de los móviles de la víctima, el asesino y el posible cómplice. Todo quedará más claro cuando nos aporten esa información.

—Muy buen trabajo, Abadía.

La aludida se puso aún más seria.

—Ha sido un placer colaborar contigo todos estos años.

—No siempre, no exageres —a veces, Mingote tenía un punto de socarronería—. En algún momento deseaste no haberme conocido, tú y yo lo sabemos. En cualquier caso, el sentimiento es mutuo. Cuando te canses de descerrajar puertas atrancadas, cuadrar balances y presentar modelos tributarios a Hacienda, aquí tienes tu sitio. Siempre serás bienvenida en Homicidios, al menos mientras yo esté al frente.

—Si cierras la puerta de tu casa con las llaves puestas por dentro, no dudes en llamarnos. Trabajamos bien y rápido.

—¿Ya estás en modo comercial?

—Es lo que toca. Acabo de empezar mi nueva vida.

Las víctimas de Germán Hernández Bartolomé —alias K-In, Júnior Hernández, Germán Toloco, Barry Davenport, Bartolomé Valmaseda y cualquier otra identidad falsa que hubiera utilizado— habían sido convocadas por Amalia Quiroga, la secretaria de AVEA, para una videollamada múltiple destinada a compartir información sobre este desalmado y, en forma de catarsis, cerrar en lo posible las heridas tras la noticia de su muerte. Estaban casi todas. En las últimas semanas habían tenido tiempo de asimilar la muerte del timador múltiple y recabar algunas informaciones sobre lo ocurrido. Sin embargo, todavía no había trascendido la causa del asesinato, aunque se asociaba de modo extraoficial a una venganza.

Mariam Cosculluela y Almudena Prim habían aceptado la realidad y, con la perspectiva del tiempo transcurrido, habían entendido que lo sucedido fue lo óptimo. Si bien se habían quedado sin saborear las mieles de la venganza tomada por la mano, el resultado había sido el deseado: el estafador del amor estaba muerto y, con él, finiquitado el origen de sus cavilaciones. Lo bueno era que el destino se les había adelantado y estaban libres de pagar las consecuencias penales del crimen. Con todo, seguían afectadas e intentando superar las consecuencias derivadas de los desmanes económicos y anímicos del falso hombre perfecto. Mariam lo tenía algo más fácil: su economía era boyante y las exigencias laborales de Utópika, en constante crecimiento, le absorbían tanto tiempo que la alejaban de sus preocupaciones. Pese a todo, lloraba algunas noches y acariciaba en ocasiones el falso diamante rayado del anillo de compromiso, el símbolo de aquella relación tramposa que nunca había sido cierta.

Cosculluela fue generosa con Almudena Prim. Le dio veinte mil euros a fondo perdido para que pudiera mantener a su madre en el geriátrico, perfectamente cuidada. Por desgracia, el disgusto ya había dañado de tal modo su salud, y su cabeza, que la pobre mujer murió por causas naturales pocas semanas después del ingreso bancario. Tras hablar con Mariam y explicarle lo ocurrido con la intención de devolverle el resto del dinero, la empresaria se negó a cogerlo y le insistió en que lo empleara como considerara. Con esa aportación pudo tapar agujeros y salvaguardar su negocio. Sin embargo, ya nunca volvió a ser lo que era: muchos clientes y proveedores habían perdido la confianza en ella después de lo ocurrido.

Ninguna de las dos se enamoró tras lo vivido. Cada vez que un pretendiente intentaba acortar distancias y planteaba algo serio, con frecuencia incluso antes, las dos lo despachaban. Cuando la desconfianza anida en el corazón de esa manera, erradicarla es una misión casi imposible.

Victoria Sánchez asumió la noticia con más ecuanimidad que el resto de las víctimas. Al alivio que le producía saber que el timador no podría perjudicar a ninguna otra persona se unía la tristeza de que su hija Bienvenida ya no tenía padre. Era una sensación contradictoria que le recordó el tiempo en que, tras ser abandonada, descubrió qué clase de hombre era; al principio, el amor todavía pervivía y se mezclaba con el desprecio, el rencor y la desesperación de estar sola unas semanas antes de dar a luz a su pequeña. Su existencia apenas cambió al saber que estaba muerto, hacía tiempo que había decidido dejar atrás el pasado y tratar de ser feliz en el presente.

Adela Bergua, por su parte, no recibió bien la noticia. Su débil equilibrio mental necesitaba poco para desajustarse de nuevo y eso fue precisamente lo que le ocurrió al saber que había sido asesinado. Su vida estaba irremediablemente rota. Aunque el estafador del amor no había sido la única causa, era el detonante principal de sus problemas. La mayor parte de la videollamada permaneció callada, llorando y como ausente de cuanto se decía. Sin embargo, lo escuchaba todo.

También la última incorporación al grupo compartía, en cierto modo, su llanto. La unión de Mona Diosdado a la cuadrilla había sido una sorpresa para el resto. Aunque su evidente esnobismo, su prepotencia y su falsa sensación de excepcionalidad les irritaban, aportaba información valiosa sobre el personaje que las unía. Comprendían su dolor multiplicado —además del falso amor, acababa de perder un hijo— e intentaban apoyarla cuando aseguraba que a ella sí la había amado o que su caso era distinto, porque aún estaba en la primera fase: la de negación. Se mentía a sí misma cada vez que cuestionaba que el Bartolomé Valmaseda al que todavía amaba hubiera hecho lo que las otras contaban. Después de aquel encuentro telemático, ya nunca participó en las actividades de la asociación ni volvieron a saber de ella. Su hija Circe, volcada en dirigir los negocios familiares para alejar el dolor, jamás hablaba sobre su situación. Ramona cayó en una depresión y se encerró en su casa, como una vieja gloria célebre que se aleja del foco mediático para que nadie vea cuánto se está deteriorando. La Tata la cuida con abnegación y cariño. A veces, cuando consigue arrancarle una sonrisa, por unos instantes ve en ella a Hugo e imagina que todavía vive. Su corazón también se rompió por partida doble: perdió el amor platónico y, sobre todo, al hijo putativo. No obstante, la viuda de Diosdado nunca empatizó con ella, perdida como estaba en su particular tempestad de sufrimiento. Para la dueña de la casa, el dolor de la chacha no era comparable al de las clases más altas. Como el suyo.

Rosalía Quevedo fue quien convenció a Mona para que se uniera. Pensó que podrían ayudarla; al fin y al cabo, todas habían sufrido un calvario comparable. Sirvió de poco, la viuda de Diosdado tendía al aislamiento cuando tenía problemas, no estaba acostumbrada a compartir su debilidad ni sus dificultades, prefería esconderlas. En cuanto a la lingüista forense, seguía luchando contra su trastorno alimentario. Su madre había empezado a apagarse; su deterioro físico coincidía con una pérdida de energía que la llevaba a conformarse y a no enfrentarse a la enfermera ni a su hija, como antes. Lo que objetivamente era una buena noticia, Rosalía lo vivió de forma desestabilizadora. Ahora que su madre volvía a parecerse a quien fue sana, se sentía mal por no haber sido más paciente y mejor hija cuando tenía sus ataques. Tantas veces había deseado entonces que muriera que ahora, al verla débil y terminal, se culpabilizaba de ese final inminente. Así, alternaba los días buenos con otros críticos en los que las chocolatinas, los embutidos, los *snacks* y los refrescos azucarados la gobernaban. Profesionalmente, todo iba mejor. Los medios de comunicación la habían destacado como parte relevante en el caso Lover —así se referían al asesinato— y esa notoriedad informativa estaba sirviendo para dar a conocer su ciencia, su trabajo y su persona. Pronto tendría más encargos y consolidaría una colaboración estable con los cuerpos y las fuerzas de seguridad del Estado. Solía hablar con Sheila Abadía, que ya no era policía, y en menor medida con Mariam Cosculluela. Según le había dicho su amiga, la evitaba porque irreflexivamente asociaba su figura a la decepción emocional de su matrimonio fallido. Y le dolía. A fin de cuentas, ella y Eva Rubio fueron las primeras personas que le hicieron saber la realidad. Hay cosas que no pueden perdonarse, incluso si son buenas.

—Ha recibido su merecido —sentenció Amalia Quiroga desde su rol de moderadora—. No debemos alegrarnos de la muerte de nadie, mucho menos cuando se han compartido vínculos emocionales, pero es humano congraciarse de que el causante de tanto sufrimiento ya no siga haciéndolo.

—Así me siento yo. Multiplicado por mil —intervino Cosculluela.

—Es normal que ocurra. Pero no perdáis de vista la realidad: vosotras habéis sido las víctimas; él, el victimario. El único culpable. Y ya no está engañando a nadie. Germán Hernández Bartolomé, con sus múltiples identidades, era un psicópata. Despreciaba a las mujeres, nos odiaba, solo quería utilizarnos. Éramos su negocio, sus objetos útiles, su medio para el fin, que era lucrarse. Solo se amaba a sí mismo. Como buen depredador, manejaba las palabras y los sentimientos ajenos para beneficiarse. Su fuerte era la manipulación, sabía comunicar y ser creído. Primero investigaba a cada nueva víctima, luego diseñaba una estrategia personalizada ganadora. Nada pudisteis hacer, le habría pasado a cualquier mujer del mundo.

—Pero él tenía dinero —objetó una de las afectadas menos habituales—. En la primera cita, me llevó a un sitio carísimo. Y me invitó sin mirar gastos. Me convencí de que era rico.

—Formaba parte de su *performance*, era el inicio de la trampa. Por eso solapaba siempre varias relaciones, en diferentes estadios. Financiaba el comienzo de sus fraudes con los anteriores, era una inversión interesada. Así tejía sus engaños.

—A mí me citó en el Palm Court de Madrid, un restaurante carísimo —recordó Mariam Cosculluela—. Se presentó con tres agentes de seguridad y una *personal assistant* que parecía una modelo. ¡Me recordó a un ministro! ¿Cómo iba a sospechar que todo era un montaje?

—Nadie lo habría hecho. Era un decorado muy bien concebido, un envoltorio de comunicación persuasiva e interesada para ganar voluntades y aprovecharse de ellas. Sus acompañantes eran intérpretes, actores, colaboradores gancho a los que pagaba para esas puestas en escena. Refleja muy bien cómo era: maquiavélico, capaz de todo para conseguir sus objetivos —les explicó Quiroga.

—Y por eso sus profesiones siempre impresionaban: comerciante de diamantes, representante de futbolistas, productor musical, criptoinversor… También formaban parte de esa misma escenografía, ¿verdad? —se interesó Quevedo.

—Obvio. Los mentirosos saben bien que lo concreto siempre es más creíble que lo abstracto. Cuando, además, tiene glamur y sofisticación, bajamos las defensas. De eso se valía. Es lo que hacen estos tipos. No solo él, la nómina de estafadores del amor en España comparte un perfil muy parecido. Lo han hecho todos: Nogueira, Cavallé, Hernando Matute, Gómez Manzanares… Cuando se presentan, elevan las expectativas de sus estafadas. Gastan dinero en ello si es preciso, son inversiones que después rentabilizan. Es su trabajo. A eso se dedican, a destrozar la vida de los demás para obtener ingresos.

—Lo mismo pasaba con su físico. Cuando lo vi en persona empeoró respecto a las fotos, pero su personalidad era tan carismática y encantadora que no le di importancia.

—Retocaba las imágenes. Aplicaba filtros y manejaba Photoshop. A veces, incluso, robaba fotos de otros usuarios de redes sociales: las cogía y las presentaba como propias.

—Me pasó con Barry Davenport —comentó Quevedo—. En la mayoría se le veía de lejos, no se apreciaba bien su rostro, solo en las de cerca. En las otras, podría ser cualquiera.

—Era un prestidigitador perverso. Creaba la ilusión para captar voluntades y, después, las exprimía. Ya no podrá hacerlo. Es una excelente noticia para el mundo.

Por algún motivo, fue entonces cuando la secretaria de AVEA se dio cuenta de una ausencia significativa en la reunión. No se había conectado y resultaba sorprendente, teniendo en cuenta lo mucho que había reconocido que le ayudaban esas sesiones desde que participaba en ellas.

—Rosalía, ¿cómo es que Eva Rubio no nos acompaña? Es fija en estas reuniones, me aseguró que asistiría.

—Está ocupada. Le ha surgido un compromiso.

—¿Asuntos de trabajo?

—No exactamente. Muchísimo mejor. No sé si puedo decirlo, supongo que sí, ella está feliz y se lo va contando a todos. —Incorporó una pequeña pausa dramática que incrementó el interés colectivo—. Se ha echado un novio. Van despacio, poco a poco, pero reconoce que está más que ilusionada. Después de tanto tiempo y pese a todo lo ocurrido, piensa que está enamorada.

—¡Qué gran noticia! Se lo merece.

—Ojalá le vaya bien.

—¿Y cómo sabe que es un hombre fiable? ¿Ha comprobado que es verdad cuanto le dice? Yo no me fiaría.

¿Cómo se conocieron? —Adela Bergua tendía a la negatividad cuando hablaba, su pesimismo interior la gobernaba.

—Es de fiar, todo está en orden. Se llama Benito Bidasoa, es uno de los inspectores de policía que han resuelto el caso Lover. Es muy buen hombre. Generoso y abierto a los demás; me lo ha dicho una amiga —se refería a Sheila Abadía—. Hacen muy buena pareja, confío en que les irá muy bien. Tendríais que verlos, los dos son un encanto y, juntos, se mejoran. Les va a ir genial, estoy segura.

¿El amor gana?

Este libro, *Lover. ¿Amor o estafa?*
de Míchel Suñén, se terminó
de imprimir en mayo de 2024
en los Talleres Editoriales Cometa, S.A.,
en Zaragoza